Georg Jankowiak

ARCHIDAMOS

Georg Jankowiak

Archidamos

oder:

Der Krieg, der auch den Sieger verschlingt

Die Memoiren eines Königs von Sparta

Impressum

Bibliografische Information der Deutschen Nationalbibliothek: Die Deutsche Nationalbibliothek verzeichnet diese Publikation in der Deutschen Nationalbibliografie; detaillierte bibliografische Daten sind im Internet über http://dnb.dnb.de abrufbar.

Die automatisierte Analyse des Werkes, um daraus Informationen insbesondere über Muster, Trends und Korrelationen gemäß §44b UrhG („Text und Data Mining") zu gewinnen, ist untersagt.

Verlag: BoD · Books on Demand GmbH, Überseering 33, 22297 Hamburg,

bod@bod.de

Druck: Libri Plureos GmbH, Friedensallee 273, 22763 Hamburg

ISBN: 978-3-7693-5164-4

Inhaltsverzeichnis

10   Perikles und Lysistrate
111 Vorwort des Herausgebers dieser Aufzeichnungen des Archidamos
15   Redaktionelle Hinweise

Die einleitenden Kapitel
16   Archidamos' eigenes Vorwort: „Ein Autor aus Sparta???"
18   Meine hellenische Welt – ein erster Überblick
19   Die Entwicklung hin zu meiner Zeit: Großgebiete, Poleis und kleinräumige Bündnisse
22   Die Bildung von Bündnissen von Poleis – das Beispiel Athen
24   Meine Heimat Sparta: Seine Normen, Sitten und Bräuche
31   Athens Seeherrschaft und unser Peloponnesischer Bund: Die Eigenart der zwei Bündnisse
35   Der Peloponnesische Bund – ein solider Fels?

Pentekontaitia – die 50 Jahre zwischen den Perserkriegen und dem Großen Krieg
36   Vorbemerkung zu den folgenden Kapiteln
36   Der gemeinsame Sieg und – das erste Misstrauen (Pentekontaitia I)
40   Meine persönliche Erinnerung an Themistokles
41   Spartas Könige: Monarchen? Priester? Oberbefehlshaber?
45   Nach Themistokles: Ohne Alternative in den Konflikt? (Pentekontaitia II)
47   Athen prescht vor – das Seereich (Pentekontaitia III)
51   Athen konsolidiert sein Seereich – Sparta wird von den Göttern getroffen (Pentekontaitia IV)
57   Ich selbst, Archidamos, meine Eigentümlichkeiten, meine Familie
60   Ithome - Die Festung der Heloten (Pentekontaitia V)
69   Die Generation der Söhne und Enkel, oder: Vom realistischen Erinnern an den Krieg
74   **Exkurs:** Die Kampfesart zu Lande - die Phalanx

Der Kleine Peloponnesische Krieg:
81   Die gegenseitige Erbitterung verfestigt sich (Pentekontaitia VI)
83   Korinth gegen Athen (Pentekontaitia VII)
86   Die erste große Schlacht und der späte Waffenstillstand (Pentekontaitia VIII)
91   **Exkurs:** Kimon – oder: Das Konzept der Bipolarität

εἰδέναι δὲ χρὴ ὅτι ἀνάγκη
πολεμεῖν

(Man muss allerdings wissen, dass es absolut notwendig ist Krieg zu führen.)

Perikles, Athens bestimmender Politiker, im Jahr vor dem Beginn der
Kampfhandlungen, zur Ablehnung spartanischer Verhandlungsangebote

ἀλλ' οὐδὲν δεῖ πρῶτον πολεμεῖν

(Aber Krieg führen soll man als erstes mal gar nicht.)

Gesprochen von Lysistrate, der Hauptfigur der gleichnamigen Komödie des
Atheners Aristophanes,

im 20. Jahr des Peloponnesischen Krieges

Leserin! Leser!

Hier übergebe ich Deinen Händen ein einzigartiges Werk! Einzigartig ist es zum einen, weil hier ein Spartaner schriftliche Aufzeichnungen größeren Umfangs hinterlassen hat, zum anderen wegen der gesellschaftlichen Stellung des Autoren in seiner Stadt: Als führender Politiker und Heerführer untersucht er Ursache und Anlass des Peloponnesischen Krieges! Der Heerführer dieses besonderen Militärstaates schildert den Weg in den Abgrund für seine Stadt, aber auch für ganz Griechenland!

Wie einzigartig dieser Krieg war, kann man ersehen aus der Schilderung seiner Dimensionen, die der bekannte Historiker und Zeitzeuge Thukydides, Sohn des Oloros, verfasst hat. Dieser erlebte noch das Ende des Krieges und verfasste das berühmte Werk darüber. Die meisten Wissenschaftler urteilen, dass Thukydides' Buch das Meisterwerk antiker Geschichtsschreibung ist.

Thukydides also urteilte:

„Dieser Krieg dehnte sich schon der Dauer nach lang aus und brachte so vielerlei Leiden über Griechenland wie sonst nie etwas in gleicher Zeit. Nie wurden so viele (griechische) Städte erobert und entvölkert, teils durch Barbaren, teils in gegenseitigen Kämpfen, manche bekamen sogar nach der Eroberung eine ganz neue Bevölkerung!

Nie gab es so viele Flüchtlinge, so viele Tote, durch den Krieg selbst und in den Kämpfen der verfeindeten Bevölkerungsklassen.

Was man von früher immer sagen hörte, aber die Wirklichkeit so selten bestätigte, wurde glaubhaft: Erdbeben, die weiteste Länderstrecken zugleich mit ungeheurer Wucht heimsuchten; Sonnenfinsternisse, die dichter eintrafen, als je aus früherer Zeit überliefert; dazu mancherorts unerhörte Hitze und darauf folgend Hungersnot; und schließlich die Pest – nicht die geringste dieser Plagen, ja, zum Teil die totale Vernichterin ---

All dies fiel zugleich mit diesem Krieg über die Hellenen her."

Diese Folgen, wie sie der zuverlässige Zeitzeuge Thukydides nach Ende des Krieges formulierte, bestätigen den Titel, den Archidamos schon zu Beginn dieses Krieges seinen Aufzeichnungen gegeben hatte:

„Ein Krieg, der auch den Sieger vernichtet"

Denn:

Sparta gewinnt nach 27 Jahren den Krieg – mit dem Geld des persischen Großkönigs, der ja so etwas wie der „Erbfeind" des freien Hellas war!

Sparta meint nach diesem Sieg durch fremdes Geld Griechenland allein regieren zu können! Typen wie Sthenelaidas, der Gegenspieler unseres Archidamos, ein konsequenter Kriegsverfechter, geben den Ton an. Die Beauftragten Spartas, die in die Städte Griechenlands als Regenten geschickt werden, versagen moralisch außerhalb ihrer eigenen Heimat, außerhalb des spartanischen „Kosmos", völlig: sie regieren die Städte wie eine ihrer militärischen Einheiten, befehlen zunehmend willkürlich; gleichzeitig sind sie süchtig nach Luxus und gebärden sich wie orientalische Potentaten. Sie bringen in der Folge die meisten der von ihnen beherrschten Städte gegen sich und gegen Sparta auf; es entsteht eine Empörung, die Sparta mit seiner schwindenden Macht nicht mehr einfangen kann. Und: Bei ihrer Rückkehr nach Sparta verderben diese früheren „Außenbeauftragten" dort die Moral ihrer in Sparta gebliebenen Mitbürger. Dadurch geht der Rest der früheren Einfachheit ihres „Kosmos", ihrer ehemals festgefügten Ordnung, zugrunde.

Inmitten all dieser Umwälzungen wird der Sohn unseres Archidamos, Agesilaos, einer von den beiden Königen. Von seinem Charakter wird in den Quellen nur Gutes berichtet. Aber in seinem politischen Handeln stemmt er sich vergeblich und ohne wirkliche Einsicht gegen eine Woge der Veränderungen in Raum und Zeit.

In seine Regierungszeit fällt die erste Niederlage eines spartanischen Heeres in offener Feldschlacht, die Schlacht bei Leuktra, gut 60 Jahre nach dem Beginn des Peloponnesischen Krieges, 30 Jahre nach dessen Ende. Agesilaos selbst war dort nicht anwesend, musste aber die Folgen dieser einzigartigen Niederlage während seiner gesamten restlichen Regierungszeit ertragen. Denn: Dort liegt getötet die Mehrzahl derer, die sich kriegerisch immer für tüchtiger hielten als der Rest der Griechen!!!

Agesilaos selbst musste die nachfolgenden Angriffe einer panhellenischen Allianz gegen Sparta selbst abwehren, was nur noch mit äußerster Mühe gelingt: Schon zur Zeit seines Vaters, also der Zeit des Archidamos, hatte der Verlust von „nur" 120 echten Spartiaten dazu geführt hatte, dass Sparta in Athen einen Frieden fast erflehte: die Großmacht musste sich also schon damals so weit demütigen, weil die Zahl ihrer Bürger-Krieger schon damals so weit gesunken war.

Agesilaos, Sohn des Archidamos, muss sich noch weiter erniedrigen, weil diese Zahl im Folgenden noch weiter gesunken war, besonders stark natürlich durch die Schlacht von Leuktra: Gegen Ende seiner Regierungszeit - kurz nach dieser Katastophe von Leuktra - kann Sparta schon kein Heer mehr aus seinen Bürger-Kriegern mehr aufstellen: sie liegen alle bei Leuktra.
Es blieb noch: die Schaffung von besonderen Einheiten aus Orten rund um Sparta und das Anwerben von Söldnern – an sich schon eine Schande für eine Gemeinschaft, die sich einst gerühmt hatte:

> 'Wir brauchen keine Stadtmauern (wie die Städte der übrigen Griechen), die Leiber unserer Krieger sind unsere Stadtmauern.'

Dem Sohn des Archidamos bleibt nichts anderes übrig als sich wie ein Söldner an den Perserkönig zu vermieten für dessen Unternehmungen in anderen Erdteilen, in diesem Fall in Ägypten. - *Ähnliches war zuvor dem Athener Xenophon passiert. Einige von Ihnen, verehrte Leserinnen und Leser, werden an Hand von dessen Werk „Anabasis" das Altgriechische gelernt haben.*

So lang und so tief reicht die Wirkung des Kriegsbeschlusses vom Beginn des Peloponnesischen Krieges, damals, im 50. Jahr nach den Schlachten von Salamis und Plataiai, diesen griechischen Triumphen gegen die Perser. Wegen dieser Langzeitfolgen mussten die Söhne und Enkel derer, die den Peloponnesischen Krieg, diesen Krieg zwischen Griechen, beschlossen hatten, sich an den Potentaten vermieten, den ihre Vorfahren bei Salamis und Plataiai zuvor so vollständig besiegt hatten.

Das Griechenland, das in Gestalt zweier großer Allianzen, geführt von zwei großmächtigen Städten, Athen und Sparta, ein eigenständiger Faktor zwischen Persien, Ägypten, den Phöniziern und den Barbaren war, dieses Griechenland liegt erschlagen auf den Schlachtfeldern des Peloponnesischen Krieges.

Es ist der Krieg, vor dem Archidamos gewarnt hatte.

<u>Redaktionelle Hinweise:</u>

<u>Zeitangaben:</u> Archidamos selbst benutzte für die Chronologie der Ereignisse die im gesamten damaligen Griechenland verbreitete Angabe nach Olympiaden. Ich habe dies der leichteren Lesbarkeit wegen verändert: Ich zähle die Jahre ab der Schlacht von Salamis im Jahre 480 vor unserer Zeitrechnung. Hiernach beginnt der Peloponnesische Krieg (431-404 v.u.Z.) im 50. Jahr nach der Schlacht von Salamis.

<u>Hauptquelle:</u> Ich habe diese Passagen aus dem Werk des Thukydides in freier Wiedergabe benutzt: die obige Beschreibung der Folgen des Krieges für Griechenland; die Reden der Korinther und der Athener; die Rede des Archidamos selbst und die seines Gegenspielers Sthenelaidas; schließlich die Perikles-Rede. Die Wiedergaben entstanden unter Benutzung des griechischen Originals und der Übersetzungen von Georg Peter Landmann (Artemis-Verlag) und von Michael Weißengerber (de Gruyter-Verlag).

<u>Unbekannte Begriffe:</u> **Griechenland** selbst heißt ja bei den Griechen der Antike und heute: **Hellas**; die Griechen selbst: **Hellenen**. Ich habe konsequent diese Bezeichnungen beibehalten.

Sonstige Personen, Orte oder Sachverhalte, die mir heutigen Lesern nicht sofort verständlich schienen, sind erläutert im Anhang: Worterklärungen.

<u>Orte</u>

2 Landkarten sind im Anhang beigefügt:

- die häufigsten Orte von Festlands-Griechenland

- bedeutende Orte auf dem Isthmos von Korinth und in Attika

Die einleitenden Kapitel

<u>Archidamos' eigenes Vorwort.</u>

„Ein Autor aus Sparta??? Das ist ja unerhört!"

Wenn Du, Leser aus Byzantion oder Patras oder Smyrna, schon von diesem Buch gehört haben solltest, denkst Du sicher, dass es sich um ein – wie die Barbaren sagen - „Fake" handelt.

'Es hat noch nie einen Spartiaten als Autoren gegeben!' so sagt alle Welt.

Und man drückt mit dieser Feststellung aus, dass man allgemein die Tatsache, dass Spartiaten nicht schreiben, für so unumstößlich hält wie wir Spartiaten die Gesetze unseres Lykourgos.

Auch für mich galten die heilsamen Gesetze unseres Gesetzgebers Lykourgos uneingeschränkt, sie formten den Kosmos, in dem ich lebe und in dem ich geformt wurde. Für mich galten sie in besonderem Maße! Denn als Spross eines der Geschlechter, aus welchem die Könige in Sparta stammen, waren sie umso bindender, als ich als „König" für die religiöse Absicherung meiner Mitbürger verantwortlich bin.

In dieser Sicherheit wuchs ich auf, hielt in meiner Jugend die Vorschriften des Lykourgos und unseren Kosmos für unwandelbar, unverrückbar wie die Sonne. Jetzt aber, am Ende meines Lebens, erfüllt mich ein anderes Gefühl:

Ich habe jetzt ANGST!

Nein, nicht diese Angst von Feiglingen davor, dass mir etwas passieren könnte. Das verbieten schon die Gesetze unseres Lykourgos! Nein, Angst vor dem, was sich nicht fassen lässt, nicht greifen oder angreifen lässt, nicht niederwerfen lässt, wie man normalerweise einen unserer Feinde niederwirft.

Angst, weil ich spüre, dass bei uns im Innern der Bürgerschaft etwas entgegen den Regeln des Lykourgos anwächst, obwohl sich alle an diese Gesetze halten - geradezu verzweifelt halten.

Angst, weil ich spüre, dass auch die Welt außerhalb unserer spartanischen Welt sich stürmisch verändert. Ich stoße immer wieder bei meinen Überlegungen zur Politik darauf, dass die Wege, die wir bisher - getreu den Geboten des Lykourgos - beschritten, nicht mehr ans Ziel führen; dass da Hindernisse auftauchen, die den geraden, den einfach erscheinenden Weg blockieren.

Und die größte Angst habe ich davor, dass die meisten meiner Mitbürger mir ausweichen, wenn ich diese Sorgen anspreche. Sie - geerdet in ihrem Kosmos - wollen keine Veränderungen! Und auf meine Vorhaltungen, dass diese Veränderungen schon da sind, dass sie sich auf sie mit genau derselben Disziplin im Geiste vorbereiten müssten, wie sie diese Disziplin bei den Leibesübungen und den Kämpfen zeigen – darauf reagieren sie mit vollkommenem Unverständnis, Gleichgültigkeit oder wütender Ablehnung.

Ich also, der eigentlich nicht existente Autor aus Sparta, schreibt dies für mich selbst auf – gegen das Ersticken. Ich hoffe, dass meine Ängste nach meinem Tode sich als irreal erweisen werden. Dann können diese für Sparta ungewohnten Gedanken mit diesem Buch vernichtet werden. Dann brauchen sich meine Mitbürger nicht an diesen Tabubruch, den eines schreibenden Spartaners, gewöhnen.

Falls aber meine Ängste reale Entwicklungen voraussehen, so soll dieses Buch nach meinem Tod von Nutzen sein. Vielleicht hilft es unter den Hellenen, denjenigen, die einmal in ähnlichen Umständen handeln müssen. Für sie, die Nachgeborenen, werde ich manches, was uns Zeitgenossen sofort verständlich war, erklären müssen. Und noch mehr Dinge werde ich in eigenen Kapiteln erklären müssen, falls das Buch zu den Nicht-Griechen unseres Mittelmeeres gelangen sollte. Du, Hellene, kannst ja diese Kapitel überspringen.

Schließlich bitte ich den Geist unseres Lykourgos um Vergebung! Ich,der ich aus dem innersten Kreis derer stamme, die sich „die Gleichen" nennen, kann Sachverhalte, die immer vielfältiger werden, nicht mehr auf lakonische Weise behandeln. Nicht so, wie ich es eigentlich müsste, nämlich mit möglichst wenigen Worten und einfachen Sätzen.

Es geht nicht! Es geht nicht mehr!

Noch vor 50 Jahren konnte unser Leonidas die von Worten überquellende Aufforderung des Großkönigs, doch gefälligst unsere Sperre am Thermopylen-Pass zu räumen, auf lakonische Weise beantworten: „Beweg' Dich, nimm sie!" Eine Ausdrucksweise, die man dem Großkönig erst einmal erklären musste!!!

Ich hier kann die heutige labyrinthische Situation nicht mehr mit einfachen Hauptsätzen schildern, die - wie früher - Imperative oder Infinitive statt vollständiger Verben enthalten, und Hauptsätze statt eines Gefüges aus Hauptsätzen und Nebensätzen. Ich muss un-lakonisch schreiben!

Vergebt, Mitbürger, dass ich gezwungen bin oft wie einer dieser schwatzhaften Athener zu schreiben, ja, manchmal sogar wie einer von deren Rhetoren, die sagen, dass man jeden lehren kann so zu reden, dass er allen alles beweisen kann. Bei diesen Zwergen der Rhetorik geht es um künstliche Übungen ---- mir hier geht es darum drohende Katastrophen angemessen zu beschreiben.

Meine hellenische Welt – ein erster Überblick

Dann, wenn ich nicht mehr sein werde, sind es vielleicht nicht nur Hellenen, die dies lesen werden, sondern auch Menschen aus anderen Ländern rund um unser Meer. Besonders dürften sich die Perser, die Ägypter und die Punier aus Karchedon aus meinen Gedanken Ratschläge für die Gestaltung ihrer eigenen Verhältnisse versprechen.

Wenn diese Voraussetzung zutrifft, kann ich nicht davon ausgehen, dass in späteren Zeiten Menschen aus anderen Räumen die nötige Kenntnis besitzen um meine Gedanken richtig einordnen zu können. Auch Hellenen werden lange nach meinem Tod andere Verhältnisse in Hellas antreffen. Sie besonders werden dann diese Beschreibung des Hellas vor dem Großen Krieg schätzen, auch wenn sie wohl nur mit Wehmut von diesem früheren Hellas lesen werden.

Erfahre also, Leser, grundlegende Informationen zur Welt der Hellenen zu meiner Zeit.

Die Entwicklung hin zu meiner Zeit: Großgebiete, Poleis und kleinräumige Bündnisse

Ich will für Dich eine grobe Gliederung unseres Siedlungsgebietes vornehmen, denn das, was Seeleute und Händler berichten, ist oft eine ungenaue Übertreibung dessen, was sie auf ein oder zwei Fahrten gesehen haben mögen.

Nahezu alle Hellenen bewohnen ein Land voller Berge und Täler, beide Landschaftsformen wechseln sich kleinräumig ab.

Wir Spartaner bewohnen die südliche Seite Halbinsel des Pelops, des Peloponnes. Wir beherrschen neben dem Tal, auf das der Taygetos blickt, eines der alten eingeborenen Völker, die Messenier. Neben uns und diesen gibt es noch die Argiver um Argos, die Achäer zum korinthischen Golf hin, die Eleaten um Elis herum und die Arkadier in der Mitte, im Raum nördlich von uns. Der Peloponnes selbst mündet in drei Halbinseln, wie dies bestimmte Ahorn-Bäume tun, bei denen man von den eigentlich fünf Fingern nur drei ausgeprägte sieht. Er selbst ist ebenfalls eine Halbinsel, denn er ist mit dem übrigen Hellas durch den Isthmos von Korinth verbunden.

Jenseits des Isthmos, ganz im Südosten des Festlandes liegt die Heimat der Athener, Attika. Nach Norden zu schließen sich dann Böotien, Thessalien und noch weiter nördlich Epirus und Makedonien an. Thessaliens und

Makedoniens Oberfläche nimmt sogar manchmal die Form einer Ebene haben, was fast untypisch ist für Hellas, das ja gebirgig ist. Dort in Makedonien spricht man auch eine Art der hellenischen Sprache, wir im Süden aber betrachten diese Einwohner der Nordregionen als Halbbarbaren.

Im Osten von Attika, jenseits des Meeres, also schon in Asien, liegt Ionien mit seinen von Hellenen besiedelten Küstenstädten. Die Landverbindung zwischen Festlands-Hellas und Ionien heißt Thrakien. Der Westteil Thrakiens weist wie der Süden der Peloponnes wieder die Gestalt dieser dreifingrigen Blätter auf – in meinen Tagen entbrannte auf dem westlichen Finger einer der letzten Anlässe für den Großen Krieg: Poteidaia.

Die vielfältige Inselwelt zwischen Festlands-Hellas und Ionien nennt man Ägäis, die weniger zahlreichen Inseln westlich des Peloponnes werden zusammen als die Ionischen Inseln bezeichnet. Dort entwickelte sich der andere Anlass zum Großen Krieg.

Frage mich bitte nicht, aufmerksamer Leser, weshalb die Inseln, die am weitesten von Ionien entfernt sind, Ionische Inseln genannt werden! Die Antworten auf manche Rätsel sind tief in der Vorzeit verborgen.

Mein Land ist – wie gesagt – sehr gebirgig, über fast allen Hellenen ragen adlergestaltige Berge auf. Von einem Tal zum anderen winden sich die Wege hoch, sodass man oft Tage von einem zum anderen Tal braucht. Unsere langen Küsten sind sehr reich an Buchten und natürlichen Häfen, also Plätzen, die sich zur Gründung von Seefahrerstädten geradezu anbieten. Diese Gestalt des Binnenlandes und der Küsten bringt es mit sich, dass viele untereinander unabhängige, autonome Städte entstanden sind, die in einem unaufhörlichen, mal freundlichen, mal kriegerischen Austausch sind. Wir nennen diese Städte, die ja eigentlich Städte und gleichzeitig selbstständige Staaten sind, in unserer Sprache Polis, im Plural Poleis.

Kriegerische Anlässe gibt es genug: zuallererst natürlich Fragen der Grenzziehung und Streit um Handelsfragen; weiter Veränderungen in der benachbarten Poleis, die zu einer anderen Orientierung dieser Polis führen; Auszüge unserer jungen Männer, die bei der Nachbar-Polis ihre Kräfte beim Raub von Herden erproben; unfreundliche Behandlung der eigenen Leute in eine der Nachbar-Poleis, wenn sie auf Reisen dorthin kamen, und vieles mehr.

Ja, ich will einen der genannten Anlässe hier schon ausführlicher nennen, denn dieser wird später bei der ersten großen Krise vor dem Krieg noch eine Rolle spielen. In fast jeder Polis findest Du zwei Hauptklassen der Bevölkerung: die Adligen, die wir in unserer Sprache die Aristokraten nennen, und die darunter befindlichen Klassen, das Volk, das wir den „Demos" nennen. Wenn dieser die Stadt regiert, sprechen wir von Demokratia, also Herrschaft des Volkes oder der unteren Bevölkerungsschichten. Genau betrachtet gibt es in den Reihen des Demos auch wieder Unterteilungen, so etwa diejenigen, die anderen Arbeitsmöglichkeiten geben, und diejenigen, die bei diesen Leuten arbeiten. Bei jenen gibt es wieder diejenigen, die ihre Unternehmung innerhalb der Stadt betreiben und die, welche Waren ein- und ausführen.

Grundlegend für unseren Konflikt mit Athen und den Großen Krieg aber ist die Unterscheidung zwischen Aristokratie und Demokratie. Du vermisst die Könige und die Tyrannen, die so lange einzelne Poleis regierten, etwa Polykrates in Samos? Nun, diese Einzelherrschaften sind in den letzten Jahrzehnten seltener geworden. Aber zurück zum Befund, dass sich bei uns autonome Städte entwickelt haben!

Nun gibt es in Kleinasien, im Herrschaftsbereich des Großkönigs, auch großflächige Gebirge, sodass Du zweifeln könntest, ob die geografische Begründung, die ich für die Entstehung so vieler unabhängiger Poleis angab, zutrifft. Denn bei den Persern gibt es keine Zersplitterung in so viele Poleis, sondern einen Mittelpunkt, von dem aus der Großkönig das Land regiert.

Den Grund für diesen Unterschied zwischen Festlands-Hellas und dem persischen Reich sehe ich im Handel über das Meer. Dieser Handel existiert so für die im Landesinnern liegenden Gebiete der Perser nicht, also konnten sich nicht so viele Städte mit einer Macht bilden, die aus den

Gewinnen von Handel stammt und die die Grundlage bildet für Autonomie.

Man sieht diesen Unterschied am deutlichsten an der Küste von Asien, die dem griechischen Hauptland gegenüber liegt, also in Ionien. Auch dort an dieser gebirgigen Küste, die in das persische Binnenland übergeht, liegt an fast jeder Bucht eine Polis, bewohnt von griechischen Menschen: Smyrna, Halikarnassos, Milet, Ephesos. Diese betreiben Handel, sind dadurch kräftig und - immer in Revolte gegen das Zentrum, den Großkönig, der eine unsichere Herrschaft über sie ausübt, die aber von ganz anderer Art ist als seine Herrschaft über den Rest seines Gebietes, welches nicht an der Küste liegt.

Die Bildung von Bündnissen von Poleis – das Beispiel Athen

Dies mag reichen an Information über frühe Zeit der Bildung der einzelnen, autonomen Poleis. Jetzt werde ich die Entstehung der politischen Verhältnisse zu meiner Zeit zu erklären. Denn diese sind dadurch gekennzeichnet, dass sich zwei große Bündnisse von Poleis gegenüber stehen. Die Zersplitterung, die ich eben geschildert hatte, also die Zersplitterung in unabhängige Poleis von Tal zu Tal, mündete erst langsam, dann beschleunigt, in eine Entwicklung zum Zusammenschluss von Poleis.

Auch hier kann der Verstand leicht die Beweggründe erkennen. Waren Poleis im Konflikt, so suchten sie natürlich Bundesgenossen unter den Stämmen, die ursprünglich Griechenland bevölkert hatten: die Poleis, die aus dem Stamm der Achäer hervorgegangen waren, wandten sich also um Hilfe an ihre Stammesgenossen, die Achäer; die dorischen Poleis an die Stammesgenossen der Dorer. Aus vielen solcher Begebenheiten entwickelte sich dann so etwas wie ein Bündnis, hier also der Achäische oder der Dorische Bund. Kein festes Gebilde, bei Apollo, sondern unserem Charakter entsprechend etwas, das zwar dem Namen nach existierte, jedoch auch einmal eine Polis als Mitglied verlor, eine andere aber dazugewann, seine Gestalt also änderte.

So gab es bis zu den Perserkriegen lose Bündnisse etwa unter den Attikern, den Boiotern, den Argivern, den Epirern, und natürlich den erwähnten Achäern und Dorern, und vielen anderen Stämmen. Nur nicht unter den Messeniern! Aber dazu später ...

Diese gleichsam lockeren Verhältnisse existierten bis zu der Erschütterung durch die zwei Kriegszüge der Perserkönige Dareios und Xerxes nach Hellas. In diesen Kriegen gewann Athen ein außerordentliches Prestige durch seine Waffentaten an sich, aber auch durch seine Führung derjenigen Poleis, die nördlich des Isthmos und in Ionien liegen.

Man kann also sagen, dass diese eine Stadt zuerst zur Führerin Attikas, dann zur Anführerin der Ionier und zu der von vielen unserer ägäischen Inseln wurde. Sie alle ergaben sich der Führung und dem Schutz dieser immer mächtiger werdenden Stadt. Wenn Du Dir das Gesagte vor Augen führst, verstehst Du jetzt schon, wieso der Herrschaftsbereich Athens als „Seebund" oder „Seeherrschaft" bezeichnet wird: es sind größtenteils über dem Meer gelegene Gebiete. Daher übrigens auch die Entstehung der großmächtigen Flotte Athens; aber auch dazu später ...

Auf dem Festland nördlich des Isthmos außerhalb Attikas konnte Athen dagegen nie richtig Fuß fassen; gleiches gilt für die oben genannte Landbrücke zwischen dem Festland und Ionien, also in Thrakien. Daher dann auch die späteren Versuche Athens dort zuverlässige Stützpunkte zu gewinnen, daher der Konflikt um Poteidaia, die Kämpfe um Amphipolis.

Athen hat sich also von einer an der See gelegenen Poleis zum Hegemon eines Seereiches entwickelt. Es ist daher Beispiel für die Entwicklung erster, noch lockerer Bündnisse hin zu großflächigen Bündnissen von Poleis, die immer festere Gestalt annahmen. Zu meiner Zeit, also vor dem Großen Krieg, war die Entwicklung dann weit fortgeschritten. Es waren nur noch zwei Groß-Bündnisse prägend: Das der Seereich der Athener und unser Peloponnesischer Bund. Eigenständig, vom Typ der lockeren Bündnisse, waren nur noch Gebiete in Thessalien, Epirus, Makedonien und Thrakien; bei uns auf dem Peloponnes die Bündnisse um Argos und Elis.

<u>Meine Heimat Sparta: Seine Normen, Sitten und Bräuche</u>

Ich muss hier zu Anfang dieses Buches auch über meine Stadt schreiben! Selbst unter Hellenen herrschen teils Unwissenheit, teils Halbwissen über diese seltsamste aller griechischen Poleis. Zeuge für diese Besonderheit meiner Stadt ist der große Herodot! In seinem riesigen Werk schildert er Sitten und Gebräuche vieler Völker; unter uns Hellenen hält er das nicht für nötig, außer - im Falle meiner Stadt.

Nun befürchtest Du endlose Seiten, gefüllt mit seltsamen Dingen. Nein, ich schreibe über die Entstehung des größten aller Kriege!Deshalb möchte ich mich mit denjenigen Eigenarten meiner Stadt begnügen, die den größten Bezug zum Thema haben. Es geht um Frauen, Eisenbarren, Sklaven, Fremdenaustreibungen und ... Disziplin in Kombination mit Wettkampf.

Da ist zuerst unser Verhältnis zu den Heloten, wie unsere Sklaven genannt werden. Dieses prägt all unser Handeln und Denken. Jedoch nicht in der Hinsicht, wie manches Halbwissen es sich vorstellt, dass wir wirklich mit unserer Jungmannschaft auszögen und Jagd auf die Heloten machten, wenn wir in jedem Jahr symbolisch den Heloten den Krieg erklären. Diese Vorstellung ist Überbleibsel einer tatsächlichen Gewohnheit aus uralter Zeit, aus der Zeit direkt nach den Messenierkriegen, dessen erster ja etwa zur Zeit der ersten Olympiade stattfand. Heute erfolgt diese Kriegserklärung, wie gesagt, nur noch symbolisch. Zwar gibt es die spezielle Jungmannschaft noch, die früher auszog, um aufrührerische Elemente unter den Heloten einzuschüchtern oder zu töten: Wir nennen sie Krypteia. Die Erzählung über ihren jährlichen Einsatz aber hat sich gehalten, da es ja oft unter den Sterblichen gilt, dass gerade das Halbwissen zu den ungeheuerlichsten Vorstellungen führt, welche dann wieder wie Gespenstergeschichten dem Hörer ein wohliges Grauen über den Rücken jagen.

Du fragst, warum überhaupt vor Zeiten diese seltsame Sitte entstehen konnte.

Die Heloten sind unsere Sklaven. Du, freier Hellene oder Ägypter oder Perser, kennst nur die Sklaven, die Dein unmittelbarer Besitz sind, sei es, dass sie Dich persönlich bedienen, sei es, dass sie körperliche Arbeit für Dich auf den Feldern verrichten. Unsere Heloten gehören nicht Einzelpersonen, sondern der Gesamtheit unserer Vollbürger, uns, den „Gleichen", wie wir uns nennen.

Dieser Sachverhalt macht den gesamten Unterschied aus zu Deiner Sklavenhaltung. Gesetzt den Fall, Du wärst ein extrem tyrannischer Herr Deiner Sklaven, die ja noch in Haus- und Feldsklaven unterteilt sind, so könnte ein Aufstand dieser Sklaven geschehen – man hört ja immer wieder von solchen Dingen. Die Sklaven Deiner Nachbarn jedoch werden sich durch einen solchen Aufstand bei Dir nur in den seltensten Fällen verleiten lassen ihrerseits ebenfalls zu revoltieren. So ist die Erfahrung, denn sie leben ja getrennt voneinander und werden unterschiedlich behandelt. Hinzu kommt, dass sie ja zumeist aus fremden Gegenden vieler Himmelsrichtungen kommen und auch insofern keine einheitliche Gruppe bilden, ja, sich oft nicht einmal untereinander richtig verständigen können.

Unsere Heloten dagegen sind die Nachkommen eines Volksstammes, der unsere Nachbarlandschaft Messenien bewohnte und von unseren Vorfahren unterworfen wurde. Sie wurden also als ein ganzes Volk versklavt, „durften" aber weiter zusammen da wohnen, wo sie vor der Versklavung gewohnt hatten. Sie sind einzig verpflichtet uns unseren Lebensunterhalt zu erarbeiten, damit wir uns ohne körperliche Arbeit unsererseits nur den Leibesübungen und dem Exerzieren in Waffen widmen können. Es dürfte klar sein, dass diese vereinte Menge an Menschen im Fall einer Revolte eine größere Gefahr darstellt als sie von euren Sklaven droht, die ja - untereinander uneins - Besitz eines Einzelnen sind.

Die Messenier sind uns schon von der Anzahl her überlegen; sie sind untereinander homogen und damit leicht zu gemeinsamen Aktionen befähigt. Wir leben also trotz unseres stolzen Auftretens immer in Furcht vor Revolten. In der Vergangenheit hatte hauptsächlich diese Furcht zur Folge, dass wir uns allein der Vorbereitung auf den Kampf widmeten. Seit dem großen Heloten-Aufstand zu Beginn meines Königtums, etwa 15 Jahre nach Salamis, hat sich dies noch verstärkt: die Heloten bewiesen, dass sie ausdauernde Kämpfer sein können; wir hatten offenbart, dass wir für Formen des Kampfes, die nicht in der regelrechten Schlacht bestanden, kaum gerüstet waren und sogar Hilfe von den Athenern erbeten mussten.

Ausführlich kannst Du dies hier bei mir in dem Kapitel „Ithome - Die Festung der Heloten" verfolgen.

Ich fasse zusammen: Unsere Lebensweise ist ursächlich bedingt durch unsere Herrschaft über einen ganzen Volksstamm, der versklavt ist, aber weiter zusammen lebt, nicht getrennt nach verschiedener Herkunft und Verwendung in Haus und Feld. Überspitzt gesagt könnte man sogar formulieren, dass wir die Gefangenen unserer Herrschaft über die Sklaven sind. Aber ich will die Kühnheit des ungewöhnlichen Ausdrucks hier nicht zu weit treiben und den Kitzel immer abstrakterer Gedanken den Philosophen und Sophisten Athens überlassen!

Eine weitere Eigentümlichkeit ist unser Verzicht auf Geld aus Edelmetall. Ich persönlich bin gerade auf diesen Zug unserer Gemeinschaft sehr stolz! Das Fehlen der Möglichkeit, in der kleinen Form, die das Edelmetall darstellt, riesigen privaten Reichtum zu erwerben und zu horten, hat uns schon viele innere Konflikte erspart; man denke nur an die Spaltung in Adel und Volk, wie ich sie Dir hier im vorletzten Kapitel als charakteristisch für fast alle Poleis geschildert habe. Denn diese Spaltung hat ihre tiefere Ursache in dem verschiedenen Reichtum der Bewohner der jeweiligen Polis. Wir dagegen nennen uns „die Gleichen", weil es bei uns keine größeren Unterschiede des Besitzes gibt. Lob unserem Lykourgos, der in seiner Weisheit uns den Verzicht auf Edelmetall-Geld gebot!

Vom inneren Frieden als positive Folge dieser Entscheidung hatte ich schon gesprochen. Der Verzicht auf Edelmetall-Geld führt aber auch dazu, dass wir weniger Kontakt mit der Außenwelt haben. Denn natürlich haben auch wir für Verkäufe untereinander eine Art Geld, welches aber --- aus Eisenbarren besteht. Wie nun sollten wir Handel nach außen treiben, also in Kontakt treten, wenn der Kauf einer schönen Vase zur Folge hätte, dass wir mit diversen schweren Eisenbarren auf einem langsamen Ochsengespann zum Verkäufer fahren müssten?

Dies zu den segensreichen Folgen dieser von Lykourgos stammenden Einrichtung.

Mittlerweile allerdings haben sich leichte Veränderungen in der Wirklichkeit ergeben. Immer wieder müssen die Ephoren, unser Kontrollgremium, feststellen, dass einzelne von uns Gleichen über Mittelsmänner doch den Erwerb von teuren Gegenständen erstreben. In dem Kapitel „Athen prescht vor - Das Seereich" habe ich Dir geschildert, wie Pausanias bei seinem Kommando in Kleinasien die Sitten der dortigen Menschen annahm. Er begehrte den Luxus und sandte wertvolle, seltene Gegenstände nach Hause. Diese Begierde also, die dieser eigentlich noch geringfügige Luxus damals auslöste, sickert seitdem fast unmerklich in unsere Gemeinschaft ein.

Hier ist übrigens der Ursprung der Fremdenaustreibungen. Vielleicht stellst Du Dir darunter eine gewaltsame Jagd auf alle Nicht-Lakedaimonier vor. Nein, es handelt sich darum, dass wir in bestimmten Abständen all denen, die sich zwischenzeitlich aus anderen Poleis bei unseren Periöken angesiedelt haben, den Befehl erteilen in ihre Heimat zurückzukehren. Das betrifft eigentlich nur Händler oder Inhaber von Geschäften. Diese schaffen es nämlich immer sich gleichsam einzuschleichen, um uns Spartiaten und den Periöken Waren zu verkaufen. Die Austreibungen sind also nötig, weil wir sonst von einem Ring von Verkäufern umgeben wären, die uns den Luxus, fremde Gedanken und fremde Sitten einschleppen würden.

Einen weiteren Zugang findet diese Begierde nach Luxus durch eine andere Eigentümlichkeit unserer Stadt: die Stellung der Frau. Du, Hellene, und Du, Ägypter, ihr habt mir schon manches Mal ungläubig zugehört, wenn ich im privaten Gespräch erzählte, dass bei uns die Frau ihren Körper in der Öffentlichkeit stählt, dass sie auch sonst ein Leben außerhalb des Hauses hat, ja, dass sie sogar Erbin sein kann. Soviel ich weiß, gibt es diese Einrichtung bei keinem anderen unserer Kulturvölker.

Im Kapitel über „Oliganthropia" stelle ich Dir eine besondere Folge dieser starken Eigenständigkeit der Frau dar. Hier im Moment kommt es mehr auf die Sehnsucht von Frauen nach schönen Dingen an. Diese Sehnsucht führt auf direktem Wege zur Sucht nach Luxus. Die versteckte Möglichkeit solchen Luxus zu erwerben bietet sich Frauen bei uns durch ihren Eigen-Besitz, etwa aus einem Erbe.

Aber nicht nur die eigenständige Frau, auch diejenige Frau findet Zugang zum Luxus, die in einem engen Verhältnis zu ihrem Mann lebt. Das ist zwar bei uns eine Seltenheit, kommt aber dennoch vor. Solch eine enge Beziehung ist das Eingangstor für die Sehnsucht nach dem Schönen. Denn nenne mir einen Mann, der nicht auf Bitten seiner Frau alles daran setzt, ihr das Objekt ihrer Wünsche zu beschaffen! Der Mann ist da oft ein fast wehrloses Opfer, denn natürlich gehört es zu seinem Stolz, so mächtig zu sein, dass er seiner Frau Dinge ermöglicht, die der Durchschnitt der Frauen nicht hat; dies entspringt der Eigenliebe des Mannes. Umgekehrt kann die Frau ihn zur Erfüllung ihrer Wünsche unter Druck setzen, indem sie ihm die Erfüllung seiner Begierden versagt oder diese verzögert. Eine andere besonders wirksame Methode ist das von der Erziehung bei der Frau erzeugte Talent zur schmeichelnden, schmachtenden Bitte. Zwar existiert diese Eigenschaft bei uns kaum, jedenfalls im Vergleich zu den Frauen außerhalb unserer Gemeinschaft; aber es existiert in einer spezifischen Form, die auf unsere Männer trotz ihrer geringeren Intensität wirkt, weil diese die kunstvoll schmachtende Form eurer Frauen ja gar nicht kennen.

Gerade über letztere muss ich Dir, Ausländer, wohl kaum etwas erzählen. Wie ich höre, sind eure in Abgeschiedenheit und Abhängigkeit gehaltenen Frauen da noch wesentlich talentierter!

Jetzt erwartest Du vielleicht noch Dinge zu erfahren, die man bei euch als eine Art spartanischer Skandale ansehen mag, geeignet, die Phantasie zu beschäftigen: das Aushalten von Schmerzen, Spiele, bei denen auch Frauen nackt auftreten, und was da sonst noch über uns an Gerede umläuft.

Für mein Thema sind all dies Randerscheinungen oder Übertreibungen oder folkloristische Überbleibsel. Es bleibt noch eine Eigentümlichkeit zu berichten: die konsequente Erziehung zu Gehorsam. Diese durchzieht bei uns wegen der Heloten das gesamte Leben, während sie bei euch im

Grunde nur in Zeiten des Krieges gefordert ist, meist mit geringem Erfolg, da sie euch nicht in Fleisch und Blut übergegangen ist.

Der Erziehung zum Gehorsam dienen viele einzelne Elemente. Eines von diesen will ich hier – abseits von folkoristischer Ausmalung – kurz schildern. Wie Du weißt, leben die Jungen bei uns von der Zeit, in der ihre Körper sich kräftigen, bis zur Mannhaftigkeit in Gruppen. Nein, ich müsste diese Gruppen Einheiten nennen, denn sie nehmen die taktischen Körper vorweg, in denen sie später kämpfen müssen: sie haben einen Kommandanten, der den nötigen Gehorsam auch mit dem Stock erzwingen kann. Man findet bei uns kaum eine Einheit von Jungen, die – selbst innerhalb der Stadt – nicht in einer Marschordnung daherzieht unter der Führung des Kommandanten, wir nennen ihn „Paidonomos", was so viel heißt wie „Gesetz für die Knaben". Falls dieser Paidonomos einmal nicht zugegen sein sollte, so darf jeder erwachsene Vollbürger das Kommando über eine Einheit übernehmen und Verfehlungen mit Schlägen strafen. So sind unsere Jungen eigentlich nie ohne Aufsicht und Kommando.

Du wirst einwenden:

'Wenn jeder solch ein Kommando übernehmen und strafen darf, so ist doch die Gefahr von Missbrauch groß. Wir kennen doch genug schlechte Menschen, die ihre bösen Triebe an Schutzbefohlenen ausleben.'

Nun, ich kann dir versichern, dass dies bei uns nicht geschieht. Zunächst einmal leben wir ja sehr eng zusammen, sodass schon hierdurch jeder jeden kontrolliert; weiter hat natürlich solche ein Erwachsener, der zeitweise den Paidonomos ersetzt, wieder seine Vorgesetzten. Im Übrigen wirkt auch unsere Rhethra in Richtung dieses Ziels. Beide zusammen erzeugen eine wirksame Kontrolle des Verhaltens dieser Erwachsenen.

Du wirst weiter einwenden:

'Archidamos, solch eine dauernde Erziehung zum Gehorsam, besonders die Schläge, bewirkt doch beim Einzelnen, dass er nur noch geduckt einhergeht und keinen eigenen Gedanken mehr fasst.'

Ich antworte, dass unsere Rhetra ein Gegengewicht zu solch einer Haltung bereithält: die dauernden Leibesübungen, die sehr oft in Form von Wettkämpfen stattfinden. Hier kann der Einzelne danach streben über die anderen hinauszuwachsen; für das Streben nach diesem Hervorragen über die Einheit gibt es keine Gehorsamsschranke. Ich kenne viele unserer Jugendlichen, die des Achilles Wahlspruch als den ihren genommen hatten: Aiein aristeuein – immer der Beste sein.

Ich will nicht verschweigen, dass diese Kombination aus Gehorsam und Wettkampf zu Verletzungen führt, die im Aushalten von Schmerzen münden. Von dort aus ist für euch Ausländer eine ganze Serie von Skandalerzählungen entstanden, so etwa die von dem Jungen, dem der junge Fuchs die Brust zerkratzt. Aber dies gehört nicht zu meinem eigentlichen Thema.

Wenn ich zusammenfassen sollte, wie man sich bei uns fühlt, so würde mir zuerst der Stolz auf die Zugehörigkeit zu einer solchen Gemeinschaft einfallen: in Gleichheit des Besitzes und des Verhaltens zusammenlebend, ohne die Anreize zu Bürgerzwist wie in anderen Poleis, werden wir überall außerhalb der Stadt mit Bewunderung oder zum mindesten mit Staunen angesehen. So kommt es, dass unsere Menschen äußerst stolz wirken, trotz ihres dauernden Gehorsams.

Aber ich würde unehrlich sein, wenn ich nicht auch folgendes bemerkte und mitteilte: Gerade diese Fixierung auf die Gemeinschaft und ihre Gebote bringt Denkweisen hervor, die bei den meisten von uns wenig durch Flexibilität geprägt sind. Denn wir sind ja nur mit den engen Verhaltensweisen der Gemeinschaft beschäftigt, sind kaum interessiert an den Dingen außerhalb, sei es aus Gleichgültigkeit, sei es aus Verachtung. Selbst das Streben, der Erste, der Beste zu sein, dieses Gegengewicht gegen zu große Einförmigkeit, bezieht sich ja nur auf die Sitten, Regeln und Gebräuche unserer engen Gemeinschaft.

Gerade in meiner Zeit, der Zeit vor dem Großen Kriege, beobachte ich aus meinem etwas hervorgehobenen Blickwinkel, dass die einengenden Faktoren unseres Lebens immer stärker die freie Erfassung der politischen Faktoren hemmen.

Diese Wahrnehmung habe nur ich und einige ganz Wenige. Bei mir entstand sie durch meine zweite Ehe, meinen behinderten Sohn, meine hervorgehobene Stellung mit ihren Außenkontakten, etwa den zu Perikles. Diese Kontakte schienen mir für meine Position erforderlich, ich habe sie jedoch auch aus einer Art Neugier gesucht. Im Unterschied zu Leuten wie Pausanias jedoch blieb dies reine Neugierde, nicht die Gier so zu leben wie die Leute außerhalb unserer Gemeinschaft.

Athens Seeherrschaft und unser Peloponnesischer Bund: Die Eigenart der zwei Bündnisse

Bisher schrieb ich Dir Grundinformationen zu Griechenland, zu meiner Stadt und zur Bildung des Seereiches der Athener. Du sollst Dich schnell auf das Thema des Großen Krieges einstellen können: deshalb darf hier eine Beschreibung des jetzigen Zustandes der beiden Bündnisse nicht fehlen.

Man darf da nicht nachlässig sein in der gedanklichen Erfassung. Sonst passiert einem, was vielen meiner Mitbürger unterläuft, die geistig eher unbeweglich sind: sie sehen weiter die Welt nur aus Sicht unserer einen Stadt, bekommen höchstens noch mit, was einer unserer Bundesgenossen uns mitteilt. Tatsächlich aber ist unsere Stadt, obwohl sie so tief in dem Peloponnes liegt, durch den Peloponnesischen Bund mit dessen Seestädten immer auch in Kontakt mit Entwicklungen auf See – selbst gegen ihren Willen existiert dieser Kontakt. Denke nur an das große Korinth, wie sehr diese Seestadt als unser Hauptverbündeter uns in das Geschehen auch außerhalb von Hellas verwickeln kann! Das bedeutet hier: bis nach Karchedon und den Säulen des Herkles, zu den italischen Etruskern, den Illyrern hoch im Norden unserer ionischen Inseln, aber auch zu den Persern und dem Pontos, schließlich zu den Ägyptern und den Völkern in Palästina und Syrien.

Das Bündnis selbst führt also dazu, dass man in eventuelle Konflikte, die die Bundesgenossen mit Städten in diesen genannten Gegenden haben, selbst leicht verwickelt werden kann. Daraus entsteht die Frage, inwieweit die Führungsmacht eines solchen Bündnisses über all das informiert ist und in welchem Maße sie Stellung nimmt. Zwischen den Polen des Desinteresses und der sofortigen Einmischung gibt es unzählige Möglichkeiten. Bei uns ins Sparta herrscht oft das Desinteresse vor ...

Ich werde mit dem beginnen, was Dir, Leser, schon etwas bekannt ist: mit dem Attischen Seebund, besser: dem Seereich der Athener, und zwar durch einen Vergleich der Haupteigenschaften dieses Seereiches mit unserem Peloponnesischen Bund. Nur im Vergleich wird für Dich jetzt schon klar, wo die Unterschiede der beiden Haupt-Bündnisse liegen. Falls Du jetzt schon Einzelheiten zum athenischen Seereich wissen willst, solltest Du in den Kapiteln „Athen prescht vor" und „Athen konsolidiert sein Seereich" nachlesen, welches die Zeit nach unserem Sieg gegen die Perser beschreibt.

Im Reich der Athener bestimmt nur einer die Politik: der Hegemon, also Athen. Seine Bündner hatten sich ursprünglich einmal zum Kampf gegen den Perser dem Bündnis angeschlossen und sind jetzt unselbstständig. Diejenigen, die ihre Selbstständigkeit zurückerlangen wollten, wurden mit Gewalt erneut in den Seebund gezwungen. So passierte es zuerst der Insel Naxos im 14. Jahr nach Salamis: sie wurde entgegen dem Bündnisvertrag daran gehindert aus dem Seebund auszutreten.

Athen aber herrscht nicht nur durch seine eigene militärische Macht, sondern auch dadurch, dass es bei den Mitgliedern seines Reiches diejenigen bevorteilt, die jetzt in ihrer jeweiligen Stadt mit Hilfe Athens die früher herrschenden Aristokraten unterdrücken. Durch Athen stehen dort jetzt fast überall Demokraten an der Spitze. Athen unterstützte also überall die Entstehung von Demokratien. Es hatte damit bis zur Niederschlagung der ersten Aufstände von Bundesgenossen noch großen Erfolg, weil die Menschen eben meinen, dass in solch einer Demokratie das Volk herrsche, also die Mehrheit der Menschen.

Tatsächlich kann aber Demokratie bei diesen unselbstständigen Mitgliedern des Seereiches ganz viele Bedeutungen und Formen annehmen. Ich führe sie hier auf drei Typen zurück:

- Es herrscht jetzt statt der alten Aristokratie eine Fraktion derselben, denn auch früher hatten sich ja schon adlige Familien zerstritten und um die Führung gekämpft. Diese Möglichkeit ist auch diejenige, die eigentlich in Athen herrscht. Denn es ist ja allgemein bekannt, dass Perikles, der führende Kopf Athens, aus dem uraltem Adelsgeschlecht der Alkmaioniden abstammt.

- Es herrscht eine mittlere Gruppe der Gesamtbevölkerung, vom Beruf her Handwerksmeister, Besitzer von Manufakturen und Handels-Unternehmer. Diese Leute wehren die gesamte alte Aristokratie ab, aber auch diejenigen Volksgruppen, die es in dieser Stadt unter ihnen selbst gibt.

- Ja, es gibt sogar einige Städte im Seereich, in denen diese unteren Volksgruppen herrschen, wobei sie hier auf Teile der gerade genannten mittleren Gruppe rechnen können, teils sogar auf Einzelne aus der Aristokratie, die dadurch sich an die Spitze ihrer Stadt stellen wollen, eben unter dem Schein einer Volks-Herrschaft.

Wichtig für den Seebund ist einfach nur:

Es sollen bei den Mitgliedern diejenigen in der Innenpolitik die Kontrolle haben, die Athen freundlich gesinnt sind. Diese wiederum werden von Athen bei inneren Auseinandersetzungen unterstützt. Überspitzt gesagt hält das Seereich zusammen, weil es in jeder Stadt einen Gegner gibt, die Aristokratie; es hält nicht zusammen durch die gemeinsame Liebe zu einem Ideal der Volks-Herrschaft, der Demo-kratie.

Im Gegensatz zu diesem Seereich der Athener - äußerlich ein Verbund von Demokratien, tatsächlich zentral und straff geführt durch den Hegemon - gibt es im Peloponnesischen Bund zwar außenpolitisch Sparta als Hegemon, jedoch auch eine weitgehende Autonomie im Innern und zum mindesten formal in der Außenpolitik Mitbestimmung der Bündner, meiner Ansicht nach jedenfalls. Das zeigte sich in der Wirklichkeit durch die geringe Einflussnahme unsererseits gegenüber Korinth in seinem Streit mit Kerkyra – der ersten Krise vor dem Großen Krieg. Es zeigte sich noch mehr in den teilweise unverschämten Anklagen unserer Bündner hier bei den Volksversammlungen, die dem Kriegsbeschluss vorausgingen. Lies nur die Rede der Korinther dort im Kapitel „Die Rede der Korinther" dieses Buches.

Ja, selbst ein Kriegsbeschluss wird bei uns in Abstimmung aller gefasst!!! Ein Vorgang, unvorstellbar für den Bund der Athener! Der Peloponnesische Bund also unter dem Hegemon des angeblich so elitären Sparta ist „demokratischer" verfasst als der Bund des demokratischen Athen. Jedenfalls dürfen alle über die wichtigste Frage, die von Krieg und Frieden, abstimmen und sich vorher lauthals Gehör bei uns und den Bundesgenossen verschaffen. Noch ein Beleg hierfür neben den gerade erwähnten Anklagen: Die Führung von Samos ersuchte in ihrem Aufstand gegen Athen unsere Hilfe, es war nur 9 Jahre vor dem Großen Krieg, im 41. Jahre nach Salamis; Korinth war der Erbfeind Athens; die Meinungen in unserem Bund über das Hilfsgesuchen waren geteilt; Korinth brüstete sich später, dass es nicht gegen unsere spartanische Auffassung aufgetreten sei den Samiern nicht zu helfen. Die Korinther bestätigten hiermit, dass sie auch gegen unsere Meinung sich hätten äußern können, also dass es bei uns im Bund offene Diskussionen ohne feststehende Ergebnisse gibt.

Bezüglich der inneren Verhältnisse unserer Bündner gilt: es gibt weniger Einmischung des Hegemon. Das hat nichts zu tun mit einer Liberalität unserer Stadt, oder mit einer Achtung vor Autonomie. Es ist einfach Ausfluss unserer Eigenbrödelei, unserer Oliganthropia, unserer Sorge vor Beeinflussung unserer Menschen im „Ausland", ja, auch unserer Sprunghaftigkeit in den letzten 5 Dekaden, die mit all dem zusammenhängt.

Zu all diesen Erscheinungen kannst Du im Folgenden die Kapitel lesen: „Ein Steuern der Krise durch Sparta" und „Der Menschenmangel beeinflusst unsere Entschlusskraft"

Der Peloponnesische Bund – ein solider Fels?

Du magst den Eindruck gewonnen haben, dass wir Herren des gesamten Peloponnes sind, weil wir ja auch immer vom Peloponnesischen Bund sprechen. Nun, diese Bezeichnung ist ungenau, wie so viele, bei denen es auf Kürze ankommt. Es gibt zwei große Gebiete auf dem Peloponnes, auf die wir keinen für uns positiven Einfluss haben oder die uns sogar feindlich sind: Im Nordwesten ist es das Gebiet der Eleer mit ihrem Hauptort Elis, im Nordosten die mächtige Stadt Argos. Mit ihren Bewohnern, den Argivern, hatten wir schon öfter Krieg.

Der „solide Fels" scheitert schon an der Gestalt des Landes, das ja durch Berge und Täler auf engstem Raume geprägt ist. So dauert es gute 10 Tage, wenn wir versuchen sollten ein Heer nach Elis zu schicken. Die Athener schaffen eine nur unwesentlich kürzere Strecke, die von Pegai nach Naupaktos, mit ihren Schiffen in 2 Tagen. Es ist also für sie wesentlich leichter die Mitglieder ihres Bündnisses zu kontrollieren als für uns die unsrigen zu überwachen.

Ja, manchmal wundere ich mich, wie wir es bisher geschafft haben, die messenischen Heloten in ihrer Sklaverei zu halten, obwohl sie doch durch höchste Berge von uns getrennt leben.

Pentekontaitia – die 50 Jahre zwischen den Perserkriegen und dem Großen Krieg

Vorbemerkung zu den folgenden Kapiteln

Falls du, Leser, ein Nichthellene bist, so muss ich Dir zu Beginn der folgenden Kapitel, die ja die Zeit zwischen den Perserkriegen bis zum jetzigen Großen Krieg behandeln, die Bezeichnung für diese Epoche erklären. Pentekontaitia ist unser Wort für diese Periode von fast 50 Jahren. In unserer Sprache bezeichnet das Wort „pentekonta" die Zahl 50, das Wort „pentekontaetia" also die Epoche der 50 Jahre zwischen dem zweiten Perserkrieg und dem Großen Krieg zwischen Sparta und Athen, der sich in diesen 50 Jahren allmählich entwickelt.

Falls Du ein geduldiger Leser bist, solltest Du der Abfolge der Zeiten folgen und jetzt hier die Geschehnisse dieser Pentekontaitia verfolgen. Falls es Dich aber nach Aktion, Konflikt, Abenteuer verlangt, solltest Du die Pentekontaitia zunächst überspringen, Dir die Krise um Epidamnos und Kerkyra vornehmen und dann zur Pentekontaitia zurückkehren, gleichsam auf der Suche nach den Ursachen der Krise.

Der gemeinsame Sieg und – das erste Misstrauen (Pentekontaitia I)

Wir sind im Jahr nach dem großen Sieg der Athener über die persische Flotte bei Salamis. In diesem Jahr folgte der gemeinsame hellenische Sieg in der Landschlacht bei Plataiai, unter dem Kommando unseres Pausanias, Sohn des Kleombrotos. Jeder erwartete doch wohl nach diesem Sieg, dass unsere vielen Stadtstaaten durch diesen gemeinsamen Erfolg zusammengeschweißt wären, dass sie zusammen eine stabile Abwehr nach Osten errichteten und dann die Früchte des Friedens genössen. Direkt anschließend sah es tatsächlich so aus: nach dem Sieg bei Plataiai zerstörte unsere panhellenische Flotte unter unserem König Leotychidas noch die zweite Säule der persischen Macht, indem sie bei Mykale die

Flotte des Großkönigs besiegte. Danach fuhr Leotychidas mit den peloponnesischen Schiffen nach Hause: Der Perser war ja vertrieben.

Die Athener blieben noch! Zusammen mit den Ioniern und den Städten des Hellespont wurde die Stadt Sestos am Hellespont, die noch als Basis der Perser verblieben war, eingenommen. Danach fuhren auch die Athener und ihre Verbündeten in ihre Poleis zurück. Die Früchte des Friedens, siehe oben, lockten die einen, die Sorge um ihre zerstörte Stadt die Athener, die Sehnsucht nach der Abgeschiedenheit hatte zuvor die die Unsrigen zurückgerufen.

Dies die Ereignisse an der Front. Dort herrschte jetzt Ruhe, an einem Ort jedoch kehrte diese nicht ein: Athen. Dort gab es zwar das verständliche Bestreben der Bevölkerung die Häuser in ihrer zerstörten Stadt wieder aufzubauen. Athens großer Stratege aus dem Perserkrieg aber agitierte mit einem Plan, der trotz des Ruhebedürfnisses der Bevölkerung bei dieser Anklang fand. Denn alle erinnerten sich an des Themistokles' Weitsicht Jahre zuvor bei dem Plan zur Abwehr der Perser. Man darf sich da nicht wundern: Die Perserkriege waren etwas wie das Urerlebnis der Hellenen geworden, und die Anführer in diesen Kriegen genossen fast blinde Verehrung – zunächst.

Themistokles zeigte sich hier wieder so radikal wie vor den Perserkriegen. Hatte er dort geraten, nur auf die Flotte zu bauen und die Stadt zu opfern, so riet er diesmal, mit dem Wiederaufbau der Gebäude eben dieser Stadt zu warten und zuerst eine Stadtmauer besonderen Ausmaßes zu bauen. Wohlgemerkt: alle sollten vor dem Wiedereinzug in ein wieder aufgebautes Heim ihre gesamte Kraft an die Mauer setzen, ja, eher noch die zum Wiederaufbau des Hauses nötigen Steine für die Mauer opfern. Und er drängte darauf, das Gleiche rund um den Hafen Piräus zu bauen. Und all das, obwohl nirgendwo ein Feind in Sicht war!

Diese Hast, die so sehr den menschlichen Grundbedürfnissen widersprach, erregte natürlich die Aufmerksamkeit der Nachbarstädte, auch die der Aristokraten in Athen. Unsere Bundesgenossen ebenfalls schickten Boten zu uns, wiesen auf Athens bewiesene Tüchtigkeit hin, malten die zukünftige Stärke Athens aus; wir reagierten – mit einer Gesandtschaft nach Athen. Wir taten dies eigentlich nicht aus Überzeugung, sondern um unsere Verbündeten zu besänftigen Wir rieten den Athenern durch diese Gesandtschaft, doch keine Stadt außerhalb des Peloponnes erneut zu befestigen, ja, bestehende Befestigungen sogar zu schleifen; falls es noch einmal zu einem persischen Einmarsch käme, so würde der Großkönig sich nicht auf befestigte Städte stützen können, wie er es diesmal mit dem befestigten Theben getan hatte; innerhalb des Peloponnes könnten die Befestigungen erhalten bleiben, da der Peloponnes mit seiner Halbinsel-Gestalt und dem schmalen Zugang über den Isthmos ja als Zuflucht für alle Hellenen nördlich des Isthmos dienen würde. - Während ich dies schreibe, erinnere ich mich der vielen Gespräche mit Athenern seitdem, besonders mit Perikles. Alle betonten, dass man diese Aufforderung unsererseits nicht nur als Hilfsmittel gegen künftige persische Angriffe verstehen konnte, sondern dass sie zuerst aussah wie eine Entwaffnung Athens und Zentralgriechenlands – zugunsten Spartas. Dieses Misstrauen erleichterte den Kurs, den Themistokles jetzt einschlug.

Dieser bestätigte derweil das Bild eines ungemein zielstrebigen, einfallsreichen Mannes: Er ließ sich als Führer einer Gesandtschaft zu uns bestimmen; gleichzeitig forderte er seine Mitbürger auf, während seiner Abwesenheit in Sparta die Mauer weiterzubauen – mit größter Schnelligkeit und ohne Rücksicht auf Menschen oder Schwierigkeiten beim Bau und beim Nachschub für den Bau.

Bei uns in Sparta hatte Themistokles es dann fast leicht, seine Gesandtschaft so lange hinzuziehen, wie für die Fertigstellung der Mauer benötigt wurde. Er genoss wegen seiner militärischen Erfolge bei uns militärisch erzogenen Menschen eine fast kindliche Bewunderung, sodass bei seinen ersten Verzögerungen kein Argwohn aufkam: er meldete sich nämlich nicht – wie üblich und für Verhandlungen nötig – bei unseren offiziellen Stellen, sondern redete sich bei allen Nachfragen darauf hinaus, er warte noch auf weitere Gesandte aus Athen und könne selbst nicht verstehen, wieso diese so lange ausblieben. Als dann endlich die versprochenen Gesandten da waren, und als quasi gleichzeitig durch Berichte von unseren Verbündeten – besonders Megara und Korinth - die Nachrichten über das Anwachsen der Mauer immer deutlicher wurden, riet Themistokles unseren Ephoren doch von sich aus Gesandte nach Athen zu schicken um die „Gerüchte" zu überprüfen. Zur gleichen Zeit schickte Themistokles seine Boten nach Athen, sie sollten die spartanischen Gesandten mit allen möglichen Ausflüchten hinhalten, und zwar so lange, bis er selbst und die eben eingetroffenen Mitgesandten wieder zurückgekehrt seien.

Nun folgt ein Beispiel für die Verschlagenheit des Themistokles: obwohl er fürchtete, die Spartaner würden ihn nicht gehen lassen, wenn die „Gerüchte" um den Mauerbau sich bewahrheiteten, trat er in unserer Volksversammlung auf. Jeder andere hätte nun weitere Ausflüchte und Verzögerungen präsentiert! Themistokles aber sprach nun offen von seiner Täuschung, und zwar mit Worten, wie nur er sie sich leisten konnte:

> *Die Befestigung der Stadt sei fertig. Wenn Sparta hinfort etwas mit Athen verhandeln wolle, so solle es sich bewusst sein, dass Athen immer die für seine Sicherheit nötigen Maßnahmen ohne Rücksprache mit jemandem oder Rücksicht auf jemanden ergreifen würde. So hätten sie es in den beiden Kriegen gegen den Perser mit Erfolg getan, und zwar in den Planungen, die sich ja als richtig herausgestellt hätten, und in der Tat selbst, bei Salamis, ohne auf Spartas Zustimmung oder dessen Ansichten oder dessen langsames Anrücken zu warten.*

> *In dieser Haltung hätten sie nun auch den Plan mit den Mauern gefasst und in die Tat umgesetzt. Die Mauern würden sich für Athen wir für die Allianz aller Griechen als Vorteil erweisen: ohne gleichgewichtige Rüstung im Aktiven wie im Passiven, beim Heer und den Befestigungen, sei eine Gleichberechtigung innerhalb der Allianz nicht möglich. Deshalb sei die Aufforderung Spartas, die nördlichen Städten sollten doch ihre Befestigungen schleifen, während die Poleis auf dem Peloponnes diese behielten, ein Verstoß gegen die Gleichheit innerhalb der Allianz und gegen das Gleichgewicht im Allgemeinen.*

Meine persönliche Erinnerung an Themistokles

Ich war als junger Mann Ohrenzeuge des Auftrittes dieses Mannes. Meine Reaktion und die meiner Mitbürger war nicht so, wie du, interessierter Leser, es wohl erwartest! Es gab angesichts dieser eigentlich provozierenden Worte und der Haltung dahinter keine ungehaltenen Rufe, ich sah auch keine Anzeichen der Verstimmung. Nein, man verehrte den Mann, wie schon gesagt; man rief sich untereinander in Erinnerung, dass man ja Athen nur den Ratschlag gegeben habe keine Mauern zu bauen, dass dies keine formelle Aufforderung gewesen sei. Insofern sei Themistokles' entgegengesetztes Handeln auch keine Beleidigung gewesen. Auch schien die Gleichheit innerhalb der Allianz doch ein Gebot der Gerechtigkeit. So konnte Themistokles ohne erkennbare Verstimmung unsererseits wohlbehalten nach Athen zurückkehren.

Erst nach seiner Abreise stellten sich doch Anzeichen dieser Verstimmung ein: der Einfluss seiner überragenden Persönlichkeit wurde ja durch seine Abreise schwächer; die Verbündeten warnten nachhaltig vor unserer Gutmütigkeit; einigen von uns schienen seine Worte jetzt, wo man sie ohne seine Gegenwart überdachte, doch sehr stark; und diesen Eindruck verbreiteten sie dann unter den Übrigen bei allen Gelegenheiten.

Themistokles sorgte übrigens nach seiner Rückkehr sofort energisch dafür, das die übrigen Steine für die Befestigung des Hafens Piräus verwendet wurden. Der Mann war völlig ruhelos, von einer Zielstrebigkeit, die man so vorher nicht gekannt hatte. Dieser Ausbau des Hafens war eigentlich die logische Folge seiner Flottenpolitik aus der Zeit vor dem Xerxes-Krieg mit Salamis und Plataiai. Aber damals war diese ein defensives Element gewesen. Jetzt wies dieser weitere Mauerbau auf einen ganz neuen Plan hin: Athen sollte sich nicht nur mit seiner Seemacht, gestützt auf den Piräus, bei Salamis verteidigt haben, sondern es sollte auf diesem Fundament ein See-Reich errichten. Diese Konzeption hinter dem Aufbau von Stadtmauern um Athen selbst herum und um seinen Hafen war uns in Sparta nicht bewusst: sie war eine offensive, sie stand dem status quo radikal entgegen.

Angesichts dieses überragenden Anführers der Athener fragst Du Dich vielleicht, wie denn unsere Führung sich gestaltete. Du meinst, dass gerade ich als König mich dazu sachkundig äußern könnte. So lies!

Spartas Könige: Monarchen? Priester? Oberbefehlshaber?

Du, Leser vom Pontos, oder aus Susa, oder aus Italien, wirst bestimmt nur ungenaue Kenntnis haben von den uralten Einrichtungen meiner Stadt. Nach eurem Herkommen oder dem Wortgebrauch bei uns Hellenen bezeichnet ja das Wort „basileus" einen König, also einen Alleinherrscher, der im Prinzip die ganze Politik in seiner Herrschaft bestimmt.

Nun, falls Du diesen Wortgebrauch für den „basileus" bei uns in Sparta zugrundelegst, dann hast Du eine völlig falsche Vorstellung von einem spartanischen „basileus"!

Zuerst: Wir sind zu zweit! Ja, es gibt immer zwei Könige, jeweils einen aus den zwei Geschlechtern, die seit uralten Zeiten feststehen. Sodann: Wir bestimmen nicht die Politik. Das wird bei uns im Zusammenspiel des Ältestenrates (bei uns „gerousia" genannt) mit den Ephoren und der Versammlung der Vollbürger geregelt.

Du fragst Dich sicherlich nun, Dir vor Vergnügen auf die Knie schlagend oder vor Verblüffung an die Stirn tippend: Wofür haben diese Spartaner nun Könige, und zwar gleich zwei?

Schriftliches zur Entstehung unserer Regierungsorgane haben wir fast nichts, was sich – bei Apollon - unter dem Anspruch des Wissens und der Klarheit versichern ließe. Ich könnte Dir deshalb nur antworten, was bei uns mündlich über Generationen überliefert wird. Aber mit diesen alten Legenden will ich Dich verschonen – jedes Kapitel ist ja bisher schon länger geworden als geplant. Stattdessen will ich Dir berichten, was es heute bei uns mit den genannten Organen auf sich hat.

Wir Könige sind dann, wenn die Volksversammlung auf Antrag der Gerousia oder der Ephoren den Krieg beschlossen hat, für dessen militärische Durchführung und seine Absicherung gegenüber den Göttern zuständig. Das ist der grundsätzliche Auftrag. Die Kollegialität bei den Königen, also dass es von uns immer zwei gleichzeitig gibt, kann man rational so erklären: bei der militärischen Durchführung eines Krieges ist es praktisch zwei Oberbefehlshaber zu haben (von denen jeweils einer nur alleinverantwortlich das Heer befehligt). Denn es kann ja passieren, dass zwei Kriege gleichzeitig zu führen sind; häufiger aber ist der Fall, dass ein König durch Alter, plötzliche oder anhaltende Krankheit, oder durch Tod im Krieg ausfällt. In diesen Fällen gibt es durch diese Kollegialität bei uns keine Pause in der Stringenz der Kriegsanstrengungen. EIN Oberbefehlshaber ist immer kriegsverwendungsfähig.

Ich fasse zusammen: die Könige sind bei uns dann gefragt, wenn es um die Götter geht und um die Führung eines Krieges. Bei diesem sind sie verantwortlich für dessen Durchführung als Oberbefehlshaber; sie stehen der Gerousia und den Ephoren beratend zur Seite in der Führung der Politik zwischen den Kriegen. Bei der Gerousia ist der Einfluss der Könige größer, da sie automatisch durch ihr Amt Mitglied dieses Gremiums sind. Im Krieg selbst wird der König von zwei Ephoren „beraten", die mit ihm ins Feld ziehen. Du siehst also, dass wir viel Wert legen auf die gegenseitige Kontrolle und das Gleichgewicht zwischen unseren Organen.

Wie wichtig die Absicherung gegenüber den unsterblichen Göttern ist, brauche ich wohl niemandem von euch zu erklären. Allerdings höre ich aus vielen Poleis und Ländern, dass der Wille der Götter mit mehr oder weniger Ernsthaftigkeit erforscht wird.

Unsere Menschen sind da sehr entschieden: Wenn die Götter widersprechen, oder wenn ihre Entscheidung unklar ist, oder wenn eine religiöses Fest ansteht - wird nicht marschiert. Mag sein, dass sich diese Entschiedenheit aus der Abgeschiedenheit unserer Lebensführung erklärt. Bei vielen Hellenen, und besonders in Athen, hat sich eine andere Einstellung zu den Göttern entwickelt. Oft werden die religiösen Riten von den meisten der Priester kaum noch ernst genommen, man vollzieht sie für die Menge, glaubt oft selbst nicht mehr daran, dass sich die Götter um das Schicksal der Menschen kümmern, sondern ihr eigenes Leben in ihren eigenen Sphären führen ohne Rücksicht auf Menschen.

Deshalb muss ich unsere Einstellung hier weiter mit drei Beispielen beleuchten – und ihrer Handhabung durch den „König"!

Bei euch wird bisweilen erzählt wir seien zu spät ausgerückt, als der erste Perserkönig Dareios, Vater des Xerxes, schon in der Ebene von Marathon gelandet war. Ja, wir führten das damalige religiöse Fest schneller durch, um losmarschieren zu können, aber wir konnten es nicht ausfallen lassen. Dass dann der Kampf so früh stattfand, war nicht unsere Absicht. Wir hätten den Athenern gern den Ruhm streitig gemacht! Das kann ich umso mehr versichern, als die Athener hier vor unserem jetzigen Großen Krieg keine Gelegenheit ausließen, uns immer wieder an unser „Fehlen" bei Marathon zu erinnern.

Auch wirst Du Dir kaum vorstellen können, dass hier bei uns fast alle glauben, dass das große Erdbeben, das dann im 27. Jahr nach Marathon, im 17. nach Salamis unsere „Stadt" zerstörte und zum ersten Mal unsere Zahl an Vollbürgern mit einer dauerhaft anhaltenden Wirkung verminderte, dass also dieses Erdbeben von Poseidon geschickt worden war. Der Grund: wir hatten lange Zeit zuvor einige Heloten, die sich als Schutzflehende in den Tempel des Poseidon am Tainaron geflüchtet hatten, unter Versprechungen der Unversehrtheit aus diesem Tempel herausgelockt, die Versprechungen mit Eiden beschworen und die Heloten dann entgegen diesen unseren eigenen Eiden getötet. Dieser Fehler, der uns durch das Erdbeben wieder in Erinnerung gerufen wurde, verstärkte dann noch die Scheu vor dem Willen der Götter, den die Unseren seit dieser Zeit über mehrere Generationen bis heute bewahrt haben. Wie gesagt, war die Tendenz im übrigen Griechenland eher gegenläufig.

Was diese religiöse Scheu mit unserer anscheinenden Langsamkeit zu tun hat, kannst Du folgendem Beispiel entnehmen: Unser Pausanias, der Oberkommandierende in der Schlacht bei Plataiai, führte direkt vor der Schlacht das vorgeschriebene Opfer durch. Das erste Ergebnis: Der Wille der Götter war unklar. Schon umschwärmten unser Fußvolk und die Verbündeten die persischen Reiter. Zweites Opfer: wieder unklar. Unsere

Verbündeten schickten schon zu Pausanias, man dürfe nicht länger in Stellung abwarten und Opfer der (übrigens oft fehlgehenden) Pfeile dieser Reiterei werden. Die guten Leute waren einfach wegen der Pfeile schwer nervös geworden.

Pausanias aber war unbeirrt: er brauche ein eindeutiges Zeichen der Götter. Dann beim dritten Opfer war klar: die Götter waren mit uns. Und Pausanias gab den Befehl, und die Schlacht wurde gewonnen.

Jetzt, 50 Jahre später - wir sind ja mittlerweile am Ende der Gewissheiten aus diesen alten Zeiten angekommen - stehen wir vor Beginn eines Krieges, der anders sein wird als alles, was überliefert wird und woraus wir unsere Erfahrung schöpfen könnten. Deshalb will ich hier auch mit Vernunftgründen erklären, weshalb Pausanias vielleicht drei Opfer brauchte vor seinem Befehl: Oft ist der Wille der Götter auch bei genauester Beobachtung der Merkmale an den Opfertieren unklar. Dann muss der Mensch entscheiden, was wohl im Moment der Wille der Götter sein könnte!

Pausanias musste damals die Ankunft von weiteren Kontingenten abwarten, jede Hundertschaft zählte gegen die persischen Massen; auch wäre ein früherer Angriff unserer Phalanx gefährlich gewesen, solange die persische Reiterei noch ihre Formationen einhielt. Pausanias führte das dritte Opfer durch, als diese Reiterei sich schon auf der Suche nach Beute in Einzelkämpfer aufgelöst hatte. Das war exakt der Zeitpunkt, zu dem man nun das persische Fußvolk, das in den Flanken nicht mehr gedeckt war, angreifen musste. - Der Erfolg gab ihm recht.

Übrigens haben die zwei Ephoren, die den König oder – im Falle von Pausanias – dessen Stellvertreter immer begleiten, beraten und beobachten, dieses kluge Verhalten von Pausanias mitgetragen. Sie haben danach aber, zu Hause, vor den Bürgern, nur treu und brav die religiöse Variante vorgetragen, nicht die Begründung für Pausanias' Zögern, die ich Dir hier gebe. Die Ephoren wissen im Allgemeinen, dass die Volksversammlung ein Ding ist, welches nur schwer an neue Themen und neue Deutungen herangeführt werden kann; dass man ihr besser nur mit gewohnten Worten und Denkweisen kommt; dass es nicht klug ist, die

Kontrolle über die Könige, die die Ephoren nun einmal ausüben, an Beispielen zu schildern, die mit siegreichen Schlachten verbunden sind. - Da zählt nur der Bericht in den üblichen Worten und in den Grenzen der üblichen Denkweisen, also hier die Begründung mit dem Willen der Götter.

Hier hast Du, Leser, nun die allgemeine Definition eines spartanischen „basileus" mit Beispielen aus dessen tatsächlichem Wirken.

Du willst noch mehr wissen? Etwa über unsere zivilen Befugnisse oder die Zeichen unserer besonderen Stellung in der Bürgerschaft? Nun, das sind verwickelte Dinge, Dinge, die auch von Zeit zu Zeit sich änderten, und über deren Entstehung und Veränderung es oft unterschiedliche Erzählungen gibt. Ich bin sicher, Du würdest Dich innerhalb kurzer Zeit langweilen! All diese Dinge haben nichts zu tun mit der neuen Situation durch diesen neuen Typ von Krieg, der hier Thema ist!

Ich will dich also trotz deines möglichen Interesses hiermit nicht behelligen. - Ich bleibe hier bei meinen schriftlichen Aufzeichnungen demjenigen Grundsatz treu, den wir im Kriege hochhalten: Ein Ziel, und darauf alle Kraft konzentriert!

Nach Themistokles: Ohne Alternative in den Konflikt? (Pentekontaitia II)

Von jetzt aus gesehen, also im 54. Jahr nach Salamis, nach 4 Jahren eines sinnlosen Krieges, kommt mir der Plan des Themistokles vor wie der erste Schritt auf einem abschüssigen Brett, vergleichbar den Planken beim Aussteigen von Schiffen: schon so mancher ist dort gestrauchelt; dann fällt man ins Wasser oder man stürzt schwer. Wenn man dieser Art der Betrachtung folgt, nämlich der mit einer zwangsläufigen Abfolge von Schritten auf einer schiefen Ebene, kämen ab dem ersten Fehltritt nur noch weitere Fehltritte. Wenn man das Bild auf die Politik und den Krieg überträgt, so würde das heißen, dass man nach dem ersten Fehltritt nichts mehr gegen die Katastrophe tun kann, dass sie vorbestimmt ist.

Wenn ich mir aber die Entwicklung seit dem Mauerbau der Athener langsam und überlegt vor Augen führe, dann meine ich doch zu merken, dass diesem Anfang nichts Notwendiges anhaftet: wir sind nicht von da aus ohne Alternative weitergestolpert zum jetzigen Krieg!

Denn: Es fehlten damals nach Themistokles' Manöver alle Faktoren, die jetzt in den finalen Krisen zum Krieg geführt haben. Am wichtigsten scheinen mir aus all den Faktoren zwei, nämlich eine materielle und eine ideelle. Materiell war Athen damals erst am Anfang der Begründung seines Seereiches. Jetzt aber ist seine Macht nach den fast 50 Jahren als Herrscherin des Seereiches so unendlich viel größer, und zwar nach der Anzahl der Kriegsschiffe wie auch nach den im Staatsschatz liegenden Gold- und Silbermengen, als dass man dies nur ansatzweise mit der Situation vor Begründung des Seereiches vergleichen könnte. Man denke nur an den damaligen Zustand Athens nach den Zerstörungen durch die Perser im Vergleich zum Glanz aus Marmor und Gold der jetzigen Stadt, der Pracht der Bauten des Perikles! Auch fehlte noch das Ausmaß an Bedrohung durch die athenische Macht, welches besonders unsere Alliierten aus der Nähe von Athen – Megara, Korinth - am Ende der Pentekontaetia in Angst versetzte.

Unter den ideellen Faktoren scheint mir der größte Unterschied in dem noch frischen Gefühl der Waffenbrüderschaft zu liegen, das besonders bei uns in Sparta noch in voller Blüte stand. Ohne dieses Gefühl wäre unsere gelassene Hinnahme der Winkelzüge des Themistokles gar nicht möglich gewesen. Ich habe sie dir gerade im letzten Kapitel beschrieben, diese Duldsamkeit gegenüber etwas, was ja eigentlich eine bewusste Täuschung, eine Folge von betrügerischen Handlungen war.

Es fehlte noch völlig diese Erbitterung, die später, nach den vielen Krisen der Pentekontaitia, jede Wahrnehmung des Anderen völlig vergiftete. Diese Stimmung ist so auffällig, dass die Sophisten in Athen dafür sogar ein eigenes Wort erfunden haben: die Perzeption, also die Wahrnehmung des Gegners. Ausführlich habe ich dir diese Abnutzung der Genauigkeit der gegenseitigen Perzeption in den Kapiteln „Epidamnos, Korinth und Kerkyra – die Entfesselung der Gewalt" und „Athen unter Perikles eskaliert mit"geschildert.

Ja, und es scheint mir rückblickend auch folgender idealler Faktor sicher: Das Ideengebäude um die Errichtung einer Herrschaft, welches sich anfangs höchstens in einem engen Kreis um die Vertrauten des Themistokles bildete, beherrschte und lenkte am Ende der Pentekontaitia dann das Denken in Athen sehr weitgehend. Du wirst noch sehen, wie einige Volksversammlungen der Athener noch gegen eine Verschärfung des Kurses gegen uns stimmten; den Falken aber fiel es leicht in der jeweils nächsten Versammlung an diesen Gedanken der Herrschaft, ihrer Gefährdung und ihrer unbedingten Aufrechterhaltung zu appellieren. Perikles drohte den Athenern sogar, sie hätten eine Tyrannis errichtet; die Zuhörer mussten daher fast zwangsläufig an die Gefahr eines Aufstandes der Sklaven denken. Eine alternative Konzeption wie die des Atheners Kimon war schon fast in Vergessenheit geraten. Kimons Gedanken findest Du hier im Kapitel „Kimon – oder das Konzept der Bipolarität".

Es bedurfte also vieler Krisen und der durch sie hervorgerufenen Erbitterung auf beiden Seiten bis wir in eine Situation gerieten, in der die Mehrheit auf beiden Seiten nur noch eines verlange: das Ende der Dauerkrise, sei es auch um den Preis des Krieges.

<u>Athen prescht vor – das Seereich (Pentekontaitia III)</u>

Zu Beginn der Pentekontaitia, nach Plataiai, schien es so, dass es weiter eine geeinte hellenische Macht gäbe bei der Unterfangen, die Grenzen von Hellas zu sichern gegen eine Erneuerung der persischen Aggression: es gab ein gemeinsames Oberkommando, natürlich unter unserem Pausanias, dem Oberbefehlshaber bei Plataiai; es gab gemeinsame Verfolgung der flüchtenden Perser über den Hellespont und Bosporus hinaus. Auch das Vorgehen nach unserem Übertritt nach Asien verriet einen gemeinsam verfolgten Plan: Mit der Eroberung von Byzantion war die gesamte Propontis zwischen Hellespont und Bosporus gesichert und gleichzeitig die Nordwestflanke Persiens bedroht; mit der Eroberung Zyperns wurden diese beiden Ziele auch im Süden des persischen Reiches erreicht.

Da trat in der Persönlichkeit des Oberbefehlshabers Pausanias eine Störung des gemeinsamen Vorhabens ein. Pausanias gefiel sich sehr wohl in seiner Rolle, zu wohl! Denn er fing an seine hellenischen Bundesgenossen wie Untertanen zu kommandieren, er fällte nur zu oft Entscheidungen entgegen dem allgemeinen Empfinden, manchmal sogar solche, die ihm den Vorwurf egoistischer Interessen eintrugen. Kurz: besonders die Poleis in Ionien, die schon einmal die Tyrannis des Großkönigs erlebt hatten, fühlten sich wieder wie unter dessen Herrschaft. Ja, eigentlich noch schlimmer! Denn am Hof des Großkönigs konnte man sich, wie an jedem Hof, unter die Intriganten einreihen und - bei genügend Geschick in deren Kunst - gnädige Entscheide erwirken. Pausanias aber, ans militärische Kommandieren gewöhnt, war selbst für Schmeicheleien unzugänglich.

Es wurden der Klagen immer mehr, ja, Bundesgenossen aus den ionischen Städten hatten schon Athen das Oberkommando angetragen, mit dem Argument der gemeinsamen Abstammung und mit Hinweis auf die Willkür des Pausanias. All dies bewirkte, dass unsere Ephoren Pausanias nach Hause riefen und eine Untersuchung seiner Amtsführung einleiteten. Schuldig befunden wurde er wegen einzelner Maßnahmen gegen Bundesgenossen, nicht aber wegen des ebenfalls umlaufenden Vorwurfs des Kontaktes mit dem Feind.

Mich interessiert hier nicht so sehr die Stichhaltigkeit dieses oder jenes Vorwurfes, sondern die Verhaltensänderung bei Pausanias. Man stelle sich vor: ein Mitglied unseres Kosmos, der die komplette Ausbildung zum Gehorsam absolviert hatte, dem die Genügsamkeit eigentlich zur zweiten Natur hätte werden sollen, jemand, der zwar befehlen, aber nicht herrschen gelernt haben sollte – der hatte begonnen sich mit äußerlicher Pracht zu umgeben und hatte angefangen Bundesgenossen beherrschen zu wollen.

Hier zeigte sich zum ersten Mal die Gefahr, die bei einer abrupten Veränderung in unserer abgeschiedenen Lebensart droht. Später sah ich diese Veränderung noch bei anderen unserer Mitbürger. Unsere Lebensart hat ja fast nichts gemein mit der Leichtigkeit der übrigen Hellenen: wenn jemand von uns aus diesem Kosmos heraustritt, unter den Hellenen in eine herausgehobene Position bekommt, dann nicht mehr eingebunden ist in unsere Disziplin, so beginnt dieser Mensch oft die Fesseln seiner bisherigen Lebensführung abzuwerfen und sich ganz ins Gegenteil zu verkehren: Prunksucht, Besitzsucht, Herrschsucht, die Sucht Hervorzustechen – kurz: Egoismus statt Unterordnung .

Diese Neigungen müssen damals durch das Beispiel des Pausanias unsere staatlichen Stellen gefühlt haben, denn sie schickten - als Ersatz für Pausanias - zwar nochmals eine Gruppe von Befehlshabern unter Dorkis zu den Alliierten, beriefen diese dann aber sofort zurück, als die Alliierten sich weigerten ihnen zu gehorchen. Danach gab es von uns keinen weiteren Versuch mehr: weder das Kommando über die Unternehmungen gegen die Perser zu übernehmen, noch irgendwie sonst an diesen teilzunehmen. Man hatte diese auswärtigen Unternehmungen insgesamt satt und war - wohl auch deshalb - geneigt anzunehmen, dass das Schicksal dieser hellenischen Unternehmung bei Athen als Anführer gut aufgehoben sein.

Später gingen mir dann noch andere Gründe auf für diesen Verzicht auf ausländische Unternehmungen. Diese werde ich dir in anderen Kapiteln zu unserem Kosmos nennen, insbesondere im Kapitel zur „Oliganthropia".

Hier bleibt festzuhalten: Solches Wohlwollen hatten wir damals noch gegen Athen, dass wir ihm freiwillig und nicht ungern den Oberbefehl überließen. Athen reagierte mit dem Gegenteil dieser Zurückhaltung! Wir haben ja des Themistokles ungewöhnliches Geschick und Energie schon bei zwei Gelegenheiten kennengelernt. Diese Tatkraft zeigte sich jetzt wieder bei den Athenern, als ob sie von Themistokles schon auf alle Athener übergegangen wäre. Sie formulierten sofort ein klares Ziel für den Feldzug, und: sie setzten fest, welcher Verbündete Schiffe, welcher Hopliten und welcher Geld beizusteuern habe. Und gerade hier zeigt sich wieder ihr Talent in der Verschleierung ihrer wahren Ziele, indem sie zunächst alles „demokratisch" einrichteten: Zur Verwaltung des Geldes schufen sie ein Amt, welches sie „Schatzmeister von Hellas" nannten. Anfangs wechselte das Amt sogar unter den Bundesgenossen; das

Schatzhaus der Allianz war ein gemeinsames und wurde auf der Insel Delos eingerichtet – gleichsam auf neutralem Boden; auf Delos auch fanden anfangs die Versammlungen des Bündnisses statt.

Schon nach kurzer Zeit aber änderte sich die Führung des Bündnisses durch Athen. Es blieb die ungemein energische Führung des Krieges, allerdings wurden jetzt auch die Bundesgenossen „energisch" behandelt. Denn sobald einer von diesen etwa weniger an Geld, Schiffen oder Hopliten beisteuern oder eine andere Änderung seiner Bündnisverpflichtungen wollte, wurde dieser auf alle möglichen Weisen daran erinnert, welches seine Pflichten wären. Falls der Bundesgenosse dann immer noch meinte, eigene Ideen äußern zu dürfen, so wurde er von Expeditionen ausgeschlossen oder musste mehr zu diesen beisteuern, und dies ohne die Möglichkeit sich an die Versammlung aller Bundesgenossen auf Delos zu wenden. Diese versammelte sich, solange es überhaupt Versammlungen gab, nur nach Einladung des Vorsitzenden, der sich hütete etwas gegen Athens Willen auf die Tagesordnung zu setzen. Nach dieser Anfangsphase, in der man den betreffenden Bundesgenossen mit den genannten Maßnahmen maßregelte, kam dann die Zeit, in der Athen zu offenem militärischem Zwang griff.

Naxos war, wie gesagt, der erste Alliierte, der von Athen mit Krieg überzogen wurde, da diese Insel – aus der Gruppe der Kykladen - sich geweigert hatte den Geldbeitrag ins Schatzhaus nach Delos zu bringen oder die Heeresfolge zu leisten. Beachte bitte das gerade genannte „oder", denn hierauf baute Athen seine eigentliche Herrschaft auf.

Es liegt in der menschlichen Natur, dass alle Unternehmungen nach gewisser Zeit ihren Reiz verlieren. Dieser Natur folgend, wollten einige Alliierte nicht an der jeweils nächsten der immer wieder aufeinander folgenden Unternehmungen teilnehmen, sondern suchten nach Auswegen aus dieser Bündnisverpflichtung. Den Poleis oder Inseln, die diese Bestrebungen zeigten, bot Athen an, dass sie die Gestellung militärischer Kräfte durch einen Geldbetrag ersetzen könnten – also die oben mit „oder" angedeutete Alternative. Wie man sich vorstellen kann, gab es nicht wenige, die eher bei sich eine Sondersteuer einführten, und sich mit deren Ertrag von der athenischen Heeresfolge freikauften, als selbst weiter ihre Schiffe und ihre Bürger in Athens Krieg zu schicken. Dieser Drang wurde übrigens stärker, als Athen mit dem Großkönig Frieden schloss. Dies geschah im 32. Jahr nach Salamis und 18 Jahre vor unserem Großen Krieg, und hatte prompt Aufstände im gesamten Seereich zur Folge: Warum sollte man in einem Bündnis unter Führung Athens bleiben, wenn der ursprüngliche Zweck des Bündnisses weggefallen war. Aber dazu in einem späteren Kapitel. Hier ist wichtig: Viele Bundesgenossen standen dann nach kurzer Zeit vor dem Problem die Beiträge nicht oder nicht in voller Höhe bezahlen zu können ...

Kann ich dieses Kapitel schließen und es Dir überlassen Dir die Folgen auszudenken aus diesen Tendenzen unter den Alliierten? Wie dies ungewollt beitrug zum Ausbau und zur Festigung des Seereiches der Athener? Wie andererseits die militärischen Fähigkeiten der Alliierten immer mehr abnahmen? Einen Hinweis zur korrekten „Lösung" möchte ich Dir mit auf den Weg geben: das Schatzhaus der Allianz zog bald von Delos nach Athen um, der „Schatzmeister von Hellas" war nun dauerhaft ein Athener und einen Vorsitzenden der Bundesversammlung brauchte es nicht mehr!!!

Athen konsolidiert sein Seereich – Sparta wird von den Göttern getroffen (Pentekontaitia IV)

Du erinnerst Dich? Viele Poleis, die ursprünglich dem Bündnis unter Athens Führung beigetreten waren, versuchten die Lasten der Heeresfolge insgesamt durch die Zahlung von Geldbeiträgen loszuwerden. Andere hatten kleinere Beiträge plus verminderter Heeresfolge gewählt.

Anfangs dachten viele auch, dass es ihnen freistünde das Bündnis wieder aus freien Stücken zu verlassen, wie sie es ja auch aus freiem Entschluss betreten hatten. Sie beriefen sich sogar auf den Wortlaut des Bündnisvertrages. Nun, sie merkten bald, dass Athen in der Forderung von rückständigen Beiträgen äußerst streng verfuhr und sehr schnell gewaltsam einschritt, wenn jemand die Heeresfolge nicht leistete. Und wer sich auf den Bündnisvertrag berief, musste den Prozess in Athen vor Richtern und Geschworenen aus Athen führen …

Argumente zum Verlassen des Bündnisses fanden sich anfangs nur schwer, weil man gewaltige Erfolge in der Unternehmung hatte, für die das Bündnis gegründet worden war: den Kampf gegen Persien. Zwei unter persischer Herrschaft stehende Poleis wurden schnell erobert; in der berühmten Doppelschlacht zu Lande und zur See bei Eurymedon besiegten die Athener mit ihren Bundesgenossen die Perser an einem Tag zwei Mal. Falls Du Eurymedon jetzt nicht einordnen kannst: Die Stadt lag im Bereich des Perserkönigs. Nach der Schlacht konnte man von einer Flotte des Großkönigs nicht mehr sprechen: 200 seiner Trieren hatte der Seebund unter Athens Führung vernichtet.

Hier ist nun wieder der Zeitpunkt, eine Lehre für zukünftige Allianzen zu ziehen, auch zu Deinem Nutzen, mein Leser.

Allianzen lassen sich gut zusammenhalten, wenn der Anlass, der zu ihrer Gründung führte, in einer gewissen Qualität weiter besteht. An unserem Beispiel also: solange es eine auch nur wahrscheinliche Gefahr durch ein persisches Heer oder eine Flotte gab, gehorchten die meisten Bundesgenossen, sowohl was ihre Pflichten betraf wie auch in der Hinnahme der Führung durch Athen. Sie nahmen also einen Autonomieverlust wegen des ursprünglichen Zwecks der Allianz hin. Wenn aber dieser Zweck zu existieren aufhört, so fängt eine solche Allianz an zu zerfallen; gleiches tritt ein, wenn der Zweck so verringert wurde, dass er nicht mehr die Bedeutung oder wenigstens eine ähnliche hat wie zur Zeit der Begründung der Allianz. Es schleichen sich dann egoistische Interessen und menschliche Schwächen ein. In unserem Falle hast Du ein Beispiel für letzteres ja schon kennengelernt, bei Pausanias. Und dies war ja eingetreten, als der Zweck des Bündnisses noch in vollem Umfang bestand.

Wenn eine Allianz ohne den ursprünglichen Zweck weitergeführt wird, gibt es im normalen Lauf der Dinge folgende Möglichkeiten: entweder sie zerfällt oder sie wird durch den Hegemon auf eine andere Basis gestellt; hierzu würde auch gehören, dass der Hegemon oder ein ihm besonders gewogener Alliierter einen Konflikt mit dem alten Gegner beginnt oder dass ein neuer Gegner auftaucht.

In unserem Fall traf beides nicht ein. Statt eines freiwilligen Zusammenschlusses zur Erreichung eines bestimmten Zweckes hielt nun der Hegemon Athen das Bündnis mit einer Mischung aus Härte und tatsächlicher Gewalt oder der Drohung mit derselben sowie mit der Gewährung oder Verweigerung von Gnaden zusammen. Bei Schwierigkeiten mit einzelnen Alliierten schritt der Hegemon oft mit Härte und letztlich Gewalt ein, um die anderen Verbündeten von einer Rebellion abzuschrecken.

Athens Seebund verwandelte sich durch all diese Mechanismen also in die Herrschaft der Athener, wie sie uns bis zum Beginn des Großen Krieges hier begleitet. Wir haben sie hier schon Seereich genannt und werden sie im Folgenden weiter mit diesem Wort bezeichnen, da das Wort „Reich" auch Herrschaft impliziert. Und der „Erfolg" dieser Verwandlung eines Bündnisses in eine Herrschaft war: Zehn Jahre vor dem Beginn des Großen Krieges gab es im ganzen Seereich nur noch drei Poleis mit einer eigenen Flotte: Samos, Chios und Lesbos. Acht Jahre vor dem Großen Krieg war Samos dann auch ohne Flotte – nach seinem Aufstand und der folgenden Unterwerfung durch Athen

Der Zeitpunkt des Wandels von einem Bund in eine Herrschaft wird durch zwei Ereignisse bezeichnet: da war der Wegfall des eigentlichen Bündniszieles, die Beseitigung der persischen Gefahr, durch den Doppelsieg bei Eurymedon, und dann das Aufbegehren eines weiteren Bundesgenossen nach der Rebellion von Naxos: Die Insel Thasos wehrte sich im 16. Jahr nach Salamis gegen den Bündniszwang, wie ein edles Pferd, das – obwohl anscheinend gezähmt – beim ersten großen Ritt nochmals versucht den neuen Herrn abzuwerfen, um erst danach zu völligem Gehorsam gezwungen zu werden.

Einen Faktor für den Zusammenhalt des Seereiches der Athener will ich nicht verschweigen, obwohl damit eine Schwachstelle meiner Stadt angesprochen ist: bei vielen Verbündeten wurde der Hass auf Athen dadurch gemildert, dass Athen in den Städten seines Seereiches im allgemeinen dafür sorgte, dass die bisher herrschende Aristokratie durch eine mehr demokratische Verwaltung abgelöst wurde. Die Athener meinten, dass diese Leute aus der Mitte der Bevölkerung, die zuvor noch nie etwas hatten bestimmen dürfen, zu Athen halten würden, falls dieses ihnen im Kampf gegen ihre lokalen Aristokraten beistünde und sie die Verwaltung ihrer Poleis leiten ließe. Ich spreche absichtlich von „Verwaltung" und nicht von der Regierung oder der Macht in diesen Städten, denn durch das Hineinregieren der Athener in die Finanzen und die Außenpolitik der Städte des Seereiches war deren Autonomie ja --- gemindert.

Wir in Sparta verfuhren da so ähnlich wie Athen: wir favorisierten bei unseren Bundesgenossen, dass sie durch eine Aristokratie regiert wurden. Wie den Athenern so schien uns dies als das sicherste Unterpfand des Verweilens der jeweiligen Poleis in unserem Bündnis. Wir hatten aber wegen unserer Eigentümlichkeit weder die Lust noch die Macht unseren Verbündeten die innen- und außenpolitische Autonomie deutlich abzuerkennen, wie dies Athen tat. Heeresfolge wurde bei uns in einer Bundesversammlung abgestimmt, feste Beiträge an uns gab es nicht. Wie diese Haltung mit unserer Eigentümlichkeit zusammenhängt, hatte ich im Kapitel über unsere Sitten und Bräuche angesprochen und werde es Dir im Kapitel „Oliganthropia" genauer erklären.

Ja, ich höre zum letzten Punkt schon den Spott der Athener: Der Verzicht auf Geld-Beiträge sei kein Beweis für die weniger drückende Herrschaft Spartas über seine Verbündeten. Denn: Was sollten diese Spartaner, die ja nur Eisenbarren als Geld hatten, mit dem Gold und Silber ihrer Alliierten anfangen. Und wie so oft träfe dieser Spott auch zu einem Teil die Wahrheit …

Und ich werde gleich noch mehr zu berichten haben über weiteren Spott der Athener. Zuvor aber weiter in der Geschichte ihres Seereiches: Sie griffen das aufständische Thasos an, das aus dem Bündnis ausscheiden wollte. Thasos, zur Erinnerung, liegt dem halbbarbarischen Thrakien in geringer Entfernung gegenüber, etwa zwischen der Chalkidike und dem Hellespont, aber mehr zur Chalkidike hin. Das an sich wäre nicht besonders bemerkenswert; es gewinnt erst seine volle Bedeutung wenn Du Dich daran erinnerst, dass das Holz für alle hellenischen Flotten aus --- Thrakien stammt. Eben dieses Thasos beherrschte die kleinen Handelsplätze in Thrakien – Häfen oder Städte kann man das nicht nennen - und die dortige Bergwerke. Holz, Pech und Bodenschätze konnten auf dem Fluss Nestos gut transportiert werden. Und Athen wollte durch den Besitz von Thasos und durch die Neugründung des benachbarten Amphipolis die alleinige hellenische Macht in dieser Gegend sein, des Nachschubes in Holz und des Profits wegen.

Amphipolis ist die zweite Schlüsselstelle für den Flottenbau. Es liegt wie Thasos an einem schiffbaren Fluss, dem Strymon, und günstig zum thrakischen Hinterland: dort, wo der östliche Finger der Chalkidike in einer Bucht sich zurückbiegt zur thrakischen Küste.

Die Führung in Athen meinte es sich nicht leisten zu können, dass seine Verfügung über das Holz davon abhängig wäre, ob solche „Verbündeten" autonom oder untertan wären. Wollte es sein Seereich ausbauen, bewahren und Sicherheit haben, so musste Thasos, so musste Amphipolis ein gehorsames Mitglied des Seereiches sein. So jedenfalls lautete das Ideengebäude, welches sich die Führung in Athen immer mehr zu eigen machte. Ich will überspitzt formulieren: So, wie wir in gewissem Sinne Sklaven unserer Herrschaft über die Heloten waren, waren die Athener Sklaven der in ihren Augen dauernd und immer bedrohten Sicherheit ihres Seereiches. Ich werde Dir in dem Kapitel über die Ideen des Atheners Kimon aufzeigen, dass es auch ein anderes Ideengebäude gegeben hätte!

Während der Erhebung der Thasier und ihrer Bekämpfung durch die Athener bestürmten uns alle Seestädte unseres Bündnisses endlich der wachsenden Macht der Athener ein Ende zu bereiten. Diese Situation war so entstanden: In der Seeschlacht gegen die aufständischen Thasier siegten die Athener und belagerten die Polis der Thasier. Die Belagerung versprach aber lange zu dauern wegen einer gleichzeitigen vollständigen Niederlage der Athener gegen barbarische Stämme im Hinterland von Thrakien. Diese Situation benutzten die Thasier für eine Gesandtschaft an uns mit der Bitte um einen Einfall in Attika. Beides, die Klagen unserer

Bundesgenossen und die Gesandtschaft der Thasier wirkten zusammen. Die Gelegenheit wäre wohl günstig gewesen, da Athen fast schutzlos war: die Thasos belagernden Truppen waren abwesend und sein anderes Heer in Thrakien war fast vollständig vernichtet.

Bei dem, was jetzt folgt, kann man sehen, dass die Götter nicht wollen, dass die Menschen etwas Bestimmtes für ihre Zukunft planen können. Tyche, die wandelbare, bescherte uns in Sparta ein Unglück, das mit nichts zu vergleichen war seit Menschengedenken: es bebte die Erde, und zwar so gewaltig, dass es vielen schien, der Zugang zur Unterwelt habe sich öffnen wollen. Häuser, selbst große Tempel verschwanden am Fuße des Taygetos über eine Länge von gut 200 Stadien und vielerorts in einer Tiefe von 8 Menschenlängen. In unserer Wehr-Siedlung - wir haben ja keine Stadtmauer – blieben noch fünf Häuser stehen, der Rest lag in Trümmern. Insgesamt starben bei diesem Erdbeben und dem Erdabbruch 20 000 Menschen, etwa doppelt so viele wurden schwer verletzt, wovon danach noch viele starben. Von uns Spartiaten verlor knapp ein Zehntel ihr Leben. Besonders folgenreich war der Tod vieler Heranwachsender. Diese Verminderung unserer sowieso angespannten Anzahl an Menschen war das Signal für die messenischen Heloten aufzustehen. Beides – Thasos und das Erdbeben - ereignete sich im 17. Jahr nach Salamis.

Welche Art von Krieg sich da entspann, werde ich Dir in dem Kapitel „Die Generation der Söhne und Enkel – oder: vom realistischen Erinnern an den Krieg" genau beschreiben. Hier mag folgendes genügen: für mein Gefühl damals und für mein vernünftiges Nachdenken vom jetzigen Standpunkt aus war ab dieser Zeit nichts mehr so, wie wir es uns in Sparta wünschen, es gab also keine verlässliche Beständigkeit der Verhältnisse mehr.

Aber vor der Erzählung der weiteren Entwicklung im Seereich und im Verhältnis zu uns: zurück zu Thasos und unserem Hilfsversprechen. Unsere sämtlichen Regierungsorgane waren sich einig: Angesichts der Verluste durch das Erdbeben konnten wir unser Versprechen nicht halten: unser aller Basis – die Herrschaft über die Heloten in Messenien - war in Gefahr, eine Expedition außerhalb des Peloponnes wäre eine Überforderung gewesen.

So konnte Athen Thasos niederwerfen und sein Seereich durch Furcht weiter befestigen. Welch eine Genugtuung für seine Führer muss es gewesen sein, dass auf diesem neuen Gipfel ihrer Macht wir jetzt bei ihnen um Hilfe nachfragen mussten! - Aber davon im übernächsten Kapitel!

Ich selbst, Archidamos, meine Eigentümlichkeiten, meine Familie

Die letzten Kapitel durchschritten ja die Geschehnisse mehrerer Jahre. Allerdings passierten diese lange vor dem Großen Krieg, sodass Du, Leser, Dich vielleicht fragtest, was das Geschilderte letztendlich mit diesem Krieg zu tun hat. Nun, es scheint mir so, dass sich über lange Jahre eine Stimmung aufbaute, ähnlich wie starker Wind auf dem Meer allmählich zu immer höheren Wellen führt. Deshalb muss ich weit ausholen.

Auch dieses Kapitel kommt dem Krieg zeitlich nicht näher, sondern bleibt zunächst gleichsam stehen, als ob jemand in unbekanntem Gebiet mit vielen Warnzeichen um sich wittert. Bald schon werden wir aber weiter fortschreiten, dann wird wieder Ereignis auf Ereignis folgen. - Ich muss hier zum ersten Mal von mir persönlich berichten, da ich bei dem Erdbeben eine gewisse Rolle spielte.

Das große Erdbeben hatte meine Mitbürger innerlich hin und her geworfen. Da war die unendliche Trauer über den Verlust so vieler Krieger und die Sorge, ob die Verbliebenen genügten um alle Gefahren abzuwehren. Da war aber auch die grenzenlose Wut über die Heloten, die genau jetzt den Aufstand wagten. Es gab nicht wenige, die wüteten:

'Diese Ausgeburten der Feigheit, dieses würdelose Ducken und Anschleichen! Als wir noch in voller Kraft standen, haben sie gebuckelt, jetzt nutzen sie unsere Schwäche, wagen aber dennoch nicht den ehrlichen Kampf. Typisch für diese Sklavenseelen!!!'

Du kennst mich jetzt schon etwas, geneigter Leser, um zu ahnen, dass meine Gedanken sich von dieser Wut etwas unterschieden. Natürlich teilte ich auch die Verachtung für unsere Sklaven, hielt diese nicht für fähig eine Ordnung aufzubauen, stimmte mit meinen Mitbürgern überein, dass sie Herren bräuchten, also uns. Ich war als noch junger Mensch gefangen in all den althergebrachten Gebräuchen und Meinungen meiner Mitbürger.

Es war das fünfte Jahr meiner Amtsführung als König. Ins Amt war ich gleichsam hineingefallen, da mein Vater vor dessen Vater gestorben war, die normale Reihenfolge also unterbrochen war; der Großvater wiederum war wegen Vorwürfen, die hier vom Thema wegführen würden, verbannt worden. Also rückte ich quasi auf, wie der Krieger im 3. Glied für Gefallene im ersten und zweiten Glied. Ich war für das Amt mit meinen 24 Jahren noch sehr jung und deshalb auch sehr vorsichtig in allem, vorsichtig auch mit eigenen Gedanken. Du weißt ja, dass bei uns die Erziehung zum Gehorsam gegenüber der Hervorbringung denkender Individuen vorgeht.

Dass ich dennoch aus mir heraus auch in neuen, ungeübten Situationen selbst schnell denken konnte, merkte ich zuerst daran, das ich während des Erdbebens sofort instinktiv wusste, was zur Rettung möglichst vieler zu tun war. Erst ab da war ich in der Achtung meiner Mitbürger so gefestigt, dass ich anfing so manches anders zu sehen.

Gestatte mir noch diesen kurzen Ausflug vom eigentlichen Thema, also der großen Entfremdung zwischen uns und Athen dort vor Ithome! Davon erfährst Du im nächsten Kapitel.

Meine Eigenständigkeit im Denken merkten meine Mitbürger dann später nach dem Tod meiner ersten Frau, Lapito, mit der ich meinen Sohn Agis hatte, der später als Agis II. aufrückte. Man erwartete von mir weitere Nachkommen, die dazu passende Frau sollte nach der bei uns herrschenden Ansicht von einer Gestalt sein, die weitere großgewachsene Söhne erwarten ließ.

Nur – ich war verliebt in eine Mitbürgerin namens Eupoleia. Sie war jünger als ich, aus guter Familie, sie reizte alle meine Sinne, da sie etwas von einer Katze an sich hatte, sie reizte den Mann in mir, sie wollte von ihm gezähmt werden, wobei dieser nicht ohne Kratzer davon kam. Also genau dieses Widerspenstige reizte mich. Allerdings: sie war – der Katze entsprechend – nicht groß gewachsen, fast schon klein. Das genau war unserer Führung Grund genug, mich von der Heirat abbringen zu wollen.

Ich woll*te* allerdings bei der neuen Heirat nicht der Staatsräson gehorchen. Das Spiel mit der Katze, das Kratzen wie auch das Anschmiegen, dünkte mich reizvoller als alle anderen Empfindungen, die ich in unserem Kosmos hätte erleben können. Ich, der König, war auf dem Wege nur noch an Privatsachen zu denken!

Was das in der Wahrnehmung bei uns Griechen, besonders aber in unserer Gemeinschaft, bedeutet, zeigt schon die griechische Sprache: derjenige, der sich nur um Privates kümmert, ist ein 'Idiotes'. Mir war das in den entscheidenden Tagen völlig egal! Sollte ich auf alles individuelle Glück verzichten, bevor Charon – der Fährmann auf dem Fluss zur Unterwelt - mich holt, bevor jegliche Empfindung aufhört? Leben wir nicht, um das Leben in seiner Gesamtheit auszukosten?

Natürlich bin ich jetzt, da ich der letztendlichen Empfindungslosigkeit nahe bin, nicht mehr dieser Meinung, dass das private Glück vor der Staatsräson Vorrang habe. Ich kam dann auch kurz nach dem Höhepunkt des Streites wieder seelisch und geistig zurück in unsere Gemeinschaft mit ihren strikten Grenzen für das Individuum. In den entscheidenden Tagen aber ging der Streit mit unseren Ephoren so weit, dass diese mich mit einer Strafe belegten, nachdem ich mich eigenständig gezeigt und Eupoleia zur Frau genommen hatte. Die Ehe war dann im Übrigen ereignisreich in jeder Beziehung ...

Dich mag es angesichts dessen, was Du schon von unserer Stadt weißt, vielleicht interessieren folgendes zu erfahren: Mein zweiter Sohn ging aus dieser Ehe hervor, es war derjenige, der von eher kleiner Statur war und er hinkte leicht. Wenn du Dich mit unseren Sitten auskennst, wirst Du wissen, dass körperliche Mängel nicht gern gesehen werden. Nicht lange vor meiner Zeit wurden Säuglinge mit Mängeln ja noch ausgesetzt, was ja dazu dient Schauergeschichten über uns zu erzählen, obwohl es viele Stämme und Völker gibt, bei denen der Älteste des Sippenverbandes darüber befindet, ob das Neugeborene in den Verband aufgenommen wird.

Der Junge namens Agesilaos ist jetzt 15 Jahre alt und er scheint ein eigenständiger Mensch zu werden, was ich daraus entnehme, wie er dem Druck von allen Seiten wegen seiner Missbildung widersteht. Der Druck wäre vielleicht zu stark, wenn Agesilaos der Erstgeborene wäre und also meine Nachfolge antreten würde. Da aber Agis der Erstgeborene ist, kann Agesilaos eher das Leben eines einfachen Bürgers leben.

Geradezu seiner Gestalt zum Trotz übt er sich täglich in den Waffen und ihren Übungen. Er ist überaus muskulös und gewandt, denkt vielleicht gerade wegen seines Körpermangels zu sehr ausschließlich an das Kriegerisch-Herrische. Manchmal glaube ich, dass diese Beschränkung von Geist und Körper auf das Kriegerische der Tribut ist, den er zahlt, will er trotz seiner Gestalt anerkannt sein. - Meine Tochter, Kyniska, ist von der Gestalt her ganz das Gegenteil des Bruders. Sie geht jetzt ins 15. Jahr und entspricht genau unserer Vorstellung von einer Spartanerin von der Art, wie sie Spartaner gebären soll. Sie ist groß, kennt keine Leidenschaft außer dem Pferdesport und --- sie liest am liebsten im Homer von Achilles.

Aus dem Gesagten kannst Du ableiten, dass ich kein Mann war, der nur gehorsam dem Brauche folgt. Diese Neigung wurde noch stärker durch meine Erlebnisse beim Kampf um Ithome, nachdem meine Tatkraft während des Bebens und meiner Halsstarrigkeit wegen der Heirat schon gleichsam den Samen gelegt hatten zu einer gewissen Eigenständigkeit.

Von den Ereignissen, die mich vor Ithome prägten, werde ich Dir jetzt in den beiden folgenden Kapiteln erzählen.

Ithome - Die Festung der Heloten (Pentekontaitia V)

Die Heloten hatten sich kämpfend zurückgezogen und eine befestigte Stellung auf dem Berg Ithome bezogen. Sie kannten uns und wussten, dass wir alles andere als kundig in Belagerungen waren.

Wir waren schon über ein Jahr vor Ithome, der Festung, die die Heloten schon vor dem Erdbeben vorbereitet und nach ihm fertiggestellt hatten.

Über ein Jahr hielten diese Hirten uns, die edelsten Krieger der Welt, vor ihren Mauern und Erdwällen auf. Du fragst warum?

Wir bereiten uns täglich nach den uralten Regeln und Vorstellungen für den ehrlichen Kampf Mann gegen Mann auf dem Felde vor. Nur hier ist unserer Vorstellung nach die Gelegenheit echten Ruhm zu gewinnen. Mit Spaten und Spitzhacke die Erde aufwühlen, Gräben anlegen, Mauern unterminieren, uns im Dreck suhlen – dafür sind wir weder einzeln noch als Einheit ausgebildet. Deshalb stoppt uns schon eine relativ einfache Mauer, wenn sie von genug Männern bewacht ist, die das Anlegen von Leitern verhindern. Und selbst wenn das Übersteigen von Mauern gelingt – es bewirkt doch nur beim Angreifer, dass er die Ordnung in der Einheit, in der Phalanx, nicht einhalten kann. Nach dem Übersteigen müsste diese erst neu innerhalb der feindlichen Festung, in beengtem, unbekanntem Raum, gebildet werden.

Vielleicht genügt dir dies um zu verstehen, dass wir nicht voran kamen und warum wir die Idee mit dem Hilfsgesuch nach Athen hatten:

'Warum sollten wir nicht für diese niederen Tätigkeiten die Krämer und Handwerker aus Athen heranholen? Aus unserem Peloponnes können wir solche Leute nicht zusammenrufen – unsere Hilfsbedürftigkeit wäre dann bewiesen und sie würden zu viel vom Krieg lernen – auch das, was sie nicht wissen dürfen.'

Solche Stimmen gab es erst wenig, dann – mit der sich in die Länge ziehenden Belagerung – immer mehr. Schließlich schickten wir tatsächlich nach Athen, sie möchten uns nach den Bestimmungen unseres Friedensvertrages Hilfstruppen schicken.

Tatsächlich hatten unsere Regierungsstellen guten Kontakt zur aristokratischen Partei in Athen, die gerade im Aufwind war. Kimon führte sie, ein überaus reicher Mann, der aber beim Volk dennoch wegen seiner sonstigen Moralität in hohem Ansehen stand. Kimons außenpolitische Konzeption passte zu unserem Hilfersuchen; auch seine privaten Neigungen passten, denn er hatte seinen Sohn „Lakedaimonios" genannt ich habe Dir hierzu im Kapitel „Kimon – oder: Das Konzept der Bipolarität" genaueres mitgeteilt.

Die athenischen Aristokraten erreichten, was eigentlich nicht zu erwarten war: Die Volksversammlung stimmte für die Entsendung eines athenischen Heeres, das uns im Mauerkampf helfen sollte. Sie bestellte auch Kimon zum Befehlshaber dieses Heeres. Die athenische Demokratie also schickte den „Aristokraten" Spartas Hilfe gegen deren Sklaven!!!

Nun, die Athener machten sich anfangs wirklich nützlich. Sie hatten Leute dabei, denen es nichts ausmachte in Geröll und Schlamm Gräben auszuheben und Stollen unter der Mauer der Heloten vorzutreiben. Zwei dieser Stollen hatten fast die Mauer erreicht, als die Heloten sie entdeckten und zum Einsturz brachten. Während all dieser Zeit hatten unsere Leute viel Kontakt zu den wendigen Athenern.

Ich war gerade dabei die Rüstung anzulegen für eine Inspektion der Belagerungswerke, als die zwei Ephoren eintraten, die den König im Krieg immer begleiten:

„Archidamos, Du kennst die Lage hier. Diese Athener verderben uns die Männer mit ihrem Kluggeschwätz. Heute morgen kamen doch tatsächlich welche und fragten uns, ob es wirklich Lykourg gewesen sei, von dem wir unsere Gesetze empfangen hätten. Sie, die Athener, würden diese selbst machen. - Und letzte Woche berichteten mir einige von unserer Jungmannschaft, dass sie von den Athenern bei einer gemeinsamen Wache in eine Unterhaltung verwickelt worden wären; es schien, als sei diese begonnen worden, um die lange Weile des Wartens und Beobachtens zu vertreiben. Jedenfalls habe das Gespräch anfangs die Ausrüstung und das elende Wetter zum Gegenstand gehabt, später aber wären sie von den Athenern in eine Art Frage- und Antwort-Spiel verwickelt worden. Ein Spiel mit etwa der folgenden Frage: 'Was denn schöner sei, bis zuletzt dem Feinde zu widerstehen oder sich kämpfend zurückzuziehen, um den eigenen Körper für erneute Kämpfe aufzusparen'.

Du selbst hast ja bestimmt schon vernommen, dass es Leute in Athen gibt, die ernsthaft in Frage stellen, ob die Götter sich überhaupt um das

Schicksal der Menschen kümmern. Als ob man das überhaupt bezweifeln kann!!! Was soll aus uns werden, wenn solche Gedanken auch bei uns sich einschleichen?

Von überall her hören wir, dass die Athener die Schönheiten ihrer Stadt preisen; dass sie sich der Festigkeit von Stadt und Hafen rühmen und uns fragen, warum wir denn keine Stadtmauer hätten – diese würde Männer sparen; sie fragen, ob wir uns unsere Frauen nicht lieber anschmiegsam und häuslich vorstellten wie ihre - statt muskelbepackt auf dem Sand des Trainingsplatzes. Kurz, sie fragen und hinterfragen und argumentieren, beweisen, bohren, witzeln. Sie witzeln über fast alles!

Und wenn sie dies nur uns gegenüber täten – nein, sie gehen im ganzen Lager umher, der Zerstreuung wegen, wie sie sagen, und führen ähnliche Gespräche mit unseren Verbündeten hier aus dem Peloponnes. Wir merken schon eine gewisse Aufsässigkeit unserer Verbündeten: sie stellen Nachfragen einer Art, die man sonst nicht kannte, auch zu militärischen Problemen ...

Archidamos, du musst Kimon aufsuchen. Er muss das abstellen. Oder wir müssen getrennte Lager beziehen und auch sonst alle Belagerungsschritte getrennt abhalten.“

Es war die Zuständigkeit des Oberkommandierenden der Peloponnesier, die Vorkommnisse mit dem Befehlshaber der Athener zu besprechen. Also ging ich zu Kimon, der die athenische Hilfstruppe befehligte. Ich hatte schon öfter privat und einige Male dienstlich mit ihm zu tun gehabt; er war zugänglich, von guten Manieren, ein Edelmann eben aus der Bevölkerungsklasse, die in Athen zwar noch Ansehen hatte, politisch jedoch immer weniger mitzubestimmen hatte. Seit dem Sieg der Ruderer bei Salamis war dort die unterste Bevölkerungsklasse unaufhaltsam dabei Einfluss zu gewinnen. Sie wiederum trieb die mittlere Klasse der Stadt vor sich her, die natürlich den Abstand nach unten wahren wollte. Kimon war zwar von ihnen zum Befehlshaber bestimmt worden, seine Hopliten aber waren echte Männer der neuen Mittelklasse. Sie kontrollierten argwöhnisch, ob er sich nicht zu gut verstünde mit den „Aristokraten da“ aus Sparta.

Ich erwartete also von dem Gespräch einen in im Verständnis der Sache zugänglichen, im Umgang mit der Problem aber eingeengten Befehlshaber. Ich beschloss das Gespräch nicht sofort auf das von den Ephoren vorgebrachte Thema zu bringen – also nicht lakonisch zu sprechen.

„Sei gegrüßt, Kimon! Die Götter mögen Dir und den Deinen Gesundheit und Erfolg gewähren! Dies ist nicht nur mein Wunsch, sondern der unserer Führung und all unserer Bürger hier. Ihr helft uns sehr bei dem für uns ungewöhnlichen Kampf um Mauern. Du weißt ja, dass wir auch bei uns zu Hause mit Mauern Schwierigkeiten haben."

Kimon nahm diese Wünsche und meine Anspielung auf die in Sparta fehlende Stadtmauer lächelnd entgegen, er trug in seinem Quartier nur den Chiton, nichts von der Rüstung; ein leicht rundlicher, eher gemütlicher Mensch, der gewohnt war, dass man ihn mit Schwierigkeiten belästigte, aber auch mit dem Respekt vor seiner Abstammung und seiner jetzigen Position.

„Sei auch Du gegrüßt, König der Lakedaimonier! Tritt ein und nimm Platz! Ich sehe einer unserer Unterhaltungen entgegen, die für mich vom Militärischen her einer Unterrichtsstunde bei Dir gleicht. Sei also willkommen, was immer Dich zu mir führt!

Von mir aus gibt es Positives zu berichten. Die Operationen an den Minen laufen trotz der ersten Misserfolge langsam, aber stetig. Ich schätze, dass wir in weiteren drei Wochen ihre Mauer zum Einsturz bringen können. Bis dahin müsstet ihr uns weiter eure Gastfreundschaft angedeihen lassen; und ich persönlich hätte Gelegenheit zu weiteren lehrreichen Zusammenkünften mit Dir."

Genau diese Höflichkeiten machten es mir schwer direkt das Thema anzusprechen. Das hätte ja bedeutet, ihn zu bitten die Eigentümlichkeiten seiner Athener abzustellen oder sogar die von Kimon gerade genannte Gastfreundschaft aufzukündigen. Also antwortete ich zunächst mit Bemerkungen zur Lage vor den Mauern, ausweichend, mit einigem Hüsteln.

„Du willst eigentlich Schwierigeres mit mir besprechen, nicht wahr, Archidamos? Nun, zögere nicht, denn zwischen Bundesgenossen darf es keine Unklarheiten geben. Du kannst sicher sein, dass ich mich aller Vorschläge Deinerseits annehmen werde."

Und so brachte ich in abgeschwächter Form all das vor, was mir von den Ephoren aufgetragen worden war. Kimon reagierte bedächtig:

„Etwas in der Art hatte ich mir unter Schwierigkeiten vorgestellt. Ich kenne doch meine Athener! Sie sind nicht zurückhaltend, sie sprechen sofort alles an, lieben es auch dem Gesprächspartner die Vorzüge ihrer Stadt ohne Rücksicht auf dessen Empfindlichkeiten immer und immer wieder zu schildern. Und von da kommen sie dann auch mit der gleichen Direktheit darauf, den Gesprächspartner nach Gegebenheiten in dessen Stadt zu fragen, die sie nicht verstehen oder zu verstehen vorgeben. All das ist nicht böse gemeint! Sie kennen es nicht anders, als dass man über alles direkt sprechen kann. Schau Dir unsere Künste an, unsere Wissenschaften: Dort gibt es nichts, was man früher bei dem einstmals herrschenden Schamgefühl nicht angesprochen hätte."

Ich war erleichtert über Kimons Verständnis, das auf seiner Kenntnis der athenischen Wesensart beruhte. Ich antwortete also:

„Ich schätze Deine Offenheit und Dein Verständnis für meine, besser, für die Sorgen meiner Leute, Kimon. Genau diese edle Haltung wusste ich bei Dir anzutreffen. Sprich' also bitte mit Deinen Leuten; ermahne sie sich am besten von den Unsrigen fernzuhalten oder wenigstens die erwähnten Themen zu vermeiden! Unsere Operationen hier sollten nicht durch Stimmungen gestört werden – aber wozu erwähne ich das Dir gegenüber?"

„Ja, Archidamos, unter den Völkern eures Peloponnes wäre das für mich als deren Befehlshaber keine Schwierigkeit, solche einen Respekt vor den anderen zu verlangen. Bei meinen Athenern aber würde ich sofort alles zu hören bekommen, was man als Demokrat gegenüber einem aristokratischen Befehlshaber vorbringt: er solle sich um den militärischen Auftrag kümmern; außerhalb dessen stehe es ihm nicht zu seinen Leuten *etwas zu befehlen; die Aristokraten hätten lange genug den einfachen Leuten erzählt, was man dürfe und was nicht; schließlich seien doch diese Lakedämonier auf ihre Hilfe angewiesen und dürften sich über Neugierde und Sticheleien unsererseits nicht beschweren; wie man denn sonst die Langeweile überwinden wolle, außer durch gutmütige gegenseitige Neckereien. - Nein, Du verkennst die Reichweite meiner Befehlsgewalt. Ich kann ihnen nicht befehlen ihre Haltung zu mäßigen."*

So weit war unsere Unterhaltung gediehen. Gemäß dem Auftrag unserer Ephoren musste ich angesichts der „Hilflosigkeit" des athenischen Oberkommandierenden bei der Mäßigung seiner Leute verlangen, dass unsere „Verbündeten" abzögen. Ich brachte dies möglichst schonend vor, Kimon hätte es ja auch als einen Bruch der Gastfreundschaft verstehen können.

Den Göttern sei Dank verstand er ja unsere Lage und übersah auch seine Situation. So brachte er meiner Bitte um Abzug, die ja tatsächlich eine Ausladung war, großes Verständnis entgegen. Das war umso erstaunlicher, als uns beiden klar war, dass die „Ausladung" negative Folgen für unser beiderseitiges Verhältnis haben würde: Die Kräfte innerhalb der Innenpolitik Athens würden sich verschieben, was dann wieder auf das zwischenstaatliche Verhältnis unserer beiden Poleis zurückwirken würde.

Uns war klar, dass die demokratische Partei die Ausladung in der Volksversammlung in Athen zunächst einmal als Affront der Aristokraten gegen die Demokratie in Athen verkaufen würde. Das konnte zur Wahl von mehr Demokraten führen, was dann das zukünftige Verhältnis zwischen den in Athen Regierenden und uns nicht verbessern würde. Dennoch blieb uns angesichts der Stimmung vor Ithome nichts anderes übrig als die Trennung.

Wir hofften, dass sich die negativen Folgen vielleicht begrenzen lassen würden: So würde ja Kimon in der Volksversammlung eine Bericht erstatten, der die Stimmung zu unseren Gunsten beeinflussen würde. Wir erwarteten weiter, dass die 4000 Hopliten angesichts der Schwierigkeit der Belagerung eine frühzeitig Heimkehr nicht als nachteilig empfänden - sie hatten ja ihr sehr abwechslungsreiches Leben in Athen gegen den

Dienst hier eingetauscht, der aus Anstrengung gepaart mit Langeweile bestand. Mit anderen Worten: wir erwarteten zeitlich befristeten Gegenwind von Seiten der demokratischen Partei, nicht aber eine dauerhafte Verstimmung bei der Gesamtbevölkerung.

Ich hatte für die restlichen Tage noch unseren Kriegern aufgegeben, den Athenern bei gemeinsamen Aktionen folgende Erklärung für die „Ausladung" zu geben: sie hätten uns schon viel geholfen, wir hätten viel von ihnen gelernt, den Rest der Belagerung wollten wir selbst durchführen. Das sei wichtig, damit die Heloten von uns selbst besiegt würden und wir alle mit einer Belagerung verbundenen Handlungen zuverlässig weiter einüben könnten. Auch wäre ja der kommende Winter keine Zeit, in der man Gästen einen Gefallen damit täte sie weiter im Freien eine Belagerung durchführen zu lassen.

Zunächst sah es beim Abzug der athenischen Hopliten auch nach einem Ende ohne Verstimmung aus. Sie zogen von dannen, und zwar mit allen militärischen Ehren, worauf ich persönlich besonders achtete. Ich stand umgeben von unseren Ephoren und Offizieren die gesamte Zeit des Abmarsches salutierend und den Hopliten zunickend auf einem dafür errichteten Podest. Ich konnte mehrere von ihnen erblicken, die sogar zurückwinkten – die Disziplin bei den Athenern erlaubt solches!

Nach dem Abzug aber begannen die Umtriebe, die unser Verhältnis dauerhaft und tief belasteten. Sie nahmen den Ausgang weniger von den heimkehrenden Hopliten, jedenfalls nicht von der Mehrheit von ihnen. Es waren politische Umtriebe, entfacht von denen, die die Demokratie in Athen noch weiter steigern wollten.

Ihr Vorgehen war äußerst effektiv. Zunächst durfte Kimon in der Volksversammlung keinen vollständigen Bericht vortragen, sondern er wurde einer Befragung unterzogen. Die Fragen waren derart, dass der Eindruck einer wirklichen Ausladung durch uns entstand. Kimon wurde ungnädig aus der Versammlung entlassen. Hierauf folgte die Verbreitung von – meist erfundenen – Geschichten einer Demütigung der Athener durch uns. Es wurde verbreitet, dass Kimon und seine Kommandeure als

Aristokraten mit den Aristokraten Spartas oft gemeinsam gespeist und dabei diese Demütigung der Demokratie ins Werk gesetzt hätten.

Ziel dieser Kampagne war, in der athenischen Innenpolitik den Überbleibseln der aristokratischen Partei den Rest zu geben. Resultat war natürlich, wie befürchtet, die Stärkung der radikalen Demokraten, die im Übrigen schon weiter dachten als Perikles, der nach außen der Führer der Demokraten war. Perikles berichtete mir später selbst, er habe die Kampagne gegen die aristokratische Partei aus innenpolitischen Gründen mit unterstützt, nicht aber sie angeführt oder befeuert. Er habe dies schon deswegen mitmachen müssen, um nicht in den Verdacht einer Förderung der Aristokraten zu kommen. Dieser Verdacht hing ja angesichts seiner Herkunft als Alkmaionide dauernd über ihm.

Kurz: Die Heimschickung der Athener vor Ithome hatte Auswirkungen, die noch weit tiefer die athenische Innenpolitik veränderten als wir oder Kimon es uns vorgestellt hatten. So wurde Kimon selbst im Jahr nach der Heimschickung von der Volksversammlung für 10 Jahre ins Exil geschickt. Der Groll gegen ihn war also kein kurzes Aufflackern eines Feuers, sondern ein Schwelbrand, der dann sogar nach der doch langen Zeit eines Jahres hell aufflammte.

Sein Exil bedeutete das Ende der aristokratischen Partei, auch wenn diese später noch einmal für kurze Zeit unter Thukydides, dem Sohn des Milesios, zum Kampf gegen den fast allmächtigen Perikles antrat. Danach gab es nur noch Angriffe der radikalen Demokraten gegen Perikles, die diesen dann in eine kompromisslose Haltung uns gegenüber drängten. Und diese Kompromisslosigkeit führte dann zu den eigentlichen Anlässen des Großen Krieges: Megara, Kerkyra, Poteidaia.

In einem tieferen Sinne aber war es nicht der innenpolitische Streit in Athen, der die Atmosphäre vergiftet hatte, sondern die Befürchtungen derjenigen unter unseren Leuten, die keinerlei Veränderungen an unserer besonderen Lebensweise wollten und völlig panisch reagierten, wenn diese von irgendwem bedroht zu sein schien.

Diese Kräfte waren unter uns, dort vor Ithome, personifiziert durch die zwei Ephoren, die mich begleiteten, die aber in ihrer Haltung den drei zu Hause gebliebenen entsprachen.

Die Generation der Söhne und Enkel, oder: Vom realistischen Erinnern an den Krieg

Meine Rede gegen den Großen Krieg bei der ersten Konferenz hier bei uns in Sparta – Du kannst sie im Kapitel „Meine Rede- Mein Vermächtnis" lesen - , ich begann diese nicht ohne Grund mit der Feststellung, wir Älteren wüssten, was Krieg sei, wir wüssten ziemlich genau, was es mit dieser Sache auf sich habe. Ich betonte dies mit Absicht zu Beginn der Rede, weil ich immer wieder erlebe, wie die Erinnerung an Kriege, die nicht den Erwartungen entsprechen, ganz schnell verschwindet. Man verstehe mich richtig: ich meine die Kriege, die nicht denjenigen Vorstellungen entsprechen, die wir aus unserem Homer entnehmen, Vorstellungen, die nicht frisch-fromm-fröhlich-frei sind, wo nicht ein Achilles auf freiem Feld im edlen Zweikampf seinen Gegner niederstreckt. Übrigens: Homer schildert an genug Stellen, wie sehr Krieg eher dem Wüten von Raubtieren entspricht, nur dass man genau diese nicht im Sinn hat, wenn man untereinander von Krieg spricht.

Ich und die Älteren unter uns haben das Gegenteil eines solch „schönen" Krieges gründlich erfahren! Ich und die Älteren haben – um nur ein Beispiel zu nennen – das vergebliche Anrennen der besten Kämpfer der Welt gegen dieses Ithome erlebt. Und unsere Schande trägt genau diesen Namen!

Ich, der ich damals noch in dem Alter war, in dem man selbst eine neue Generation hervorbringt, erinnere mich, mit welcher Erbitterung wir gegen diesen Aufstand loszogen: die Sklaven begehrten auf gegen uns, ihre Herren --- überall in der uns bekannten Welt ist das ja quasi die Ur-Besorgnis der Herren. Deswegen waren die Athener uns ja auch zunächst ohne Bedenken zur Hilfe geeilt. Es war Erbitterung, aber auch Siegesgewissheit! Im Grunde ein Gefühl wie etwas Lästiges, wie in diesen

Situationen, in denen du - gerade mit etwas Wichtigem beschäftigt - von Insekten überfallen wirst; du schlägst sie wie etwas Lästiges weg, und wirst von jetzt auf gleich entsetzlich wütend, wenn dir das Wegschlagen nicht gelingt, wenn sie wieder und wieder kommen.

Aber wir Jungen waren sicher, dass es gerade uns gelingen würde, diese Plage des Heloten-Aufstandes im ersten Aufwasch zu beseitigen. Viele waren dabei, die heute schon nicht mehr da sind; andere, die seitdem über diesen unbequemen Anti-Krieg nie wieder geredet haben; wenige sind übrig, die den Nachfolgenden ehrlich darüber berichteten. Ich befehligte eine Mora, die speziell aus den Reihen der Jugend gebildet worden war, nachdem so viele dem Erdbeben zum Opfer gefallen waren; sie zog los mit den Gesängen von Tyrtaios, in vollendeter – eben spartanischer – Ordnung; in der Erwartung dieses Gespenst von Sklavenaufstand schnell zu verjagen. Wir waren ja in Verachtung dieser Existenzen aufgezogen worden, kannten nur die extrem unterwürfigen Heloten in der unmittelbaren Nähe unserer Wehr-Siedlung; gegen solche Wesen konnte der Erfolg nicht zweifelhaft sein; ja, wir Jungen fragten uns, warum wir überhaupt ausrücken sollten – diese Erscheinung hätte doch von den Ortskräften längst erledigt sein müssen. Mit Ortskräften meine ich die wenigen Wachtposten unserer Mitbürger und die dortigen Periöken, deren Interesse es ja auch nicht sein konnte, dass die Sklaven sich befreiten.

Jedoch, je weiter wir in deren Kerngebiet, also nach Messenien, vordrangen, desto seltsamer wurde uns zumute. Die Heloten, die wir jetzt zu Gesicht bekamen, entsprachen so gar nicht der gewohnten Unterwürfigkeit; sie waren von der Feldarbeit gehärtete, ans Gelände angepasste, kräftige Männer, die mit dem Mute der Verzweiflung bis zum Letzten widerstanden, wenn wir sie zu fassen kriegten. Ich kann mich an keinen erinnern, der auf die Knie fiel und um sein Leben winselte. Von seiten der Frauen und Kinder erlebte ich nur stille Verachtung.

Vielleicht muss ich dir erklären, warum ich eben von der Bedingung sprach „wenn wir sie zu fassen kriegten". Die Aufständischen waren sich völlig im Klaren, dass sie nicht den Fehler machen durften uns in offener

Feldschlacht entgegen zu treten. Sie lauerten uns auf, besonders an Hohlwegen oder in Pässen, hatten dort alles so präpariert, wie man es braucht um dem Gegner extreme Verluste beizubringen, ohne sich selbst auf offenen Kampf einlassen zu müssen.

Ich erinnere mich besonders an eine Steinlawine, die sie präpariert hatten und auslösten, als wir auf einem schmalen Pfad am Fuße eines von ihnen besetzten Berges entlangzogen ... so viele zerschmetterte Glieder unserer Besten durch --------- Steine. Diese Verwundungen sind viel schlimmer als die, die in der offenen Schlacht im Normalfall eintreten. Dort gibt es entweder die Verletzungen, die sehr schnell zum Tode führen, oder Hieb- und Stichverletzungen, die eher Fleischwunden gleichen, und die bei guter Pflege den Kämpfer nach der Genesung nicht weniger kampffähig hinterlassen wie vor der Verwundung.

Hier aber!!! Noch heute sehe ich einige von denen, die wir damals wenigstens noch zurücktragen lassen konnten, als Krüppel ihr armseliges Leben fristen. Sie bekommen es also sogar nach so vielen Jahren noch zu spüren, dass sie in keiner allseits berühmten Schlacht verwundet wurden, sondern in einem Nicht-Krieg gegen „unehrenhafte" Niemande. Dieser Missachtung begegnen sie besonders von jenen, die weiter an den „schönen" Krieg glauben, von den Jüngern des homerischen Achilles. Ich halte diese Missachtung aus meiner Erfahrung für eine Schande!

Die gleiche Missachtung der Kriegserfahrung, die uns Alten so zuteil wurde, zeigen übrigens nun – vor dem Großen Krieg - deren Söhne und Enkel. Die meisten wollen nichts wissen von dem Kampf abseits der regelrechten Schlacht, wollen nichts hören von Arten des Krieges, die ihrer Vorstellung widersprechen. Und ich frage mich, ob dies immer so weitergehen wird, dass die Jugend erst durch eigene Misserfolge klug wird und nicht dadurch, dass sie die Erfahrungen der Alten ernst nimmt. - Aber ich vergesse, was ich vor einigen Zeilen selbst geschrieben habe: es sind nur wenige Alte, die realistisch von ihren Erfahrungen erzählen.

Ich versuche diesen Fehler nicht zu machen. Deshalb teile ich seitdem auch nicht die Verachtung der Jünger der Vorstellung vom „Schönen Krieg" für unsere damaligen Gegner, die sich eben nicht zum offenen

Kampfe stellten. Denn sie zogen damit die notwendigen Schlüsse aus der Tatsache, dass sie sich nie so hätten vorbereiten können wie wir es tun, wir, die wir uns das ganze Leben einer Disziplin und einem Zwang zu körperlicher Fitness hingeben, wie sie die Welt sonst nicht kennt.

Nein, die Anführer der Heloten waren auf ihre Art sehr weise Leute. Hierzu gehört auch, dass sie schon vor der Auslösung ihres Aufstandes auf ihrem Berg Ithome alle Vorbereitungen getroffen hatten den Berg so zu befestigen, dass er sich für uns bei der uns allein bekannten Kampfesweise als uneinnehmbar erwies; wohl organisierte Vorbereitungen, wohlgemerkt, denn unsere Kundschafter hatten von diesen verdeckten Befestigungen nichts gemeldet.

So hatten wir denn unter vielen „unehrlichen" Kämpfen das flache Land von den Aufständischen „gesäubert" (wie es so schön heißt), um dann vor getarnten Festungsmauern zu stehen – ohne Erfahrung im Belagerungskriege, ohne all das, was für längeres Lagern an einem Platz und für den Angriff auf solche Mauern nötig ist.

Jetzt kann ich Dich, Leser, wieder Deinem Wissen überlassen, denn das, was dann folgte, kennst Du hier aus dem vorigen Kapitel. Nein, ich muss es hier des Zusammenhanges wegen nochmal kurz aufzählen mit Schwerpunkt auf der Wirkung auf unsere Jugend: Wir riefen also die Athener um Hilfe; sie kamen tatsächlich mit einem ansehnlichen Expeditionskorps. Als sie aber begannen, nicht nur in ihrer Art den Festungskrieg zu führen, sondern auch ihre Lebensart zur Schau zu stellen ---- schickten unsere Oberen sie nach Hause: *‚Lieber noch ein Jahr allein vor diesen Mauern, als die Beeinflussung durch diese Boten der Neuerungen, diese Verbreiter des Unerhörten aushalten zu müssen. Die richten uns unsere Lebensgrundsätze zugrunde,'* so und ähnlich hörte ich damals viele von uns.

Denn die Athener warfen mit Geld und edlen Gegensteinen nur so um sich; wenn wir unsere althergebrachten Grundsätze vorbrachten, zerpflückten sie diese mit einer Spitzfindigkeit sondergleichen; jeden Tag präsentierten sie neue Sensationen. Ich weiß noch, dass einige meiner jungen Kameraden anfingen unsere althergebrachten Grundsätze nicht mehr „chic" zu finden – „chic" ist eins der neuen athenischen Wörter. Merke wohl: sie fingen nicht an die Grundsätze anzuzweifeln, das Gespräch mit den Älteren zu suchen über den Sinn der von Lykourgos empfangenen Regeln – nein, sie fingen an unsere Art „langweilig" zu finden, „unmodisch"!

Unter diesen Umständen blieb den Ephoren damals nichts anderes übrig, als die Athener ‚heimzubitten', mit welchem Wort ich den Rauswurf von damals hier beschönigen will.

Und der Ausgang des ganzen Nicht-Krieges sprach sich ja auch in ganz Hellas herum: Wir, die Herren, mussten akzeptieren, dass die Überlebenden der Heloten „freien Abzug" bekamen, da wir allein ihre Mauern nicht hatten brechen können. Ich hatte ja oben schon das Wort „Schande" benutzt!

Falls es in Zukunft einmal dazu kommen sollte, dass unsere Stadt fällt und die Heloten sich ganz befreien, falls das wirklich einmal der Ratschluss der Götter sein sollte, so bin ich sicher: Das Selbstvertrauen, dass sie keine Sklaven auf immer und wir keine Herren auf immer sein würden, das entstand den Messeniern vor Ithome. Ja, beim Nachdenken über all diese Zusammenhänge kommt mir immer die Stelle bei Homer in den Sinn:

„Einst wird kommen der Tag, da die heilige Ilion niedersinkt,

Priamos auch, und das Volk des lanzenkundigen Königs."

Dieses Kapitel ist schon viel zu lang für Deine Langmut geraten, o Leser. Nur so viel noch: Keiner von uns beschäftigte sich **nach** diesem Krieg **mit** diesem Krieg. Er war einfach „hässlich". Es wurden nicht in logischen Schlüssen die neuen Kampfesformen analysiert; kein Gedanke entstand, ob man nicht die eigene Kampfesweise optimieren müsse, nicht vielleicht neue Verbände gegen die Gegner, die sich nicht stellten, erschaffen müsse; nicht nachgedacht, welch ein neuer Gegner uns aus den Söhnen und Enkeln derer von Ithome da irgendwann entstehen könnte. Und aus dem Erleben mit den neuerungssüchtigen Athenern flüchteten wir uns in ein noch sterileres Bewahren dessen, was wir für Lykourgs Vermächtnis hielten.

Auch mir ging es zuerst nicht anders. Zwar hatte ich zwischendurch öfter ein Gefühl des Unbehagens über unser „Weiter so". Aber erst jetzt ist vieles von dem damals Erlebten mir nach und nach so verständlich geworden, wie ich es Dir hier schildere. Und dieser Wandel des Bewusstsein vollzog sich in mir unter dem Einfluss der Krisen, mit denen wir uns diesem jetzigen Krieg näherten: Dieser sollte sich ja auch als neuartig erweisen, dieser Krieg ohne Ende mit Athen.

Du meinst, diese Erkenntnisse seien doch gar nicht so schwer zu gewinnen? Nun, auch wenn ich es hier so wie ein selbstverständliches Wissen niederschreibe: Im Herzen fällt es mir schwer, dieses ewig Neue zu akzeptieren, ich bin nicht wie diese Athener, nicht neuerungssüchtig. Ich mag eigentlich das Leben in vertrauten Bahnen, in der Sicherheit des Bekannten, des Berechenbaren – gut, außer in meiner Ehe. Nur weiß ich auch, dass das sture Beharren auf der ewigen Fortdauer des Vertrauten gerade dieses Vertraute in Gefahr bringen kann.

Nach den Geschehnissen dieses Anti-Krieges möchte ich Dir schildern, was wir unter einem „richtigen" Krieg verstehen.

Exkurs: Die Art des Kampfes zu Lande - die Phalanx

Wir Spartaner sind seit Alters Landkrieger. Das Land schwankt nicht und gibt auch nicht plötzlich unter dir nach. Beides aber ist typisch für das Meer – die eine Seefahrt meines Lebens reicht dafür als Zeugnis.

Aber für alle Stadtbewohner, die vielleicht nur ein Mal oder gar nicht in ihrem Leben als Bürger ihrer Stadt zu Lande als Hoplit ausrücken mussten, werde ich die Unterschiede der beiden Dimensionen des Kampfes so genau wie möglich beschreiben: die des Kampfes auf dem Land aus vielfältiger eigener Erfahrung. Später dann in einem eigenen Kapitel den Kampf zur See, wenn dies thematisch zu den dortigen Seeschlachten passt. Das Wissen über die Seeschlachten habe ich durch viele Gespräche mit Abgesandten seefahrender Völker.

Der Kampf zweier in ihrer Größe etwa vergleichbarer Heere zu Lande ist – man verzeih' mir – von außen betrachtet nicht unähnlich dem Gedränge bei religiösen Prozessionen, wenn mehrere Prozessionszüge sich an einem Orte treffen: es ist eine Art Gedränge, jedenfalls bis zur <u>erzwungenen</u> Änderung der Formation bei einer der kämpfenden Parteien.

Ich schildere hier das Modell eines Kampfes, denn beim tatsächlichen Kampf ist jeder einzelne Fall verschieden: Anzahl der Gegner, die mehr oder weniger ungenaue Nachrichtenlage übe sie, der Ort des Kampfes, die Form des Geländes, vergangene und geplante Märsche, Verpflegung, Wetter, Stand der Sonne, Ausrichtung der Gegner zu ihr – all das lässt jeden Kampf und jede Schlacht vom Modell abweichen. Nur als Modell aber können wir eine erste Vorstellung von diesen Geschehnissen bilden.In ihrer grundsätzlichen Form handelt es sich bei der Schlachten um das Aufeinandertreffen zweier Blöcke von Schwerbewaffneten, von Bürgern einer Stadt, die für einen Feldzug Krieger sind, Hopliten eben, wie wir in Hellas den schwer bewaffneten Vollbürger in Waffen nennen. Den Block aus diesen Hopliten nennen wir Phalanx: ein Block von ganz eng nebeneinander und hintereinander stehenden Kämpfern.

Die Breite einer Phalanx ist eine Folge der Tiefe der Phalanx. Das hört sich so ausgedrückt kompliziert an, jeder versteht aber diese Definition, wenn wir annehmen, dass eine Phalanx aus 1000 Kämpfern besteht, die in 10 Gliedern hintereinander stehen. Natürlich hat diese Phalanx dann eine Breite von 100 Mann. Aus Sicht des Gegners gleicht diese Phalanx einem Igel, denn die Stoß-Speere der ersten drei Glieder ragen aus ihr heraus. Dies ist auch der Hauptgrund, warum der Kampf zu Beginn einem reinen Gedränge ähnelt: man muss erst langsam Lücken in dem stacheligen Igel des Gegners schaffen. Und dies ist nicht einfach, es ist schwierig durch das Gedränge auf der eigenen Seite und das von der Seite des Gegners. Das Gedränge schafft Enge, diese Enge erlaubt zunächst keine wuchtige Handhabung der Waffe, wie Homer sie so schön beschreibt bei seinen Helden, die ja Einzelkämpfer sind, die sich also mit viel Platz nach allen Seiten umtänzeln und so abwarten, bis eine geeignete Wurf- oder Stoßsituation sich bietet.

Das genannte Gedränge herrscht innerhalb der eigenen Phalanx, aber nach dem Aufeinandertreffen der gegnerischen Phalangen natürlich auch zwischen den beiden kämpfenden Phalangen. Innerhalb der eigenen Phalanx entsteht es durch zwei Faktoren: durch den mehr oder weniger starken Drang der ersten Glieder nach vorn UND durch den Druck auf diese ersten Glieder durch die Glieder dahinter, die „Hintermänner". Überspitzt könnte man sagen, dass der Druck von hinten oft die Vorderen in den Kampf drückt, dass es also auf die Hintermänner ankommt. Aber diese Vorstellung ist nur wichtig, um die Sichtweise derer zu korrigieren, die allein die Tapferkeit der Vorderen für entscheidend halten.

Der Kampf ist das Areal des Ares und des Charon – fast alle haben Todesangst, gemischt mit Wut und bei manchen mit echter Kampfeslust. Die Todesangst ist einer der zwei Gründe, warum sich die Kämpfer dicht zusammendrängen. Der zweite Grund ist natürlich derjenige, den alle kennen: man will dem Gegner keine der genannten Lücken bieten, in die er hineinstoßen kann. Wir nennen das „Tuchfühlung" mit dem Kameraden neben dir.

Diese Tuchfühlung ist immer in Gefahr zu einer „Lücke" zu entarten. Lücken können durch die ernsthafte Verwundung eines Hopliten entstehen, der niederfällt; sie kann auch durch die Natur des Geländes entsteheh: Dornbüsche, größere Steine, Löcher in der Erde – all dies führt dazu, dass man die Tuchfühlung nicht konsequent durchhalten kann. Damit eine korrekte Vorstellung gelingt: Die Lücke ist vom Wesen her das genaue Gegenteil einer jeden Phalanx! Denn:

Jede Lücke in einer Phalanx führt dazu, dass diejenigen, die links und rechts von der entblößten Stelle, also der „Lücke" stehen, plötzlich nicht nur von vorn, sondern auch von der Seite angegriffen werden können. Hierauf reagieren die so Entblößten oft so, dass sie versuchen, die Lücke abzudecken, indem sie einen Schritt zur Seite in die Lücke hinein tun. Das geschieht fast automatisch, führt aber dazu, dass die Phalanx nun auf der bisher geschlossenen Seite dieses Mannes eine Lücke aufweist.

Dies möge zuerst einmal genügen, um EIN typisches Vorkommnis im Kampf zweier Phalangen leichter vorstellbar zu machen.

Die zweite Vorstellung ist die des Mannes hinter der entstandenen Lücke, die des „Hintermannes" im 2. Glied. Natürlich erwartet man, dass dieser vortritt ins 1. Glied, um die Lücke zu schließen. Tatsächlich passiert genau dies auch in den meisten Fällen, sodass das gerade beschriebene Zur-Seite-Rücken der Männer des 1. Gliedes eigentlich der weniger oft eintretende Fall ist – vorausgesetzt, der Kampf dauert noch nicht lange und beide Phalangen sind zusammengesetzt aus vergleichbar tapferen, abgebrühten Kämpfern. Auf jeden Fall trifft aber der Hoplit aus dem 2. Glied auf den niedergefallenen Verwundeten – er muss neben oder vor diesen treten, das schafft insgesamt wieder Unordnung in der Reihe. Übrigens hört man oft, dass Hopliten auf den Leibern der Gefallenen stehend weiterkämpften – nun, dass sind Legenden aus den dramatisierten Helden-Erzählungen über vergangene Kriege: Man kann nicht auf einem weichen Körper stehend zuverlässig weiterkämpfen. Die bloße Vernunft zeigt dies, wenn man einmal aufhört unkritisch die Legenden nachzubeten!

Fassen wir bisher zusammen: die beiden Heerhaufen, die Phalangen, treffen mit großem Gedränge und mit kaum vorhandenen Abständen der einzelnen Hopliten innerhalb jeder der beiden Phalangen aufeinander. Die Speere, die aus ihr herausragen bzw. später über den Kopf erhoben sind, können wegen des Gedränges nicht zum wuchtigen Einzelstoß schwungvoll geführt werden ---- sie verletzten mit eher harmlosen Wunden mal hier, mal dort, wo die Spitze ein nicht gepanzertes Körperteil des Gegners trifft – man müsste oft eher sagen: streift.

So geht das eine ganze Zeitlang. Im Laufe der Zeit werden dann doch immer mehr Gegner verwundet. Geschieht dies bei mehreren nebeneinander stehenden Gegnern, so ist diese Stelle in der Phalanx besonders geschwächt; es kommt zu Momenten der abgelenkten Aufmerksamkeit, manchen Kämpfern mit größerem Blutverlust schwindet die Kraft (in diesen Momenten, wo man doch die Kraft in ihrer Ganzheit bräuchte!), die Hintermänner einer solchen Gruppe von mehr oder weniger Verwundeten sehen das Blut, sie sehen, wie sich ihre Vordermänner nicht mehr so kräftig dem Gegner entgegenstemmen; wie der eine oder der andere stolpert oder schon geschwächt zu Boden sinkt.

Hier sind wir nun an dem Punkt, wo sich ein Heer von Tapferen oder von Veteranen von einem Heer aus ungefestigten Amateuren unterscheidet.

Die Amateure sind durch das, was sie jetzt sehen oder fühlen, erschüttert; der eine oder andere wankt, wendet sich um, schreit irgendetwas. Andere sehen dieses Wanken oder Abwenden oder hören das Schreien: wenn erst einmal mehrere von den Hintermännern meinen, dass „da vorn" etwas wankt, weil sich mehrere umdrehen oder niedersinken; wenn sie weiter etwas hören, was sie oft gar nicht wirklich verstehen, sondern nur irgendwie als Ruf wahrnehmen und diesen dann inmitten des allgemeinen Geschreis instinktiv als Warnung vor einer Gefahr deuten ---- nun, dann ist der Augenblick gekommen, wo sich die ersten Hintermänner zur Flucht wenden. Und man glaube nicht, dass die Vorderen es aushalten zu merken, dass niemand mehr hinter ihnen ist. Das Ganze flüchtet dann!Du würdest keinen Unterschied mehr erkennen zwischen diesen Menschen und einer Herde von Pferden, die ein Raubtier gewittert hat --- die Menschen werden auch zu einer rasenden Herde!

Wenn dies bei Amateuren leicht passiert, so findet man dergleichen auch bei kampfgewohnten Heeren --- es dauert nur länger. Wenn aber einmal die Flucht begonnen hat, dann ist der Augenblick da für die Phalanx des Siegers, die Flüchtenden dort zu treffen, wo diese nicht durch Panzerung geschützt sind, am Rücken. Kämpfe sind nicht selten, wo bis zum Beginn der Flucht kaum jemand getötet wurde, während dann durch die Vorgänge bei der Flucht die Hälfte des Heeres auf dem Schlachtfeld zurückbleibt. Hier hast Du auch einen Hinweis darauf, wieso unsere Frauen freudig ihre Männer und Brüder begrüßen, wenn diese Wunden auf der Brust haben, sich aber verächtlich abwenden, wenn diese Wunden auf dem Rücken sein sollten.

Wenn Du, verehrter Leser, bis hierhin wirklich verstanden hast, bist Du auch imstande den qualitativen Vorsprung unserer spartanischen Phalanx zu verstehen. Er macht sich in den verschiedenen Phasen des Kampfes dadurch bemerkbar, dass der Einzelne unserer Kämpfer durch die Gewöhnung an Schmerzen und Gefahren seit seiner Kindheit weniger schnell Angst hat. Und deshalb nicht so schnell sich wendet oder auch nur umdreht – und schon gar nicht irgendetwas schreit, denn er ist ja jahrelang gewohnt Befehlen schweigend zu gehorchen. Selbst das Zu-Boden-Sinken passiert seltener, denn: selbst die durch zahlreiche Wunden und großen Blutverlust Geschwächten sind ja körperlich trainierter, also widerstandsfähiger; sie schämen sich vor ihren um sie stehenden Kameraden die oben beschriebene Lücke zu erzeugen; sie gehorchen fast jedem Befehl.

Wir haben sogar Fälle, dass jemand durch mehrere Wunden geschwächt niedersinkt – um sich sofort wieder aufzuraffen, und mit erneuerter oder letzter Kraft seinen Platz zu füllen. Und es ist dann gerade dieses Zeugnis des Nicht-Aufgebens, das die Umstehenden zu noch stärkerem Kampfeswillen ermutigte.

Einen Faktor für unsere Überlegenheit habe ich hier nicht erwähnt, da er kaum sichtbar ist; ich selbst habe ihn erst langsam verstanden, viele unserer Leute sind sich seiner gar nicht bewusst. Aufmerksam geworden bin auf diesen Faktor durch einen der Anführer der Dorer nach unserem Feldzug nach Delphi, damals im 23. Jahr nach Salamis. Dieser hatte beobachtet, dass während der Aufstellung zum Kampf, also bei der Entstehung des Gedränges, dieses Gedränge bei uns nicht ganz so dicht ist – zwar kaum wahrnehmbar, aber im Effekt wirksam. Denn dieser kleine Unterschied führt dazu, dass die Unseren ihre Waffen etwas leichter, schwungvoller, tödlicher gebrauchen können als die durch ihr eigenes Gedränge behinderten gegnerischen Amateure. Und dadurch folgt dann das, was ich oben beschrieben habe: das Eintreten von immer mehr Verwundungen beim Gegner mit den daraus folgenden Reaktionen.

Muss ich noch erwähnen, dass das geringere Gedränge bei uns diejenigen Gründe hat, die für uns die allgemein bekannten sind: Da der Einzelne in dauernden Übungen zum Krieg sein Leben verbringt, hat er unbedingtes Vertrauen in seine und seiner Kameraden Fähigkeiten. So hat er weniger Todesangst und ---- drängt sich weniger an seinen Nebenmann, sucht weniger die Tuchfühlung. Auch spielt hier die Gewöhnung an Schmerzen und Verwundungen hinein, die ich Dir im Kapitel „Meine Heimat Sparta: Seine Normen, Sitten und Bräuche" geschildert hatte.

Auch dürfte Dir jetzt klar sein, dass wir es uns leisten können, uns mit weniger Gliedern hintereinander aufzustellen – Amateure stellen sich oft 12 Glieder tief auf, wir eher mit 8 Gliedern, ich habe auch schon unsere Aufstellung mit 6 Gliedern gesehen. Oben im Kapitel habe ich den Zusammenhang von Tiefe einer Phalanx und ihrer Breite beschrieben: nun dürfte klar sein, dass unsere Phalanx in 6-er Tiefe bei gleicher Anzahl der Männer die doppelte Breite hat. Wir würden also die Phalanx der Amateure auf einer oder auf beiden Flanken überragen, also in die verwundbarste Stelle der gegnerischen Aufstellung stoßen können.

Und hier ist nun der Platz für ein weiteres, letztes Merkmal einer Phalanx: Alle tragen ihren Schild am linken Arm, alle wollen, dass dieser Schild genau nach vorn auf den Gegner zeigt – also hat jeder Körper eine leichte Drehung nach rechts. Aus dieser natürlichen Tendenz jedes Einzelnen in Kombination mit der Tuchfühlung entsteht im Gesamtkörper der Phalanx die Tendenz sich nach rechts zu bewegen. Es hat schon Fälle gegeben, dass sich am Ende eines Kampfes beide Phalangen um einander „gedreht" hatten und nun in die entgegengesetzte Richtung stehen wie zu Beginn des Kampfes.

Auch hier sind wir im Vorteil, weil wir uns ein Quentchen weniger durch den Schild schützen wollen, also als Phalanx weniger stark nach rechts tendieren.

Und noch ein letztes Wort zur Kampfesweise in einer Phalanx im Vergleich zum Kampf von Barbaren: Wenn alle nur die Stoßwaffen, eventuell später die Hiebwaffen benutzen, ist der Einzelne kaum der Willkür von Flugwaffen ausgesetzt. Ja, Willkür der Flugwaffen! Denn die meisten Fluggeschosse unterscheiden ja nicht, ob sie den Feigling oder den Tapferen treffen.

Die Phalanxschlacht ist also diejenige Form des Kampfes, die – nach dem homerischen Einzelkampf - die echte Tapferkeit am ehesten zum Tragen bringt.

Wenn man solchermaßen den Krieg zu Lande durchdacht hat, drängt sich ein anderer Gedanke auf: Mir wird schwindlig bei der Vorstellung mit den

Athenern einen großen Krieg durchfechten zu müssen. Schwindlig nicht nur wegen der vielen neuen Phänomene und Dimensionen, die sich schon beim letzten Krieg vor 15 Jahren gezeigt haben, dem Krieg, den die Athener den „Ersten Peloponnesischen" nennen. Mir wird schwindlig besonders, weil selbst ein Sieg zu Lande über die Athener nicht reichen mag, da deren Stärke doch in ihrem Seereich begründet liegt. Nun, die See, das ist das schwankende Meer, das doch seiner Natur nach etwas völlig anderes ist als das feste Land. - Sieh einfach im Kapitel über die Seeschlacht nach: „Die Art des Kampfes zur See", ich habe sie als Exkurs gekennzeichnet.

Der Kleine Peloponnesische Krieg

Die gegenseitige Erbitterung verfestigt sich (Pentekontaitia VII)

Sicher bist Du, mein Leser, schon ungeduldig geworden inmitten der vielschichtigen Erzählungen: von Ithome, von unserer Innen- und Außenpolitik und der der Athener, von den persönliche Anteilen der führenden Politiker und Bevölkerungsklassen; schließlich Überraschungen wie von den Heloten, also von Faktoren, die bis dahin keine aktive Rolle spielten. Jedoch: All das hängt zusammen und muss möglichst vollständig erzählt werden, da sonst das nächste Geschehnis nicht verständlich ist oder doch nur Verständlichkeit durch leichte Lesbarkeit vorgegaukelt würde.

Dennoch verstehe ich Deine Ungeduld: *„Warum habt ihr euch denn in den Großen Krieg gestürzt? - Wie viel muss ich hier vorher noch lesen um das zu verstehen?"*

Ich will versuchen die Sache zu beschleunigen, kann allerdings nicht verzichten Dir Vollständigkeit der Erzählung und damit erst eine Vollständigkeit der Vorstellung zu liefern.

Zuerst zu uns! Wir haben dann im 4. Jahr den Aufstand der Heloten beendet: Wir konnten die in Ithome befindlichen Heloten zur Kapitulation bewegen – weniger durch die Kraft unserer Waffen als durch den deprimierenden Eindruck des ewigen Eingeschlossenseins auf die Belagerten. Und, noch negativer: Wir waren sogar gezwungen sie ehrenvoll abziehen zu lassen, zwar ohne Waffen, aber mit allem, was sie sonst noch hatten. Und sie durften abziehen, wohin sie wollten, und zu dem, der sie aufnehmen wollte.

Ich für meine Person will sie ab jetzt in dieser Schrift nicht mehr Heloten nennen, sondern „Messenier": sie haben ehrenvoll gekämpft, bekamen eine ehrenvolle Kapitulation und freien Abzug. Wie sollte ich sie da nicht mit einem Namen ehren, der keine Sklaverei beinhaltet?

Und durch die Messenier sind wir wieder bei den Athenern, die wir ja inmitten der Errichtung des Seereiches, mit Kimon und den Demokraten und mit dem Problem der Perzeption unserer Politik des Heimschickens verlassen hatten: Die Athener nehmen die Messenier auf, geben ihnen Land und die Möglichkeit einer eigenen Stadt: Naupaktos. Diese liegt genau gegenüber der Küste des Peloponnes am Nordufer des Golfs von Korinth. Die besondere Lage des Ortes bewirkte bei uns die größte Erbitterung: Wenn man sich den Golf als langen Schlauch oder ein Gefäß mit verschiedenem Durchmesser vorstellt, wie es etwa ein Kürbis oder eine Amphore darstellt, so liegt Naupaktos an dessen Nordküste in einer Bucht an der engsten Stelle des Golfs, nordöstlich von Patrai, welches ja auf der Südküste des Golfes liegt.

Ja, die Erbitterung war vordergründig verständlich, denn diese Ansiedlung bedeutete eine dauernde Drohung der Einmischung in peloponnesische Angelegenheiten, also unsere Angelegenheiten. Im Großen Krieg wirst Du, Leser, noch erleben, welche Bedeutung dieser Stützpunkt mit Bewohnern hatte, die uns feindlich waren; von Leuten, die den Athenern zu höchstem Dank verpflichtet waren, die sehr kriegstüchtig waren, und unseren Dialekt des Griechischen sprechen. Für den Zeitpunkt der genannten athenischen Maßnahme muss Ich Dir vermutlich nicht schildern, welche Bedrohung daraus in der Vorstellung entstand, die man sich bei uns direkt nach dem Erdbeben und nach Ithome von der Zukunft machte.

Überhaupt passiert es oft im Gang der menschlichen Geschäfte, dass aus kleinen Anfängen eine große Gefahr sich entwickelt, wenn Faktoren zutreffen wie die hier genannten. Städte und Staaten, die nicht aneinander geraten wollen – wozu ja dieses Buch mit meinen Erfahrungen ermutigt – sollten sich sofort konsultieren und entsprechend warnen, damit nicht der eine dem anderen in einer Schwächeperiode solche Stachel ins Fell setzt. Denn damit begründet er möglicherweise den Beginn einer Entwicklung, die für ihn selbst zerstörerisch werden kann. Im Kapitel „Vom Waffenstillstand bis zum Dreißigjährigen Frieden" wirst Du die Neuerung eines Schiedsgerichts kennenlernen; vielleicht sollte ein Schiedsgericht schon dann tätig werden, wenn eine große Demütigung bei einem Mitglied desselben einzutreten droht.

Um das Kapitel kurz zusammenzufassen: Dieses Ende des vierjährigen Ringens mit den Messeniern war eine doppelte Demütigung für unseren Kriegerstaat. Man merkt das an dem zunehmend nervösen Schwanken zwischen Rückzug in unsere Isolation auf der einen Seite der Möglichkeiten, hektischer Intervention auf der anderen Seite.

Korinth gegen Athen (Pentekontaitia VII)

Der Kurs der Demütigung meiner Stadt führt noch weiter! Es entstehen zwei Krisenherde in Hellas und ein entfernterer Konflikt, die alle mit Aktivitäten Athens zu tun haben: einer um Argos, Korinth und Epidauros, ein anderer um Aigina und um Megara; sogar um Ägypten. Ich erkläre mir diese Risikobereitschaft der Athener mit dem Aufstieg einer Gruppe von radikalen Demokraten unter Perikles und Ephialtes. Diese waren emporgekommen, nachdem wir Kimon und damit die aristokratische Partei vor Ithome gedemütigt hatten.

Die Athener beginnen eine Expedition nach Ägypten - ursprünglich war Zypern ihr Ziel gewesen, aber hierauf auch noch einzugehen würde Deine Geduld nur missbrauchen. Auf alle Fälle ist es eine große Expedition: mit 200 eigenen und alliierten Trieren. Damals besaß Athen insgesamt 300 Trieren, woraus Du auf die Größe dieser Expedition schließen kannst! Der Ausbruch an Aktivität der Athener geht noch weiter, und zwar schon in der Endphase unserer Belagerung von Ithome

Es schließt ein Bündnis mit Argos, unserem schärfsten Konkurrenten auf dem Peloponnes. Etwa zur gleichen Zeit geraten Megara und Korinth, durch ihre Lage gleichsam die zwei Tore zum Peloponnes, in Streit; die kleinere Polis der beiden, Megara, sucht Hilfe bei Athen. Du wirst diese Konstellation bei der ersten Krise zum Großen Krieg wiedererkennen: Auch dort sind zwei Poleis im Streit, die schwächere sucht Hilfe bei uns Großmächten.

Athen reagiert so, wie die Stimmung nach Ithome war: man schickte sofort Truppen, ja, mehr noch, man half den Megarern den Weg von ihrer Stadt nach Nisaia, ihrem Seehafen, durch Mauern zu befestigen – ja, eine frühe Form der sogenannten Langen Mauern, die Athen bald von der Stadt zu den Häfen Piräus und Phaleron bauen sollte. Diese Mauern sind übrigens ein sehr sicheres Instrument, Städte in die athenische Methode des Seekrieges einzubinden.

Und dem Ganzen die Spitze setzte es, dass Athen die Besatzung dieser Befestigung stellte. Nur kurze Zeit später merkten die Megarer, welchen Wolf sie da in ihren Pferch eingeladen hatten – im damaligen Moment fühlten sie sich sehr sicher und schlau.

Das Bündnis mit Megara ermöglichte den Athenern auch, sich in Pegai festzusetzen. Sie besaßen jetzt mit Megara und Nisaia Stützpunkte am östlichen und mit Pegai am westlichen Ufer des Isthmos. Es gab nicht wenige bei uns, die sie schon Mauern von Megara nach Pegai bauen sahen, um den Peloponnes vom Rest Griechenlands abzuschneiden!

Athen ist noch weiter aktiv: Durch das Bündnis mit Megara war es jetzt mit Korinth verfeindet. Korinth, das ja an der Westküste des Isthmos liegt, hatte ein Bündnis mit Epidauros geschlossen, das östlich vom Isthmos im Saronischen Golf liegt. Zur Festigung des Bündnisses mit Argos schicken die Athener eine Expedition zu einem Kap, welches den Eingang zum Golf von Argos gleichsam bewacht: Halieis. Dort kommt es zu einer Schlacht mit den Korinthern und den Epidauriern; diese hatten das erwähnte Bündnis mit Korinth geschlossen, weil sie befürchteten, den Athenern und Argivern ginge es um die gesamte Halbinsel, auf der auch ihre Stadt liegt. Beide zusammen, also Korinther und Epidaurier, besiegten die Athener.

Es ist kennzeichnend für den Wagemut, aber auch die Energie der Athener, dass sie auf diese Niederlage in zweifacher Form reagierten: Sie schickten eine neue Flotte, diesmal direkt gegen Epidauros, und nun siegen sie in der Schlacht von Kekryphaleia. Als ob dies nicht genug wäre, setzten sie sofort ein Heer nach Aigina über mit dem Ziel, diese Insel zu erobern, die im Saronischen Golf gleichsam auf der Mitte zwischen Athen und Epidauros liegt. Athen ist jetzt kurz davor, den Saronischen Golf in ein athenisches Binnenmeer zu verwandeln.

Dennoch sind Athens Kräfte durch all diese Engagements aufs äußerste gespannt: Ein Heer ist noch in Ägypten, ein weiteres mit der Eroberung Aiginas beschäftigt. Korinth und Epidauros sehen hier die Chance ihre Niederlage bei Kekryphaleia zu rächen und Athens Expansion in ihre Gebiete zu stoppen: Sie schicken Verstärkung für die Aigineten, besetzen die Spitze der Geraneia und rücken von dort in das Gebiet von Megara ein. Somit waren außenpolitisch die Errungenschaften Athens der letzten Jahre bedroht; innenpolitisch schienen die radikalen Demokraten desavouiert, denn diese hatten ja eine solche Hybris - Agypten, Argos, Aigina - entfacht.

Allerdings: es gibt kein Eingreifen Spartas mit einem Hilfskorps unserer Truppen! Nur mit diesen aber hätten die Korinther und ihre Verbündeten etwas gegen Athen ausrichten können. Diese mangelnde Zusammenarbeit ist wieder ein Beweis, wie wenig es einen Plan der Peloponnesier gab, wie wenig Lenkung durch uns. - Aber zurück zum – unkoordinierten - Feldzug der Korinther und Epidaurier!

Wer jetzt meint, Athen würde seine Heere aus Ägypten und Aigina zurückrufen um die beiden Gegner aufzuhalten, die ja dort, zwei reguläre Tagesmärsche vor ihrer Stadt stehen, der verkennt die Dynamik dieser Stadt! Sie lassen das letzte Aufgebot ausrücken, aus den gerade mannbar Gewordenen und den Älteren über 45 Jahre. Es kommt zu unentschiedenen Gefechten zwischen Athen und den Peloponnesiern um Korinth. Am Ende eines dieser Gefechte flüchtet eine nicht geringe Anzahl Korinther in einen Gebäudekomplex. Die Athener umzingeln ihn, blockieren den Ausgang und steinigen alle der dorthin geflüchteten Korinther durch Würfe ihrer Leichtbewaffneten.

Ich will Dir, geduldiger Leser, gar nicht schildern, welche Gesandtschaften mit welchen Klagen aus dem ganzen Bündnis bei uns ankamen. Wenn Du es Dir vorstellen willst, lies das Klagelied der Korinther, welches ich Dir aus der Zeit vor Beginn des Großen Krieges im Kapitel „Die Rede der Korinther anlässlich der Kriegskonferenz der Spartiaten" wiedergegeben habe!

Die erste große Schlacht und der späte Waffenstillstand (Pentekontaitia VIII)

Etwa zur gleichen Zeit wurde Athen auch noch aktiv in Richtung des Orakels von Delphi. Dort grenzen zwei Stämme aneinander: die Phoker und die Dorer aus dem „Doris" genannten Gebiet. Wir halten die Doris für das ursprüngliche Gebiet von uns Dorern. Die Phoker also griffen auf Veranlassung Athens die Dorer an, hatten schon große Teile von deren Gebiet einschließlich des Orakels besetzt. Diese Verletzung eines Gebietes, welches sakrosankt ist und durch die Bedeutung der Orakelsprüche hohe diplomatische Bedeutung hat, zusammen mit der Demütigung, die die Klagen unserer Alliierten für uns darstellten, brachten – so lautet das Bild ja wohl – das Fass zum Überlaufen.

Es ist ja nur dem Augenschein nach so, dass der Hegemon eines Bündnisses frei entschiedet. Nein, der Hegemon lebt in der Sorge, dass seine Verbündeten an seiner Führungsstärke zweifeln, ja, eventuell schon im Geheimen Gespräche mit der Gegenseite führen. Dies muss nicht von Seiten der gerade Regierenden geschehen! Ich erinnere Dich daran, dass es in fast jeder unserer Poleis eine eher demokratische und eine eher aristokratische Partei gibt, die in Konkurrenz, zum Teil auch in offenem Konflikt miteinander leben. Wer garantierte uns also, dass nicht die Demokraten Korinths insgeheim auf ein Bündnis mit Athen hinarbeiteten; die Enttäuschung der regierenden Konservativen in Korinth über uns hätte dies ermöglicht.

Wir mobilisierten daher hastig einen Großteil der Truppen, die für ferne Einsätze sofort einsetzbar waren: 1500 Mann, zusammen mit 10 000 Mann unserer Bundesgenossen, mit dem Auftrag, dort in der Doris für Ordnung zu sorgen. Auch gaben wir dem Befehlshaber mit, er solle danach in Richtung Athen marschieren; unsere aristokratischen Freunde in Athen planten angesichts der katastrophalen Lage Athens die Macht dort zu erobern und das Erscheinen unseres Heeres sollte ihnen dabei helfen. Die Gelegenheit schien umso günstiger, da ja immer noch ein Heer der Athener in Ägypten festsaß und nicht wenige auf Aigina benötigt wurden.

Der erste Auftrag in der Doris war schnell erfüllt. Nun sollte der zweite Auftrag begonnen werden. Als aber unsere Parteigänger bei den Aristokraten nichts ausrichten konnten und unser Oberbefehlshaber sah, wie statt dessen die Athener die Geraneia befestigten, also unseren Rückzugsweg, beschloss er in Boiotien die Entwicklung abzuwarten: Die Boioter waren uns freundlich gesonnen; von dort könnte man einen dauernden Druck auf die Athener ausüben.

Die Athener, die genau dies befürchteten, mobilisierten wie zuvor schon gegen die Korinther alle noch in der Stadt verbliebenen Waffenfähigen, etwa 12 000, wozu noch 1000 Argiver und kleinere Kontingente aus demokratisch regierten Städten des Seereiches zustießen. Insgesamt waren es 14 000, gegen unsere 11 500.

Diese Streitkräfte stießen dann östlich der boiotischen Hauptstadt Theben beim Städtchen Tanagra aufeinander. Es ist unglaublich, wie heftig die Athener kämpften, übrigens auch die Aristokraten in ihren Reihen! Wenn nicht die Reiterei aus Thessalien während der Schlacht zu uns übergegangen wäre, wäre das Ergebnis noch unklarer gewesen. So aber behaupteten wir das Schlachtfeld, galten somit als Sieger. Von den weiteren Folgen her ist dies nur eine scheinbarer Triumph: unsere Verluste, gerade an unseren spartanischen Kerntruppen, waren beträchtlich. Und gerade solche Verluste sind kaum zu ersetzten.

Diese Verluste und das Drängen unserer Bundesgenossen waren es, die unseren Oberbefehlshaber, meinen jüngeren Kollegen im Königsamte und seinen Berater, dazu bewogen, überhastet nach Hause abzumarschieren.

Muss ich Dir noch sagen, dass wir auch hier wieder diese Planlosigkeit sehen, die aus der Nervosität entspringt angesichts unserer schwindenden Zahl?

Dieses Schwanken hatte sich sogar in der Nicht-Verwendung meiner Person im Oberbefehl über unsere Armeen gezeigt. Denn bei unseren Falken war ich seit meiner Eigenständigkeit um die zweite Heirat und angesichts der Eigenart meiner Kinder wie auf Grund der Gedanken, die ich mir um Ithome machte, ein Verdachtsfall, ein „Athenversteher" und „Perikleshündchen", wobei letzteres eben auf den Status von Gastfreunden zwischen mir und Perikles anspielt.

Tanagra stellte also unser Prestige als Hegemon wieder her, allerdings nur kurzfristig, denn wir hatten ja keinen Plan. So fielen nur einen Monat nach unserer Rückkehr in die Heimat die Athener wieder in Boiotien ein, siegten in der Schlacht bei Oinophyta, besetzten das Schlachtfeld von Tanagra und die Stadt des gleichen Namens. Auch Aigina ergab sich ihnen zur gleichen Zeit, während die Athener zu Hause es unternahmen die Langen Mauern zu errichten, also eine Befestigung von der Stadt bis zum Hafen zu bauen. Einer der Anführer der radikalen Demokraten, Tolmides, Sohn des Tolmaios, stellte sogar noch eine Flotte zusammen und umrundete mit ihr unseren Peloponnes, wobei er mehrere Orte verwüstete. Tanagra hatte also nur kurzfristig unser Ansehen wiederhergestellt, untergrub aber unsere Stärke an Männern, diese Kraft, die uns, selbst nach dem Erdbeben, noch mit gemäßigter Zuversicht in die Zukunft hatte blicken lassen.

Diese erste Phase des Kleinen Peloponnesischen Krieges war bis Tanagra eher ein Kampf unserer Verbündeten mit Athen. Die Erbitterung gerade auf Seiten unserer Korinther führt Dich, Leser, zu einem ersten Verständnis der Krise, die dann später zwischen Korinth und Kerkyra um einen Flecken im Barbarischen entbrannte und die ein erster Anlass wurde für den Großen Peloponnesischen Krieg. Ich will dies kurz andeuten: In dieser späteren Krise wurden die Athener von Kerkyra zur Hilfe gerufen, so wie sie hier vor Tanagra von Megara gerufen worden waren. Die Kerkyräer wussten von der Erbitterung der Korinther gegen die Athener wegen

Megara; für sie war Athen so etwas wie ein natürlicher Verbündeter. Ich jedenfalls habe seitdem oft gemerkt, welch gewaltiger Hass bei den Korinthern gegen Athen sich entwickelte, und zwar echter Hass, nicht der Neid wegen einiger Handelsvorteile. Solch eine Konkurrenz wegen Handelsfragen ist bei solchen Leute in Seestädten fast normal.

Zurück zu den Ereignissen! Du hast gerade erfahren, wie wir Peloponnesier nach dem „Sieg" bei Tanagra schon wieder in die Defensive gedrängt worden waren. Ich weiß nicht, wie all dies sich weiter entwickelt hätte, wenn nicht über eines der drei Heere der Athener eine vernichtende Niederlage hereingebrochen wäre: Das Heer in Ägypten wurde nach 6 Jahren des Verweilens dort von dem wiedererstarkten Großkönig geschlagen. Auch von einer Versorgungsflotte aus 50 Schiffen, die von der Niederlage nichts wusste und in die Mündung des Nils einlief, entkamen nur wenige. Ägypten stellte also eine Niederlage Athens dar, bei der es etwa ein Drittel seiner Stärke zur See einbüßte. Der etwas abgenutzte Begriff der „vernichtenden Niederlage" trifft somit das wirkliche Geschehen, musste deshalb von mir benutzt werden, damit Du eine wirkliche Vorstellung von dem Geschehen bekommst und die Folgen verstehst.

Beide Seiten hatten also große Rückschläge hinnehmen müssen. Das dürfte die Erklärung sein, warum es in den folgenden fast 6 Jahren keine entscheidenden Unternehmungen auf beiden Seiten mehr gab und am Ende dieses Zeitraumes sogar ein Waffenstillstand geschlossen wurde. Dessen Zustandekommen war lange in der genannten Zeitspanne daran gescheitert, dass keiner der Demokraten eine Verständigung mit uns vertreten wollte. Jetzt aber war ein Politiker aus der Verbannung zurück, der als letzter noch die Fähigkeit hatte den Aufstieg von Perikles zum meistgewählten Mann zu verhindern. Ich spreche von Kimon, dem Sohn des Siegers von Marathon, Miltiades!

Kimon also als Führer der aristokratischen Partei in Athen wurde jetzt nach der ägyptischen Katastrophe zu uns geschickt. Du kennst ihn als Befehlshaber der Athener vor Ithome. Er besaß eine umfassende Vorstellung von der Politik, die Athen verfolgen müsste; nur Perikles hatte auch solch eine Gesamtkonzeption, allerdings eine entgegengesetzte. Ich will Dir im nächsten Kapitel davon berichten!

Die Demokraten in Athen schickten gerade Kimon, weil dieser seiner Abstammung wegen und seiner Parteizugehörigkeit nach wohl noch am ehesten von uns einen Waffenstillstand erreichen konnte. Wir brauchten diesen zwar angesichts unserer Verluste ebenso nötig wie die Athener – nur dass man unsere Not nicht so leicht sah, da wir ja im Moment keine Niederlagen zu verzeichnen hatten. Unsere Führung meinte durch die Zustimmung zum Waffenstillstand auch auf die athenische Innenpolitik wirken zu können: Kimons Erfolg stärkte die aristokratische Partei und schwächte die demokratische. In diese Richtung weist auch die Ermordung des bisherigen demokratischen Führers Ephialtes, ein Ereignis, dessen Hintergründe nie aufgeklärt wurden, welches die Demokraten dann aber benutzten, um gegen Kimon und den Waffenstillstand mit uns zu hetzen.

Dieses Kapitel umspannte folgenden Zeitraum: Die Kapitulation von Ithome war im 21. Jahr nach der Schlacht von Salamis, das Bündnis zwischen Megara und Athen stammt aus demselben Jahr. In der unter uns Hellenen gebräuchlichen Chronologie müsste ich sagen: im letzten Jahr der 80. Olympiade. Die genannte Schlacht von Tanagra fand statt zum Ende des 23. Jahres seit Salamis statt. Der Waffenstillstand wurde im 30. Jahr seit Salamis geschlossen. Er hielt übrigens tatsächlich 5 Jahre, war aber erfüllt von Aktivitäten der Athener, bei denen nun Perikles der führende und bestimmende Politiker war. Nur, er war trotz dieser Stellung dauernd den Angriffen von Seiten der „Abenteurer" ausgesetzt – ein Begriff, den Perikles selbst prägte. Ich werde ihn Dir im Kapitel „Perikles – der Mann, seine Stadt und seine Konkurrenten" erklären. Auch die aristokratische Partei attackierte ihn weiter, zunächst noch unter Führung von Kimon, später mit einer besonderen Anklage unter der Führung von Thukydides, Sohn des Milesios. Perikles' Politik uns gegenüber wurde dann in dieser zweiten Phase zunehmend unflexibel und eskalierend.

Exkurs: Kimon - oder: Das Konzept der Bipolarität

Im letzten Kapitel schilderte ich Dir die zunehmende gegenseitige Erbitterung. Du magst Dich fragen: Führt diese Erbitterung naturnotwendig die beiden Hegemone in den Zusammenprall des Großen Krieges? Ich habe im Kapitel „Nach Themistokles – Ohne Alternative in den Konflikt" schon darüber nachgedacht, kann Dir darauf aber weiter keine Antwort geben, jedenfalls keine, die Wahrheit und richtige Erkenntnis garantiert. Ich bin kein Philosoph, der sich in solchem Räsonnieren auskennt. Aber: Ich kann Dir ein Konzept der Außenpolitik nennen, welches real existierte und nicht von der Unvermeidbarkeit des Krieges ausging: Es war das Konzept von Kimon. Er war ja von der Volksversammlung wegen der Demütigung von Ithome in die 10-jährige Verbannung geschickt worden, aus der er jetzt gerade zurückgekehrt war und den Waffenstillstand vermittelt hatte. Die radikalen Demokraten waren durch Ägypten desavouiert, momentan waren Männer gefragt, die den Kontakt zum „aristokratischen" Sparta herstellen konnten.

In seinem Privatleben betonte Kimon seine Freundschaft zu uns in jeder Beziehung: So war es eine seiner beliebten Redensarten, wenn jemand etwas Negatives über uns sagte: „So sind die Lakedaimonier nicht!"; einen seiner Zwillingssöhne nannte er „Lakedaimonios". Auch im politischen Diskurs betonte er diese Grundeinstellung. Als wir vom Erdbeben getroffen worden waren und um Hilfe gegen die in Ithome baten, tönte es vom damaligen Anführer der Demokraten Ephialtes:

„Männer von Athen, jene Stadt dort, die sich fast alle Poleis auf dem Peloponnes unterworfen hat, sie, die uns damals zumuten wollte, ohne Stadtmauer leben zu müssen, sie kräht jetzt nach Hilfe gegen ihre Untertanen. Nun, ich schlage vor, die Spartaner nun selbst fühlen zu lassen, wie es ist, wenn eine Stadt in Trümmern liegt und man sich selbst helfen muss, wie wir es damals mussten, als der Perser abzog. Genießen wir es, wie der Stolz derer im Schmutz liegt, die sich als etwas Besseres dünken als der Rest der Hellenen. Also: keinen Mann und keine Stimme für Sparta!"

Kimon dagegen trat in seiner ruhigen, überlegenen Art vor die Athener: *„Männer von Athen! Jeder Körper, der zu schnell an Länge oder Gewicht zulegt, ist aus dem Gleichgewicht gebracht. So verhält es sich auch mit dem Wachstum von Poleis. Seht um euch herum, wie eure Stadt gewachsen ist, wie sie die Anführerin so vieler hellenischer Poleis ist. Seht aber auch, wie viel Neid dieses schnelle Wachsen bei unseren Bundesgenossen hervorruft. Stellt euch nun vor, wir müssten noch mehr Poleis anführen, nicht nur auf See, wo wir schnell überall sind, sondern zu Lande, wo die Menschen sich nur langsam bewegen können. Genau das könnte eintreten, wenn der Garant für Ordnung auf dem Festland, nämlich Sparta, fallen sollte. Athen wäre dann wie ein Kutscher, der einen Wagen lenken soll, dem ein Rennpferd und ein krankes Pferd vorgespannt wäre! Nein, ihr Männer, Hellas kann nur auf gutem Kurs bleiben, wenn zwei edle Pferde seinen Wagen ziehen. Ein gutes Pferd allein reicht nicht für unsere Welt hier."*

Durch solche maßvollen Betrachtungen gelang es Kimon damals die Athener zum Kompromiss mit uns gewogen zu machen. Abhängig war dieser Erfolg allerdings immer von der Entwicklung der äußeren Verhältnisse und dem Stand des innenpolitischen Konfliktes zwischen Aristokratie und Demokratie, und konnte schnell sich ins Gegenteil verkehren, wie Kimon nach Ithome selbst mit seiner Verbannung erlebt hatte. Volksversammlungen sind da oft wie Federn im Wind.

Wie sehr Kimon gleichsam auf Kieseln tanzen musste, beweist sein Antrag im zweiten Jahr des Waffenstillstandes: er schlug den Athenern eine Expedition zur Hilfe für Kypros vor, das im Aufstand gegen den Großkönig war. Hier sollte eine Sicherung gegen ein Wiedererstarken Persiens geschaffen werden. Er tat dies zum einen aus ehrlicher Überzeugung, zum anderen aber, weil er fühlte, wie sehr es Athen nach Aktivität verlangte, eine Aktivität, die die radikalen Demokraten eher gegen Sparta gerichtet wissen wollten. Kypros war also zum Teil als Diversion der überschüssigen Kräfte Athens gedacht.

Auf Kypros dann trat der Umschlag des Schicksals ein, dessen Einfluss auf das Handeln der Menschen ich schon oft erwähnt hatte: Kimon starb vor einer unbedeutenden Stadt auf Kypros, die er belagern musste, da in ihr noch Truppen des Großkönigs waren.

Eine Planänderung zu Deinem Nutzen

Bist Du verwirrt ob dieser unendlichen Abfolge von Aktion und Reaktion, von Personen, die auftauchen und verbannt werden und wiederkommen? Aber Du bist doch weltgewandt, bist es gewohnt, in Ländern, ja Kontinenten zu denken – das beweist schon Dein Kauf dieses Buches hier. Dennoch kann die Ungeduld, die Du bei Dir fühlst, Dir helfen. Durch sie kannst Du nachfühlen, welch eine Unruhe, ja, welch ein Widerwillen, bei unseren führenden Stellen zu dieser Zeit herrschte! Bis vor zwei Generationen hatte es genügt, genug zu exerzieren und die Heloten in Schach zu halten. Wenn das wirkte, brauchten wir uns um Entwicklungen in Argos oder Patrai kaum kümmern. Und es entwickelte sich im Übrigen alles so langsam, dass man sich mit Reaktionen sehr lange Zeit lassen konnte.

Aber seit dem Aufstieg der Athener nach den Perserkriegen, verschärft dann seit dem Konflikt zwischen den Seemächten, Athen und Korinth, folgte nun in nie geahnter Schnelligkeit Ereignis auf Ereignis und zwar in einem Raum von Ägypten über Sizilien bis zu den Thrakern, weiter zu den Skythen fern im Schwarzen Meer bis zum den Indus berührenden Großkönig.

Ich jedenfalls habe deswegen nun beschlossen, die Entwicklung der 20 letzten Jahre vor dem Großen Krieg für Dich in weitere Kapitel und Exkurse zu unterteilen, damit Du den Geschehnissen zwar mit mühevoller Aufmerksamkeit, aber ohne die Gefahr von Verwirrung folgen kannst. Ich hatte das erst anders geplant, aber: So, wie man im Kriege nach den ersten Gefechten oft den Plan ändern muss, so will auch ich hier nun meinen ersten Plan für dieses Werk ändern.

Exkurs: Perikles – der Mann, seine Stadt und seine Konkurrenten

Perikles? Du hast ihn im letzten Kapitel als den führenden Kopf der Demokraten nach dem Tod des Ephialtes kennengelernt. Nun: Dieser Mann ist Athens großer Zauberer und entwickelte sich allmählich zum schlauesten Feind unserer Stadt und des Peloponnes!

Er wurde mein Gastfreund, als ich beim Abschluss des Waffenstillstandes in Athen war. Eingeladen war ich von Kimon, hielt es aber für sinnvoll, zu dem kommenden Mann der Demokraten Kontakt aufzunehmen. Bei uns ist das Verhältnis zweier Gastfreunde ja kein Zeichen echter Freundschaft, sondern eher ein Verhältnis gegenseitiger Hilfe bei der Unterbringung auf Reisen. Zu Beginn seiner Karriere konnten wir uns mit gewissen Gemeinsamkeiten über Politik austauschen. Im Laufe der Ereignisse und unter dem Druck der „Abenteurer" wurde Perikles dann immer unbeugsamer, immer egoistischer bezüglich seiner Stadt, schließlich sogar zum Kriegshetzer. Dabei meine ich nicht den Typ von Demagogen, der laut in einer Hybris nach der Niederwerfung eines Gegners schreit. Nein, Perikles war ab einem gewissen Punkt für Krieg, weil er einem Plan folgte, er war gewissermaßen ein Befürworter des Krieges aus kalten Verstandesgründen. Seit dem 30-jährigen Friedensschluss aus dem 36. Jahr nach Salamis trafen wir uns nicht mehr persönlich. Aber der Eindruck des weiter bestehenden Verhältnisses der Gastfreundschaft bescherte mir so manchen Verdacht bis in die ersten Feldzüge des Großen Krieges hinein.

Warum ich ihn oben als Zauberer charakterisierte? Nun, er ist Spross eines der ältesten und am meisten selbstsüchtigen Adelsgeschlechter dieser Stadt, der Alkmaioniden. Er müsste also Aristokrat sein --- ist aber gleichzeitig der größte Lobredner auf die jetzt dort herrschende Demokratie. Der Mann kann alles in einer Soße wohlschmeckender Wörter so ertränken, dass jeder Zuhörer vollständig überzeugt nach Hause geht. Schon mehrfach hat er eingegriffen, wenn eine Volksversammlung über Angebote unsererseits beriet, und immer hat er es geschafft, die Menge zu Beschlüssen gegen uns zu überreden, auch wenn diese anfangs uns freundlich gesinnt war.

In all seinen Reden stellt er Athen dar als den Hort von Freiheit schlechthin: nur dort könne sich der Mensch frei entfalten, überall sonst sei er gefangen. Über uns besonders kommen dann die Stereotypen, wir seien Hinterwäldler und kollektiv Gefangene unserer selbst und wären von bemerkenswerter gedanklicher Langsamkeit und dementsprechend begrenztem Horizont.

Und er erweckt den Eindruck, dass Athen eigentlich uns und dem Peloponnes diese Freiheit bringen müsse, notfalls mit Gewalt. Als ob es nur ein Menschenrecht gäbe: nämlich so zu leben wie Athener.

Und das Diabolische an der ganzen Sache ist, dass er ja scheinbar in allem Recht zu haben scheint. Athen ist ja gerade in der Zeit der Leitung durch Perikles erstrahlt in Architektur, Kunst und Literatur. Unsere Gesandtschaften sind ja wie geblendet durch die neue Akropolis mit ihren Bauten und Standbildern, sie können es kaum in Worte fassen, was sie da sehen. Einer meiner Vertrauten sprach nach seiner Rückkehr von einem neuen Weltwunder der Schönheit und Harmonie, und er sprach dann ganz mutlos von unserer Stadt, die ja keine Stadtmauern hat und keine prächtigen öffentlichen Gebäude.

Und auch, wenn wir Wortgeklingel ablehnen in unserem Bestreben uns immer militärisch knapp – lakonisch eben – auszudrücken, so haben doch einige von uns schon diese einzigartige Kraft der Bühnenstücke der Athener erlebt oder sich aus ihnen vorlesen lassen: ein Sturm von Leidenschaften von Seiten gewaltiger Individuen, gepaart mit jeweils so haarsträubend neuen Ideen, dass einem schwindlig wird. Solch ein Bühnenstück kommt einem wie eine Ode an den Individualismus vor. Da löst sich jede alte Gewissheit auf, wenn man von dieser Akrobatik in Worten und Gedanken getroffen wird. Ich kann diesen Ansturm nur mit den Worten eines ihrer größten Tragödiendichter einigermaßen vorstellbar machen: 'Viele Dinge sind gewaltig – nichts aber gewaltiger als der Mensch.' Wobei das Schlüsselwort dieses Zitats, das „gewaltig", in der Sprache der Hellenen mehrdeutig ist: es kann auch „fürchterlich" bedeuten.

Von ihren Redelehrern will ich da gar nicht reden, die uns an einem Tag beweisen, dass Hilfen für Mitmenschen sittlich gut sei und am nächsten Tag den vollendeten Beweis präsentieren, dass dasselbe Verhalten vom Standpunkt der Nützlichkeit dumm sei.

Kurz: Diese Stadt des Perikles glänzt, sie strahlt, sie schillert, sie wühlt auf, sie wirft um --- sie ist wie ein Quell seltsamer, unheimlicher Energie.

Ja, und auf diesem Hintergrund präsentiert sich Perikles als Ober-Demokrat. Ich muss ihn so nennen, denn einer unserer Gewährsmänner berichtete, dass unter den entschiedenen Demokraten der neuen Sorte dort in Athen, Perikles selbst nennt sie ja „Abenteurer" – also wieder etwas Neues aus dieser Stadt der Unruhe – über Perikles gespottet wird. Man sagt dort in diesen Kreisen, Athen sei dem Namen nach eine Demokratie, in Wahrheit aber die Herrschaft eines Mannes.

Und hiermit bin ich dabei die jetzige politische Position dieses Meisters aller Sophisten zu beschreiben:

Gegen die aristokratische Partei des Thukydides, Sohn des Melesios, zu der wir ja gute Kontakte haben, hat er sich vor gut 10 Jahren durchgesetzt, er, Perikles, der gebürtige Aristokrat, als Haupt der Demokraten. Thukydides wurde durch das „Scherbengericht" in die 10-jährige Verbannung geschickt und kehrte erst zur Zeit der Kerkyra-Krise zurück – ohne noch groß Einfluss gewinnen zu können. Trotzdem gibt es die Reste der aristokratischen Partei noch, sie wartet auf die Gelegenheit, dass Perikles einen Fehler macht. Neu aber ist, dass er, der doch als Kopf der demokratischen Partei gilt, seit Neuestem Konkurrenz bekommt durch noch radikalere Demokraten. Deren entlarvendes Urteil über Perikles hatte ich Dir gerade mitgeteilt.

Überhaupt: Da nennen sich diese Leute Demokraten, herrschen aber hartherzig über all die früher freien Städte und Inseln, die sich nach dem Sieg über die Perser in gutem Glauben Athen angeschlossen haben. Und die dann den Fehler machten anzunehmen, als Athen ihnen das ach so demokratische Angebot machte, ihre eigenen Flotten abzuschaffen (Athen sprach von „Kostenersparnis"); sie sollten ja dafür einen Teil des

Eingesparten in eine gemeinsame Bundeskasse einzuzahlen, eine Bundeskasse, die natürlich jetzt von athenischen Kontrolleuren verwaltet wird. Und wehe dem „Bundesgenossen", der seinen Beitrag nicht in voller Höhe und pünktlich dorthin überweist!!! So haben diese früheren Bundesgenossen mitgeholfen, die athenische Flotte zu der größten der Welt zu machen, dieselbe Flotte, die dann kommt, wenn diese Städte den Befehlen Athens nicht nachkommen. - Verzeih', dass ich hier einiges wiederholte. Oft läuft mir das Herz über, wenn ich sehe, wie gewaltig die Werbung mit dem Oberbegriff „Demokratie" ist, die Athen für sich veranstaltet; und dass wir nichts Vergleichbares zustande bringen.

Von diesem persönlichen Befund aber jetzt zurück zu Perikles' Position in dieser eigentümlichen Demokratie und zu seiner Gefährdung durch die „neuen" Demokraten!

Ja, da sind in den Jahren des athenischen Seereiches in Athen neue Bevölkerungsklassen entstanden, denn natürlich braucht ein solcher Handels- und Herrschaftsraum Unternehmer für die vielen Import- und Exportartikel, es braucht Reeder, Händler und Geldexperten, Kontrolleure der Unterworfenen, Kapitäne, Ingenieure, Experten des Schiffbaus, Seil- und Tuchhersteller, Groß-Schmiede und solches dieser Art. Das Seereich braucht diese Leute nicht nur, sondern es bringt sie immer neu und in gesteigerter Zahl hervor! Hinzudenken muss man auch die Heere von Architekten, Bauunternehmern und Künstlern und Handwerkern, die für Perikles' Bauprogramm – die Neugestaltung der Akropolis - tätig sind.

Nun, diese sind zunehmend unzufrieden mit Perikles, weil sie mehr Beschäftigung für Leute ihrer Art wollen (sie sprechen von „Jobs") und natürlich mehr Profit erringen wollen, Profit, den sie sofort in neue Unternehmungen stecken. Kurz: sie wollen Athens Reich weiter ausdehnen. Sie machen sich dabei kaum Gedanken um die Art und Weise dieser Ausdehnung, sie sind eben die *„Abenteurer"*. So hat sie auch Perikles bei unserem letzten Treffen schon genannt – Du erinnerst Dich, Perikles und ich sind immer noch Gastfreunde.

Diese Leute sind immer stärkere Kritiker von Perikles' Kurs. Sie wollen offen weiteres Wachstum um jeden Preis und auf alle Art, Perikles mahnt zur Vorsicht. Er sieht, dass ein unkontrolliertes Wachstum Athen angreifbar macht, es zu einer Zeit in Konflikte verwickeln könnte, in denen nicht mehr ein Perikles den Kurs steuert, sondern diese *„Abenteurer"* aus den neuen Bevölkerungsklassen. Und er sieht dann voraus, dass Athen sich in einem von diesen Leuten geführten Krieg übernehmen, und - verlieren würde.

Der große Unterschied zwischen den Abenteurern und Perikles rührt daher, dass Perikles und seine Generation auch Niederlagen erlebt haben, so die extreme Gefahr nach dem Untergang der ägyptischen Expedition und der fast gleichzeitigen Niederlage gegen uns am Ende des Kleinen Peloponnesischen Krieges in der Pentekontaitia. Ich hatte dir dies im letzten Kapitel geschildert. Die unterschiedliche Wahrnehmung der Risiken der eigenen Machtposition - die Sophisten in Athen nennen das ja „Perzeption" - scheint ein wirkliches Generationenproblem zu sein. Dies nicht nur in Athen, auch bei uns, wie ich Dir geschildert hatte.

Das Gesagte könnte jetzt so wirken, als ob Perikles ein Friedensfreund wäre. Schon wieder erweckt er in diesem Punkt einen Anschein, genau so wie dort, wo er sich als Demokrat gibt. Nein, Perikles ist und bleibt Gegner Spartas und der Peloponnesier, und die Situation, in der er jetzt in seiner Stadt ist, so wie ich sie gerade beschrieben habe, drängt ihn geradezu in die Position eines Kriegstreibers.

Also: Der Demokrat ist ein getriebener Kriegstreiber!!!

Er will den Krieg jetzt, damit er selbst ihn noch führen kann, wie er es sich in seinem Plan zurechtgelegt hat. Jetzt, damit nicht später die neuen Kräfte diesen Krieg führen - und verlieren.

Deswegen ist Perikles für uns so gefährlich: Er steht einer in Worten und Aussehen attraktiven Stadt vor und er hat einen Kriegsplan, der tatsächlich wohl der einzige Weg ist uns zu besiegen. Er scheint hier bei der Formulierung dieses Planes tatsächlich eine hohe Stufe des Staatsmännischen erreicht zu haben, indem er warnt, im Kriege keine Eroberungen anzustreben – also etwas völlig Ungewöhnliches. Aber zur Durchsetzung dieses so neuartigen Planes ist eine Evakuierung des Landes und die Konzentration der Landbevölkerung in der Stadt nötig. Und deshalb ist dem Plan im Umkehrschluss die Weisheit abzusprechen. Dazu habe ich Dir weiter hinten ein eigenes Kapitel geschrieben: „Die Pest und der Kriegsplan des Perikles".

<u>Vom Ende des Waffenstillstandes bis zum athenischen Bauprogramm (Pentekontaitia IX)</u>

Sicher erwartest Du jetzt für diese Fortsetzung des Krieges wieder eine so verwirrende Abfolge von Ereignissen wie im letzten Kapitel. Weit gefehlt, denn Du wirst mir nach der Lektüre dieses Kapitels bestätigen, dass man zu Beginn den Eindruck gewinnt, der Waffenstillstand hätte sogar länger als 5 Jahre gedauert. Es passiert gute 4 Jahre nichts, jedenfalls wenn man Kriegshandlungen erwartet. Erst im letzten Jahr des Waffenstillstandes kommt es zu einem Ausbruch von Gewalt, der aber wieder genauso überraschend endet wie unsere Expedition vor und nach Tanagra!

Ereignisse kann ich aus dieser Zeit nur von Seiten der Athener berichten, und es sind fast nur innenpolitische Handlungen. Diese gewinnen aus der Rückschau eine andere Bedeutung, damals sahen wir zunächst bei den einzelnen Schritten keine Verbindung mit der Außenpolitik.

Die erste innenpolitische Initiative startete Perikles: Er brachte im Jahr des Waffenstillstandes - also dem 30. Jahr nach Salamis - ein Staatsbürgerschaftsgesetz ein, nach welchem nur diejenigen vollwertige Bürger seien, deren beide Eltern athenische Bürger waren. Hier sehen wir wieder, dass man fehlgeleitet wird, wenn man sich Perikles als Demokraten vorstellt, der mit Athen das Gegenbild zu Sparta schaffen wollte. Ja, bei uns hängt das Schrumpfen der Anzahl der Bürger damit zusammen, dass nur die Nachkommen zweier echter spartanischer Eltern auch wieder spartanische Voll-Bürger sein können, Spartiaten eben. Bisher wurde das von den Athenern als „aristokratisch" verunglimpft. Nun haben sie unter dem Demokraten Perikles etwa dieselbe Regelung getroffen. Nun, wie so vieles, ergibt sich eine Stoßrichtung des Staatsbürgerschaftsgesetzes aus den innenpolitischen Konflikten Athens:

Kimons Mutter war thrakischer Abstammung! Nun konnte man selbst nach diesem Gesetz jemandem vom Ansehen des Sohnes eines Miltiades nicht die athenische Staatsbürgerschaft aberkennen, aber es war ein Warnschuss an alle noch übriggebliebenen Aristokraten, die viel häufiger in andere Poleis heiraten als die einfachen Bürger, deren Gesichtskreis ja an der Stadtmauer endet.

Sodann sind zwei Beschlüsse der Volksversammlung bemerkenswert, die von Politikern aus dem Umfeld des Perikles angestoßen wurden: In dem Gesetzentwurf von Klearchos ging es um eine Monopolisierung der Münzen, Maße und Gewichte Athens in dessen ganzem Seereich; in dem Gesetzentwurf des Kleinias um eine noch effektivere Eintreibung der Tribute aus dem Seereich.

Muss ich extra berichten, dass sofort die Anzahl von Klagen aus den Poleis des Seereiches bei uns anschwoll? Die Unruhe dort war entstanden auf Grund eines „Friedensschlusses", gesteigert wurde sie durch die genannten Initiativen von Klearchos und Kleinias. Du fragst, wieso etwas Gutes wie ein Friedensschluss Unruhe hervorbringen kann? Es handelte sich bei dem fraglichen Friedensschluss um den zwischen Athen und dem Großkönig. Er war möglich geworden durch den Fehlschlag der Zypern-Expedition des Kimon und durch dessen Tod dort. Der Friedensschluss wirkte bei Athens Seereichs-Mitgliedern wie der Austausch der Vorzeichen in einer mathematischen Formel: Hatte das Seereich seinen Ursprung und seine Berechtigung aus dem Krieg gegen die persische Bedrohung, so fiel diese Legitimation jetzt komplett weg. Eine Änderung dieses Kurses in Athen zu erreichen war für die „Mitglieder" des Seereiches durch den Tod Kimons noch unwahrscheinlicher geworden, die Last für sie noch unabsehbarer, siehe Kleinias und Klearchos. Der Friede wurde geschlossen im zweiten Jahr nach dem Staatsbürgerschaftsgesetz, im 32. Jahr nach Salamis.

Umso empörender wirkte dann auch der Beginn eines Projektes, der Athen zur strahlendsten Polis aller Hellenen machte, während viele der Poleis des Seereiches an finanzieller Auszehrung litten: Die großen

Bauvorhaben in und um die Akropolis in Athen. Das wirklich beeindruckende Resultat kann jeder jetzt dort besehen.

Aber: Athen finanzierte die Bauten nicht gänzlich aus eigenen Finanzen, sondern zu einem nicht unbedeutenden Teil aus der Kasse des Seereiches. Man erinnere sich: deren Sitz war von Delos nach Athen gewandert, die Schatzmeister waren nun Athener. Die „Mitglieder" des Seereiches vermuteten schon seit längerem Unregelmäßigkeiten zugunsten Athens – ich werde diese armen Abhängigen ab jetzt „Untertanen" nennen.

Das Gesetz, das Perikles im zweiten Jahr unseres Waffenstillstandes in die Volksversammlung eingebracht hatte, bestätigte und übertraf die Vermutungen der Untertanen: als Einmalbetrag sollten der Bundeskasse 5 000 Talente entnommen werden, dann weiter 15 Jahre lang jeweils 200 Talente. Insgesamt also 8 000 Talente bis ins 48. Jahr nach Salamis. - Du wirst in den nächsten Kapiteln erfahren können, dass dies dann das Jahr der Kerkyra-Krise war.

Und falls Du, Leser, mit unserer Talent-Währung nicht vertraut bist, so kannst Du diese Summe in die Kosten für den Unterhalt von Kriegsschiffen einschließlich des Solds der Besatzung umrechnen: Man hätte davon 670 Kriegsschiffe für ein komplettes Jahr finanzieren können, oder 1340 Schiffe für die Periode eines halben Jahres, in dem normalerweise nur Schifffahrt betrieben wurde. Ist Dir diese Berechnung noch zu unklar? Nun, Perikles selbst gab in einer Rede an, dass die Kriegskasse oben in der Akropolis zu Beginn des Krieges mit 6 000 Talenten gefüllt war – trotz der Ausgaben für die Akropolis, die damals gerade fertig wurde.

Ich will es kurz machen: Perikles selbst sprach später in einer berühmten Rede im 2. Kriegsjahr des Großen Krieges davon, dass sich das Seereich und die athenische Herrschaft in eine „Tyrannis" verwandelt hätten. Wobei Perikles, könnte er dies lesen, uns sofort seine Wortwahl interpretiert hätte: er habe bewusst übertrieben, um den Athenern bewusst zu machen, welche Reaktion diese „Tyrannis" bei den Untertanen auslösen könnte, wenn Athen nicht unbeugsam jeden Aufstand bekämpfen und den Krieg gegen uns gewinnen würde. Ich hatte seine Redegabe ja schon beschrieben.

Das fragliche Gesetz über die Aneignung von Bundesgeldern hatte Perikles übrigens eingebracht, nachdem unsere Führung seine Initiative zu einer panhellenischen Konferenz ohne einen Gegenvorschlag abgelehnt hatte. Ich unterstützte die Ablehnung der vier Beschlusspunkte für die Konferenz, nicht aber den Verzicht auf einen Gegenvorschlag. Unsere Reaktion kam mir vor wie die Trotzreaktion des armen Verwandten eines reichen Mannes.

Das kurze, gewaltsame Ende des Krieges und der Friedensschluss (Pentekontaitia X)

Wir hatten die Kriegshandlungen verlassen nach Tanagra und dem überraschenden Wiederaufstieg Athens mit der Aufrichtung seines Einflusses in ganz Mittelgriechenland, insbesondere in Boiotien. Was Athen seitdem alles zur Stärkung seiner Herrschaft unternommen hatte, hast Du im letzten Kapitel erfahren. Gerade der bodenständige Adel in Boiotien nahm daran Anstoß jetzt unter dem Einfluss einer Macht zu leben, die ja schon ihr Seereich immer vollkommener beherrschte und sich selbst zur Perle Griechenlands ausbaute. Also organisierten diese Leute Revolten mehrerer Poleis gegen Athen. Die Aktion war erfolgreich, denn Athen schickte einen der neuen Abenteurer als Feldherrn. Dieser hatte Perikles' Rat missachtet er solle die Verstärkungen abwarten warten und unterlag den Boiotern in der Schlacht von Koroneia im zweiten Jahr nach dem athenischen Gesetz über die Bundesgelder, im 44. Jahr nach Salamis.

Die athenische Niederlage und ihre Folgen bewiesen, als wie drückend viele Untertanen die Herrschaft Athens empfanden! Im Jahr nach Koroneia rebellierten die kleinen Inseln Naxos und Andros sowie die große Insel Euboia, die für die athenischen Transporte aus dem Pontos unvergleichlich günstig gelegen war. Das ganze wirkte sogar organisiert, denn der nächste Schlag traf Athen, als es gerade ein Heer unter Perikles nach Euboia übergesetzt hatte: Megara fiel von Athen ab! Du erinnerst Dich: Megara war damals von uns abgefallen, als es Streit mit Korinth hatte und dieses den Konflikt mit Athen; von dort hatte Athen die Mauern nach Nisaia gebaut und Pegai befestigt; die drohende Sperrung der Geraneia für unseren Rückweg, damals vor Tanagra. In Megara hatte man jetzt gut 10 Jahre unter athenischer Herrschaft gestanden.

Jetzt reagierte auch unsere Führung, die zunächst vor und nach Koroneia passiv geblieben war. Die Ephoren sandten meinen Kollegen im Amte, Pleistoanax, mit einem Heere der Peloponnesier nach Attika. Obwohl Perikles von einer Feldschlacht gegen uns abriet, beschlossen die Abenteurer den Ausmarsch. Alle erwarteten schon ein zweites Tanagra. Tanagra und die Erinnerung an die damaligen Verluste an Kerntruppen war es dann auch, was den jungen Pleistoanax und seinen erfahrenen Ratgeber Kleandridas dazu bestimmte, auf die Feldschlacht nicht einzugehen und statt dessen mit den Athenern ein Abkommen zu treffen, welches dann die Grundlage bildete für den Dreißigjährigen Frieden, der dann im 46. Jahr nach Salamis geschlossen wurde. Als Pleistoanax zurückkehrte, bestand das Gremium der Ephoren fast ausschließlich aus Falken. Diese erreichten, dass die Volksversammlung Pleistoanax eine unbezahlbare Geldbuße auferlegte, der dieser nur durch ein freiwilliges Exil entgehen konnte. Ich persönlich argumentierte mit den Gründen aus Ithome und Tanagra zugunsten des Pleistoanax, konnte aber nichts erreichen. Wir Könige sind ja eher priesterliche Oberbefehlshaber für den Kriegsfall, nicht Architekten der Außenpolitik.

Wie verworren unsere Politik in diesem Falle war, kannst Du zusätzlich daraus ersehen, dass Pleistoanax und Kleandridas ja wie im Gesetz vorgeschrieben von zwei Ephoren begleitet worden waren. Diese hatten dort vor den Mauern von Athen und im Angesicht eines zweiten Tanagra dem Plan des Oberbefehlshabers zugestimmt die Schlacht nicht zu suchen, obwohl sie sich dann zu Hause wieder zu den Falken gesellten.

Die Politik Athens dagegen behielt den Kurs des Perikles bei: Sicherung des Seereiches, Kompromisse auf dem Festland. Dazu passend kehrte Perikles direkt nach Pleistoanax' Heimkehr mit dem Heer nach Euboia zurück und unterwarf es wieder seiner Herrschaft. Ich kann es Dir nicht verübeln, hier eine Wiederholung des athenischen Wiederaufstiegs nach Tanagra zu erblicken! Im Gegenzug auf Pleistoanax' Rückzug verzichteten die Athener auf alle Herrschaftsversuche in Mittelgriechenland und gaben alle

Besitzungen auf unserem Peloponnes auf. Dies wurde dann zur Grundlage des „Dreißigjährigen Friedens", der im Übrigen den status quo der jeweiligen Bündnisse festschrieb, indem er den Mitgliedern beider Bündnisse einen Wechsel untersagte und zum ersten Male in der Geschichte eine Streitschlichtung durch ein Schiedsgericht vorsah, und zwar für Streitigkeiten zwischen uns Hegemonen und den Mitgliedern unserer Bündnisse. Aus beiden Punkten kannst Du ersehen, wie sehr auf beiden Seiten in diesem Moment alle daran interessiert waren, nicht in neue Konflikte hineingezogen zu werden.

Verhängnisvoll aber sollte sich bald eine weitere Bestimmung auswirken: Bündnisfreien Poleis sollte es frei stehen sich unserem Bund oder dem der Athener anzuschließen. - Meiner Ansicht nach hätte man in diesem Punkt eine andere Lösung erfinden müssen, denn die sonstige im Vertrag vorgesehene Festschreibung des gegenseitigen Besitzstandes konnte ausgehebelt werden: Poleis, die nicht Mitglieder bzw. Untertanen in unseren Bündnissen waren, hatten die Freiheit sich sich nach Wunsch einem der Bündnisse anzuschließen, was natürlich wieder auf den status quo zurückwirkte. Rückblickend hätte man für solch eine Veränderung des Gleichgewichts auch eine einvernehmliche Konsultation vorschreiben müssen, etwa in der Art des Schiedsgerichts.

Das Schiedsgericht, diese Erfindung des „Dreißigjährigen Friedens" spielt dann in dem Vorschlag der Athener vor Beginn des Großen Krieges und in meiner Rede noch eine Rolle.

Konnte mit diesen Regelungen eine Ruhe in Hellas hergestellt werden? Schon bald rumorte es im athenischen Seereich, rumorte es in der athenischen Innenpolitik. Bei uns waren viele froh, dass wir uns wieder mit der Bewahrung unserer alten Sitten beschäftigen konnten. Die Unruhe in und um Athen taten sie als belanglos ab, denn im Friedensvertrag hatte man ja indirekt beschlossen, dass jeder Hegemon in seinem Reich schalten konnte, wie er wollte. Aufstände gegen Athen gingen uns also nichts an.

<u>Der Friedensvertrag und die Führung des Friedens</u>

Ja, wenn Du Dich wunderst über die seltsame Fomulierung in dieser Kapitelüberschrift: Seit diesem Vertrag zum 30-jährigen Frieden machte ich mir zunehmend Gedanken darüber, dass wir zwar Krieg führen mit einem hoffentlich klaren Ziel, nach dem Krieg aber scheinbar in einen Zustand der Passivität zurückfallen oder wieder – wie die Athener – mit hektischen Aktivitäten beginnen, die alles bewegen, sicher aber nicht das klare Ziel der Bewahrung des Friedens haben. Ich meine zu spüren, dass dies ein aktiverer Prozess werden muss, dass wir Sinne schärfen müssten, die der Mensch sonst nur im Krieg hat und das Tier: Beide wittern oft die Gefahr.

Der Friedensvertrag fußte auf dem Prinzip, das Du eigentlich schon aus dem Kapitel mit Kimons Konzept kennst: zwei Gruppen von Poleis unter je einem Hegemon, weil ein Hegemon nie alle Poleis lenken könnte. Der Vertrag allerdings sprach dieses Prinzip nicht aus, sondern wandte durch sein Verbot die jeweilige Allianz zu verlassen nur das Prinzip Kimons an – jedenfalls dessen Tendenz. Die Mitglieder der beiden Gruppen oder Blöcke wurden also gleichsam in Ketten gelegt ohne dass ihnen bewusst erklärt wurde, zu welch höherem Ziel dies nötig war. - Ich persönlich ziehe hieraus für meine Darstellung die Folgerung, dass ich nicht mehr von Friedens-"Schluss" spreche, da dies zu sehr an das Wort „Schluss" im Sinne von Ende erinnert, während ich ja gerade meine, dass vom Abschluss eines solchen Friedens erst der neue Anfang, das Beginnen, die aktive Bemühung datieren sollte.

Des weiteren schleppte ja dieser Vertrag das Erbe des vergangenen Krieges mit sich fort. Zum einen war da die Erinnerung an die Fruchtlosigkeit und die Ermattung ohne Resultate in diesem Krieg. Dies ist gleichsam die positive Seite, konnte sie doch dazu führen, dass man umso aktiver die Straße des Friedens einschlug. Zum anderen aber war da gerade bei unseren Bundesgenossen das Erschrecken darüber, dass wir die Euboier durch den Rückzug von Pleistoanax und den Abschluss des Vertrages allein gelassen hatten und sie somit der Rache des Perikles überantwortet hatten. Sie alle schauten umso kritischer, wie wir uns in der nächsten Krise benehmen würden. Sie teilten uns dies auch sehr deutlich mit. Somit gingen wir in die nächste Krise mit Ephoren, die noch entschiedener den Kurs der Falken einschlugen. Unsere Führung wurde also ungeduldiger, unduldsamer gegenüber den Eskapaden Athens, obwohl der Grundgedanke des Friedensvertrages genau das Gegenteil erforderte.

Athen ist in unaufhörlicher Bewegung

Du hast jetzt ein vertieftes Verständnis der Situation von uns allen. Die Grundlage ist gelegt. Deshalb zähle ich in diesem Kapitel eher die Ereignisse auf, ohne sie dauern zu kommentieren.

Nach dem Friedensvertrag verbesserte Athen den mittleren Abschnitt seiner Großen Mauern, es sandte diverse Kolonien aus, von denen die bekannteste die nach Unteritalien, die Gründung von Thurioi war. Sie war als panhellenische Gründung erklärt worden, verschärfte also nicht den Verdacht Athen wolle nach Italien ausgreifen.

Die Friedensgruppe in Athen, die ja zum Teil identisch war mit der aristokratischen Partei, erfuhr eine wesentliche Schwächung durch die Verbannung ihres erklärten Anführers, Thukydides, Sohn des Milesios. Du darfst ihn nicht verwechseln mit dem jungen Athener, mit dem ich während der ersten Kriegsjahre diskreten Kontakt hatte: Thukydides, Sohn des Oloros.

Die Schwächung hatte zur Folge, dass es von dieser Seite kaum noch möglich war einer politische Alternative zu Perikles zur Wirkung zu verhelfen. Er mit seinem Kriegsplan und die Abenteurer bestimmten fast allein die Politik. Perikles wirkte dabei schon fast konservativ, die Abenteurer dynamisch, vor allem mit ihren neuartigen Angriffen auf Perikles. Es entsteht jetzt hier eine Bewegung, die nach dem Grundgedanken und dem Wortlaut des Friedensvertrages nicht vorgesehen war.

Weitere Bewegung entstand nicht aus außenpolitischem Ehrgeiz Athens oder Spartas, sondern aus dem unseligen Kampf von Demokratie und Aristokratie, wie es für fast jede unserer Poleis charakteristisch ist: Milet, eine berühmte und große Poleis an der kleinasiatischen Küste, war demokratisch regiert; ihm schräg gegenüber liegt Samos, die bedeutende Insel, die aristokratisch regiert wurde. Beide sind Untertanen des athenischen Seereiches. Bei Samos hatte Athen bisher darauf verzichtet eine demokratische Verwaltung zu installieren; für solche Eingriffe war Samos zu groß und die Zeit nach den Verlusten des Krieges nicht geeignet.

Die Bekämpfung des samischen Aufstandes dauerte fast ein Jahr, bis in das 42. Jahr nach Salamis. Zuletzt half nur noch Perikles als Befehlshaber des athenischen Heeres zu entsenden. Die vergleichsweise milden Bedingungen für Samos nach dessen Niederlage schreiben viele dem Willen von Perikles zu sich dem Friedensvertrag entsprechend zu verhalten. Tatsache ist, dass er auch aus diesem Grunde von den neuen Radikalen, die er ja mit gutem Grund „Abenteurer" genannt hatte, immer heftiger angegriffen wurde.

Etwa zur gleichen Zeit, also während der Bekämpfung des samischen Aufstandes greift Athen wieder aus: verstärkte Einflussnahme in Richtung des Pontos; Neugründung von Amphipolis, also der Kolonie, die Athen damals nach dem Aufstand von Thasos in der Nähe der Insel gegründet hatte und die seitdem verfallen war; Vertrag mit dem makedonischen König Perdikkas. - Unsere Ephoren breiteten all dies in jeder Besprechung genüsslich aus!

Gerade hatte ich die Angriffe auf Perikles erwähnt. Dies waren nicht die Aktionen politischen Charakters, die die aristokratische Partei gegen ihn geführt hatte, als sie noch ihre Führer hatte: Kimon und Thukydides. Diese hatten ja ihre Kritik an politischen Themen entzündet: die Unterjochung der Untertanen des Seereiches und die Zweckentfremdung der Bundesgelder. Die neuen Angriffe gingen von den Abenteurern aus, und sie nutzten die Instrumente der Demagogie. Drei enge Vertraute des Perikles wurden in Prozesse verwickelt, schließlich er selbst wegen seiner Führung der staatlichen Finanzen angeklagt, vor einem auf neue Art besetzten und nach neuen Regeln arbeitenden Gericht, das man wohl als außerordentliches Tribunal bezeichnen kann.

Die Prozesse gegen seine Vertrauten richteten sich gegen Pheidias und Anaxagoras. Am meisten Aufsehen aber erregte die Anklage seiner Geliebten Aspasia.

Aspasia, Geliebte des Perikles, und der Prozess gegen sie

Diese Frau lässt mich spontan an meine Eupoleia denken: keine bescheidene Hausfrau, sondern eine sogar für unsere spartanischen Maßstäbe selbstbewusste und selbstständige Frau, wie meine Eupoleia auch in ihrer körperlichen Beziehung zum Mann. Welches Aufsehen musste sie erregen in Athen, wo doch die Ehefrau fast unsichtbar im Hause wirkte.

Da hören aber schon die Parallelen zu Eupoleia auf. Aspasia war keine Athenerin, sondern kam aus Milet, war dort wohl nach allgemeiner Ansicht eher der Profession einer Unterhalterin von Männern nachgegangen. Sie soll Perikles mit diesen Qualitäten von sich abhängig gemacht haben, und zwar durch ihre eigenen Verführungskünste wie auch durch Zuführung von anderen Damen mit diesem Talent. Aspasia zeigte sich hier als völlig vorurteilsfrei: es kam ihr nicht darauf an, in erotischen Dingen die Einzige für Perikles zu sein: nein, sie wusste um die Natur vieler Männer, um deren Suche nach Abwechslung, und so störte es sie nicht, wenn Perikles ab und zu in anderen Armen lag, wenn er danach nur verlangend weiter zu ihr kam und in allen anderen Belangen auf sie hörte. Perikles Gegner formulierten letzteres als: '… von ihr abhängig war'. Die Komödiendichter, diese Freigeister, behaupten sogar, dass sie seine Reden schrieb – was ich persönlich nicht glaube, da er schon vor Aspasia ein seltenes rhetorisches Talent bewies. Auf alle Fälle muss sie intellektuell eine Ausnahmeerscheinung für eine Frau sein, denn sogar Sokrates hielt sie für würdig, mit ihr einen seiner berühmten Dialoge zu führen, und zwar in Anwesenheit all seiner Schüler und Freunde, in aller Öffentlichkeit also. Aspasia war durch die Schule Milets gegangen, das ja das Zentrum der

Naturphilosophen, aber auch der Sophisten war, bevor Athen all diese Strömungen in sich aufsog - zusammen mit den Bundesgeldern.

Die vier Prozesse fanden statt im 43. Jahr nach Salamis. Im Verfahren gegen Aspasia – wegen Gottlosigkeit – war der große Stratege sogar gezwungen die Geschworenen unter Tränen anzuflehen seine Aspasia freizusprechen, sie, die ja nicht einmal seine gesetzliche Ehefrau war. Nun, er hatte noch einmal Erfolg bei den Geschworenen, aber wie sehr hatte er sich erniedrigen müssen! Sonst trat er eher wie der überlegene Lehrmeister der Volksversammlung auf, dozierte, kategorisierte, philosophierte, drohte - jetzt bettelte er um Gnade!

So war Perikles nun bedroht von der schwungvollen Gruppe der *„Abenteurer"*, bedrückt vom beginnenden Alter, von den Prozessen und seinen missratenen zwei Söhnen aus der legitimen Ehe. Ein solcher Mann führte Athen in die kommenden Krisen. Die erste Krise sollte nur 3 Jahre nach den Prozessen ihren Anfang nehmen.

Epidamnos und Kerkyra – die vorletzte große Krise vor dem Großen Krieg

(Und noch eine) Vorbemerkung

Ja, noch eine Vorbemerkung ist nötig, weil es ja auch Leser aus Phönizien oder Ägypten geben mag. Du, Hellene, kannst diese Vorbemerkung ja auslassen!

Als die Griechen sich in Kleinasien, in Italien und an der illyrischen Küste ausbreiteten, geschah dies durch Siedler aus den schon bestehenden hellenischen Städten, also waren dies Besiedlungen aus einer Mutterstadt in eine Tochterstadt. Diese Erscheinung finden wir sehr häufig. Noch bis in meine Zeit hinein erwartet man eine Anhänglichkeit der Tochterstadt gegenüber der Mutterstadt.

Noch ein anderer Zug ist fast allen Poleis gemein: die Gruppen oder Klassen der Bewohner und deren unaufhörliche Konkurrenz. Ich hatte Dir darüber schon im Anfangskapitel zu meiner griechischen Welt berichtet.

Wir finden also in fast jeder Polis zwei große Lager: Die Gruppe der Adligen, der Aristokraten, und die Gruppe des Volkes, der Demokraten. Politisch ausgedrückt wird eine Stadt entweder von den Aristokraten oder den Demokraten regiert. Monarchische Regierungen oder tyrannische Einzelherrschaften sind – wie gesagt - in den letzten Jahrzehnten seltener geworden

Ganz verwirrend wird es, wenn diese zwei häufigsten Formen der Poleis sich vermischen. Die Tochterstadt einer aristokratischen Mutterstadt wird demokratisch regiert (oder umgekehrt, ein seltener Fall).

Und - falls Du jetzt, nach Erreichen der Krisen – leichte, oberflächlich-spannende Inhalte erwartest, noch eine Warnung: Krisen, die zu Ursachen von Kriegen werden, müssen genau geschildert werden. Erwarte also nicht, dass Du hier in einem oder zwei Kapiteln „durch" bist.

Die Ursache der Krise

Am äußersten Ende der hellenischen Welt, an der Küste des Adriatischen Meeres liegt Epidamnos, eine Tochterstadt der in der Nähe liegenden Insel Kerkyra mit ihrer gleichnamigen Hauptstadt. Diese selbst aber war eine Gründung Korinths, also dessen Tochterstadt. Korinth, du erinnerst Dich, ist unser gewichtigster Verbündeter. Epidamnos war also so etwas wie die Enkel-Stadt von Korinth. (Nein, ich übertreibe hier nicht, denn diese Verwandtschaftsverhältnisse sind prägend für die Krise.)

Epidamnos war mit der Zeit immer reicher und mächtiger geworden, aber bald kam der Umschlag seines Geschicks, wie es die Götter oft einrichten: In der Stadt entstanden die beiden Gruppen von Aristokraten und Volk, sie zerstritten sich; die unterlegenen Aristokraten verbündeten sich daraufhin mit Barbaren aus den umliegenden Gegenden. Sie schlossen die Stadt mit deren Hilfe ein. So war die Stadt und die dort regierenden Demokraten fast völig von der Versorgung mit Lebensmitteln abgeschnitten.

Diese Regierung von Epidamnos wandte sich um Hilfe an ihre Mutterstadt Kerkyra. Diese wurde aber aristokratisch regiert und lehnte eine Hilfe ab. In ihrer Verzweiflung wandten sich die Epidamnier an das Orakel in Delphi. Das Orakel riet, Epidamnos solle sich in diesem Falle an Korinth wenden, Korinth sei ja so etwas wie die Großmutter-Stadt. Dies schien den Epidamniern ein guter Rat, besonders, weil einige Alte bestätigten es seien bei der Gründung von Epidamnos auch einige Korinther anwesend gewesen.

Die Demokraten von Epidamnos beschlossen daher, sich voll und ganz in die Hand der Korinther zu geben, sie machten eine formelle Übergabe ihrer Stadt an Korinth. Übrigens: Korinth war aristokratisch regiert, wie die meisten Städte in unserem Bund.

Die Krise entwickelt sich

Jetzt, lieber Leser, nimmt die Sache Fahrt auf, etwa wie eine Triere, die ja bei den ersten Ruderschlägen sich kaum bewegt, dann aber plötzlich umso schneller durchs Wasser schneidet, obwohl der Takt der Ruderschläge gar nicht erhöht worden war. Korinth hätte dieses Abenteuer in so weiter Ferne ja ablehnen können, des Risikos der Seefahrt wegen allein schon. Aber: der Führung in Korinth war die wachsende Selbstständigkeit ihrer Tochter Kerkyra schon lange verhasst. Diese Selbstständigkeit hatte sich fühlbar gemacht, da Kerkyra sich in keiner Beziehung mehr an die Mutterstadt gewandt hatte. Kerkyra fühlte sich vollständig erwachsen, es hatte mit 120 Trieren eine Flotte, die der Flotte der Mutterstadt kaum nachstand, ja, die sogar für eine Teilexpedition der athenischen Flotte ein Gegner gewesen wäre. Korinth nahm also die Herausforderung an und begann mit Rüstungen: Sofort meldeten sich Freiwillige aus allen Gegenden als Söldner zur Ausfahrt nach Epidamnos, auch stießen Söldner von den Amprakiern und der Insel Leukas hinzu, der nächstgelegenen

Konkurrentin Kerkyras. Ja, die Führung schickte sogar ein kleines Kontingent von eigenen korinthischen Truppen.

Als die Kunde hiervon nach Kerkyra gelangte, sandte dieses sofort 25 Schiffe nach Epidamnos und bereitete ein weiteres Geschwader vor. Die Forderung an die Demokraten in Epidamnos lautete: Die Epidamnier sollten keine fremden Truppen akzeptieren und ihre eigenen adligen Vertriebenen wieder aufnehmen.

Dies hätte für Epidamnos bedeutet, dass es den Bürgerkrieg in seine Mauern geholt hätte in Gestalt der zurückgerufenen Aristokraten, verbunden mit der Verpflichtung sich selbst keine Hilfe holen zu dürfen.

Natürlich lehnte Epidamos ab. Als Reaktion belagerten nun die Kerkyräer mit 40 Schiffen Epidamnos. Sie verstärkten also die Belagerung, die schon vorher von dessen Aristokraten mit Hilfe von Stämmen der umliegenden Illyrer begonnen worden war. Das Risiko für die solchermaßen belagerten Demokraten in Epidamnos stieg!

Angesichts dieser doch verwirrenden Ereignisse möchte ich eine Zwischenbilanz in zwei Merksätzen anstellen:

- Die Aristokratie der Kerkyräer belagert das demokratische Epidamnos mit Hilfe von Barbaren!!!

- Sie stellt Forderungen auf, die für die Demokraten in Epidamnos einer Kapitulation gleichgekommen wären.

Dies führte zur Ausweitung der Krise. Kaum kommt die Kunde von der Ablehnung der Bedingungen durch die Epidamnier, wirbt Korinth Neusiedler für Epidamnos an, und zwar unter großer Resonanz! Schiffe mit Besatzung stellen hierzu nicht wenige Städte aus dem Peloponnes: Elis, Megara, Hermione, Troizen; dazu welche von den schon bekannten ionischen Konkurrenten Kerkyras, von Aprakia und Leukas und Kephallenia – der übliche Konkurrenzkampf der Poleis also. Selbst das von Land umschlossene Theben stellte Geld zur Verfügung.

Man merkt hier, dass die in Korinth Herrschenden – unsere Verbündeten - gar keine direkten Verhandlungen mit Kerkyra beabsichtigten oder dass sie wenigstens eine Mischung von Verhandlungsangebot verbunden mit den genannten Rüstungen präsentiert hätten. Von der anderen Seite gab es ebenfalls keine Versuche die Krise zu entschärfen. Deswegen bleibt nur der Schluss, dass Korinth und Kerkyra hier auf einen Krieg zusteuerten, für den die Probleme in Epidamnos nur noch ein Vorwand waren.

Ein Steuern der Krise durch Sparta?

Ich selbst machte damals erste Schritte, ein Eingreifen unserer Stadt zu verlangen. Ich war immer der Meinung, dass sich der Hegemon eines Bündnisses nicht leisten kann, dass bedeutende Mitglieder desselben sich in kriegerische Abenteuer stürzen, ohne dass eine Rückfrage beim Hegemon oder dem Bündnis stattgefunden hätte. Meine Initiative wurde von den Passiven bei uns abgetan: *„Was geht es uns an, was seefahrende Bundesgenossen und ihre Gegner an der Grenze zum Barbarenland tun?"* Diese Passiven sollte man noch genauer bezeichnen: Es geht ihnen darum nicht in die für sie unüberschaubaren Konflikte außerhalb des ureigenen Kosmos hineingezogen zu werden. Sie wollen sich gleichsam von der Außenwelt isolieren. Ich werde sie ab jetzt „Isolationisten" nennen. Gegenüber den Isolationisten konnte ich durchsetzen, dass Abgesandte zu den Kerkyräern geschickt wurden, um diese zur Mäßigung zu bewegen, was ja auch fast gelungen wäre.

Du bist erstaunt? Ja, wir unterstützen Kerkyra gegen Korinth, gegen die mächtigste Stadt unseres Bundes!!! Es geschieht also etwas, was nach der reinen Lehre der Bündnistreue gar nicht passieren dürfte.

Du wirst bestimmt schon vermuten, dass so etwas nicht die übliche Politik der üblichen Führung in Sparta ist. Es war tatsächlich eine diplomatische „metamorphosis tes symmachias"[1], sozusagen. In erbitterten Diskussionen

---

1 Anmerkung des neuzeitlichen Herausgebers: In der Sprache der neuzeitlichen Diplomatie würde man von einem „renversement des alliances" sprechen.

mit unseren Isolationisten und ebenso mit unseren Falken konnte ich mich insofern durchsetzen, als dass überhaupt eine Gesandtschaft von uns geschickt wurde. Nicht durchsetzen konnte ich die Zusammensetzung dieser Gesandtschaft, und genau das sollte sich dann in den Verhandlungen als Schwäche unserer Position erweisen.

In den Diskussionen aus Anlass der Gesandtschaft bekam ich natürlich all das zu hören, was man so allgemein unter der Politik unserer Stadt verstand: *Warum man die fern Liegenden gegen die Nachbarn unterstützen solle? Was uns diese Inseln angingen? Ob man nicht immer die eigenen Bündner vorziehen müsse? Ob ich schon mal auf die letzten Aktivitäten Athens geschaut hätte, denn dort wäre Aufmerksamkeit nötig? Ob ich vielleicht aufhören könne ewig etwas Neues vorzuschlagen – in Treue zu den althergebrachten Grundsätzen des Lykurgos läge Spartas Größe begründet ....*

Kurz: Eben all das, was Denkfaule wie die Isolationisten so vorbringen.

Ich erwiderte zuerst mit diesen Argumenten gegenüber den Isolationisten, die ja gern die Tradition anführen: Gerade auch Lykurg habe uns gelehrt wachen Sinnes das Umfeld zu beobachten, aktiv zu sein und eben nicht durch Untätigkeit in Konflikte hineinzuschlittern. Und hier liege wahrlich die Möglichkeit einer Verwicklung in fremde Streitigkeiten vor: Wir könnten nicht auf Korinth, sein Geld, seine Schiffe und sein Wissen über das Seewesen verzichten. Was aber wäre, wenn Korinth bei einem Krieg so weit weg eine Niederlage erlitte. Könne man es dann allein lassen, und damit riskieren, dass bei einem Konflikt hier mit Athen uns die Fähigkeiten eines geschwächten Alliierten fehlten??? Wenn Sparta zu den Waffen greife, müsse dies immer wohlüberlegt und gleichsam das letzte Mittel sein, und eben nicht ein Hineinstolpern, dazu noch in diesem Falle nur als ein Bundesgenosse eines Bundesgenossen, als ein Trabant eines Planeten! Ich erinnerte daran, dass wir sogar gegen die Scharen des Dareios fast zu spät gekommen wären, weil wir die religiösen Riten erst absolvieren mussten, denn es sei uns fremd ohne die Rücksicht gegenüber den Göttern in einen Krieg zu stolpern – und dass sich hieran wohl alle erinnern könnten, da es gerade 50 Jahre her wäre. Und diese Rücksicht gegenüber dem Göttlichen sei eine der Hauptlehren Lykurgs gewesen. Sie sei das genaue Gegenteil des Hineinstolperns.

Du merkst schon, dass mein Argument zweischneidig war – ich brachte eben alles vor, was man den Leuten passend für ihre Denkweise vorlegen konnte.

Gegenüber den Falken, die sowieso nur auf Athen starrten und meinten, man müsse ohne Rücksichten alle Bundesgenossen zusammenhalten, dürfe deswegen keinesfalls gerade unseren mächtigsten Bündner vor den Kopf stoßen (ich benutzte sogar ganz unlakonisch das Fremdwort „desavouieren", um den Falken klarzumachen, in welcher Ebene der Diplomatie das Problem angesiedelt sei) – gegen sie fuhr ich ebenfalls Argumente auf, die ich bestenfalls tendenziell für zutreffend hielt:

Ob sie denn nicht bemerkten, dass dieses Korinth für uns schon fast so schädlich sei wie die Einflüsse aus Athen? Korinth sei Hafenstadt, Hafenstädte seien wegen ihrer vielfältigen Kontakte zum Fremden immer unruhig, würden neue Gedanken gebären. Und sie wüssten doch alle, dass Korinth nach Athen die zweitgrößte Seefahrerstadt sei. Ob denn diese kleine Gruppe von vergnügungssüchtigen Krämern, die Korinth führte, tatsächlich unserer uneingeschränkten Solidarität würdig sei? Man solle doch nur einmal die verspielte, überfeinerte Architektur ihrer Säulen mit der erhabenen Schlichtheit unserer dorischen Säulen vergleichen. Hier würde doch in einer Einzelheit der ganze Unterschied zwischen uns und ihnen deutlich.

So und mit ähnlichen Worten konnte ich in diesem Falle verhindern, dass hier nach solch platten Rezepten gehandelt wurde, wie dem bekannten: Ob schuld oder nicht – es ist unser Verbündeter!

Wie ich allerdings oben schon andeutete, bestimmte nicht ich die Zusammensetzung der Gesandtschaft. Und so scheiterten denn auch die Verhandlungen ohne wirklichen Druck von unserer Seite an der Unnachgiebigkeit der Konfliktparteien bzw. an den provozierenden Bedingungen, die diese sich bis jetzt schon gestellt hatten. Vor deren

Scheitern will ich diese Verhandlungen und Bedingungen in Grundzügen beschreiben.

Die Verhandlungspause

Die von beiden Seiten aufmarschierenden Streitkräfte zeigten wohl, dass sie kurz davor waren sich in einen Krieg zu verstricken. Es entstand die Sorte von Verhandlungen, wie sie geführt zu werden pflegt, damit man umso gefestigter in den Kampf gehen kann. Leuten, die solche Verhandlungen steuern, kommt es nur darauf an sagen zu können: *„Seht, wir haben es ja mit friedlichen Mitteln versucht!"* Sie versuchen so die eigenen Leuten umso stärker zu motivieren und ihren gesteigerten Kriegseinsatz vor den Betrachtern von außerhalb als gerechtfertigt erscheinen zu lassen. Diese Leute führen schon im Frieden den Krieg, mit nur scheinbar noch friedlichen Mitteln.

Die Einzelheiten der Forderungen und Gegenforderungen sind kaum zu entwirren. Ich will versuchen Dir, Leser, die Hauptlinien verständlich zu machen.

Beide Seiten verlangten von der anderen den Abzug der jeweils aufmarschierten Kräfte. Kerkyra bot einen Waffenstillstand an. Während dessen Dauer wolle es sich zur Regelung der eigentlichen Frage einem Schiedsgericht oder einem Richterspruch aus Delphi zu unterwerfen. Korinth mauerte: ein Schiedsgericht könne erst eingerichtet werden, wenn alle Streitkräfte der Kerkyräer und der Barbaren in ihre jeweilige Heimat abgezogen seien. Daraufhin drohten die Kerkyräer wiederum damit, sie würden sich nach neuen Verbündeten umsehen, auch unter stammesfremden Hellenen. Und das bedeutete: unter Hellenen außerhalb von uns Dorern vom Peloponnes ...

Nach Lage der Dinge konnte man darunter nur die Athener verstehen.

Kerkyra war in seinen Forderungen also gemäßigter, in seinen Drohungen aber radikaler: es drohte aus einem Konflikt von Städten, die ursprünglich aus dem Peloponnes hervorgegangen waren, einen Konflikt aller Hellenen zu machen.

Die Verhandlungen scheiterten also, weil sie in der geschilderten Haltung begonnen und geführt worden waren. Diese Gesetzmäßigkeit hatte ich Dir oben erklärt; und deshalb jetzt noch eine Gesetzmäßigkeit: Wenn dann das erste Blut fließt, meint jeder sein Gesicht doppelt wahren zu müssen.

Exkurs zu Handel, Geld und Krieg

Vor dem Kapitel über Kimon hatte ich geendet mit der Rivalität zwischen Athen und Korinth; letzteres ist ja so etwas wie die Seemacht des Peloponnesischen Bundes. Deshalb hier einige Bemerkungen über Handelsstädte und Krieg.

Das nie aufhörende Geplänkel dieser Städte um Handelsstützpunkte, Handelsverträge, Handelskonditionen, Handelsvorteile und all diese Erscheinungen enthält ganz viele Elemente dessen, was auch für den Krieg benötigt wird: Lagebeurteilung bei dir selbst und dem Handels-Partner oder -Konkurrenten, Geheimhaltung, Verschleierung, Täuschung, Überraschung. Bezahlt wird im Handel nicht, wie im Krieg, mit Blut, aber mit der Vernichtung der Existenz als Bürger deiner Polis, hier: durch Verschuldung. So kann grundsätzlich jede Existenz in der Sklaverei enden: im Krieg durch die Niederlage, im Frieden durch den Bankrott.

Wegen dieser Ähnlichkeit und wegen des schnellen Umschlagens von Rivalität im Handel in die Rivalität der gesamten rivalisierenden Poleis muss man diesen uns fremden Erscheinungen des Gelderwerbs bei uns mehr Aufmerksamkeit schenken. Wir jedenfalls versäumten das bei unserem größten Verbündeten, bei Korinth. Zu oft gerieten wir, ohne gegenzusteuern, bei den Korinthern oder den Athenern in deren Rivalitäten; zu oft blieben wir passiv oder entschlossen uns nach längerer Passivität dann zu umso hektischeren Reaktionen. Beides, so scheint mir, ist eines Mannes mit Beständigkeit der Seele unwürdig – und im Übrigen unwürdig für jeden Menschen, der stolz ist auf seine Vernunft als das spezifische Merkmal des Menschen.

Diese Vernunft als höchstes Merkmal des Menschen zu fördern hatte unser großer Gesetzgeber im Sinn, der weise Lykourgos, als er uns vom Gebrauch des Geldes abriet und die Gleichheit aller Bürger vorschrieb. Auf der anderen Seite: wir merken dauernd, wie schwer diese selbst gewählte Isolation von den Gebräuchen aller übrigen Hellenen und Menschen ist. Wie oft ein in unserem Kosmos Erzogener ausbricht, verführt von den Verlockungen des Geldbesitzes und Warenerwerbs, von Luxusartikeln und Lustsklaven.

Aber ich wollte mich ja kurz fassen. Verzeih', mein Leser, wenn die Größe des Gegenstandes mich oft zu weiter reichenden Gedanken verführt!

Epidamnos, Korinth und Kerkyra – die Entfesselung der Gewalt

In dieser letzten Phase der ersten scharfen Krise vor Beginn des Großen Krieges (ja, ich drücke das absichtlich so aus!) hat sich der Konflikt, der ursprünglich an der Grenze zum Barbarenlande begonnen hatte, schon auf Griechenland erweitert durch die Einmischung Korinths und die Drohung Kerkyras. Es finden gewaltige Schlachten zur See zwischen Kerkyra und Korinth statt. Wir haben also hier schon einen tatsächlichen Krieg: auf der einen Seite die stärkste Seemacht unter unseren Verbündeten, jedoch ohne Beteiligung des Hegemons, also Spartas; auf der anderen Seite Kerkyra, das schon angekündigt hatte sich notfalls Hilfe zu holen – wobei allen klar war, dass gegen eine Seemacht wie Korinth nur noch eine andere Seemacht zur Hilfe geholt werden konnte: Athen.

Du kannst also in diesem Kapitel verfolgen, wie eine Art Stellvertreterkrieg sich langsam in einen Großkrieg verwandelt durch das Engagement Korinths, quasi der dritten Großmacht unter den Hellenen. All das geschieht in langsamer Aktion-Reaktion, die Krise entwickelt sich noch allmählich.

Zunächst gewinnen die Kerkyräer die erste Seeschlacht bei Leukimme an der Südspitze Kerkyras. Bemerkenswert sind zwei Dinge: Am gleichen Tag wie die Seeschlacht hatte sich Epidamnos, das ja demokratisch regiert wurde, ergeben. Die neue – aristokratische - Regierung in Epidamnos agiert sofort radikal: Neuankömmlinge werden in die Sklaverei verkauft, Korinther ins Gefängnis geworfen.

Das siegreiche Kerkyra agiert gleichfalls radikal: viele Korinther werden gefangen gehalten, andere Gefangene sofort getötet, das mit Korinth verbündete Leukas verwüstet, die Werft von Elis zerstört.

Auf diese erste Seeschlacht, in der ja die Kerkyräer gesiegt hatten, reagiert die Regierung in Korinth mit der Entsendung von Landstreitkräften zu dem kleinen Ort Aktion, welcher gegenüber dem Kap Leukimme liegt, also dem Ort der Seeschlacht. Die Kerkyräer konzentrierten ihre Streitkräfte gleichfalls in diese Richtung. Und diese gegenseitige Aufstellung und Entwicklung von Kräften dauerte ein ganzes Jahr. Also war meine Bemerkung mit der „allmählichen" Entwicklung richtig, und: diese Bemerkung ist für die Fortentwicklung der Krise wichtig!

Ein ganzes Jahr über verschlief es unsere Führung mit Athen Kontakt aufzunehmen, mit Athen als dem Hegemon eines möglichen Bündnisses der Kerkyräer gegen unser Korinth. Ich brachte die Sache ein oder zwei Mal zur Sprache, muss mich aber selbst der Nachlässigkeit anklagen, denn: So richtig angemessen ernst nahm auch ich diese weit entfernten Spiele des Zeus mit Donner und Blitz nicht – ich meinte mit der Gesandtschaft schon genug erreicht zu haben und merkte auch den Widerwillen unserer Organe, wenn ich schon wieder etwas zur Sprache bracht.

Genährt wurde diese Interesselosigkeit, dieser Isolationismus unsererseits, auch noch dadurch, dass die Korinther im Gegensatz zu ihrem sonstigen Verhalten diesmal keine fortdauernden Gesandtschaften an unsere Adresse schickten.

Athen unter Perikles eskaliert mit

Das Gegenteil trat ein: Die Korinther schickten eine Gesandtschaft zu den Athenern! Sie warnten die Volksversammlung der Athener, die zuvor schon die Rede der Kerkyräer gehört hatte, vor einem Eingreifen.

Hieran fand ich es schon damals auffällig, dass es in Athen zuerst nicht die Falken waren, die obsiegten. Die erste Volksversammlung, die wegen des Hilfegesuchs der Kerkyräer stattfand, äußerte im Gegenteil nach der Rede der Korinther Verständnis für deren Reaktion: sie erkannte auf Undankbarkeit der Kerkyräer gegenüber ihrer Mutterstadt, und lehnte daher das Eingreifen in einen noch lokalen Konflikt ab. Es überwogen damals in Athen - ich habe das später von der uns freundlichen Partei in Athen geschildert bekommen – diejenigen, die eine Ausweitung des athenischen Einflussgebietes nach dem Westen, Richtung Sizilien und Italien, für ein überflüssiges Risiko hielten; diejenigen, die Athen mit der jetzigen Größe seines Seereiches in der Ägäis und in Ionien für saturiert hielten; diejenigen schließlich, die hinter einem begrenzten Krieg unter Beteiligung von athenischen Expeditionsstreitkräften das Eingreifen Spartas aufblitzen sahen.

Zwischen der ersten und der zweiten Volksversammlung aber agitierten die Falken: Perikles, der hier noch einmal die Möglichkeit sah seine Herrschaft durch immer neue Unternehmungen und Erfolge zu verlängern; und - noch hinter ihm verborgen - diese neue Bevölkerungsklasse, die Abenteurer, die Leute ohne Familienhintergrund, aber mit neu gegründeten Unternehmen, welche Rohstoffquellen und Absatzmärkte suchten. Sie hetzten die zögernde Masse der Bürger auf: Athen sei durch seine Lage viel zu sehr gegenüber Korinth benachteiligt; dieses könne nach Osten und Westen Handel treiben, für Athen sei die Adria und das hellenische Italien fast unzugänglich; Korinth könne nur so große Töne spucken, weil hinter ihm die Aristokraten aus Sparta stünden, die ja in ganz Hellas gegen die Regierung des Volkes sei. Es stehe jetzt auf dem Spiel, ob die Demokratie in Hellas abgewürgt würde, oder ob diese sich weiter ausbreiten könne, zum Wohle und zur Sicherheit Athens.

Perikles geriet unter dem Einfluss dieser Leute immer mehr in die Rolle eines Gejagten, der sich zunehmend in eine Politik stürzte, die auf Risiko beruhte. Meine Gewährsleute hinterbrachten mir eine Äußerung von Perikles, in der er diese Leute neuerdings nicht mehr nur als die Abenteurer, sondern als die „Neuen Verrückten" bezeichnete.

Vor der Bedrohung seiner Herrschaft durch diese neue Klasse von Krämern war Perikles' Politik stetiger, berechenbarer, ja, offen für Argumente unsererseits gewesen. Jetzt aber schien Perikles zunehmend nervöser zu reagieren, denn die neue Konkurrenz hatte ihn ja sogar schon erfolgreich vor Gericht gezerrt: sicher erinnerst Du Dich an die Sachen mit Pheidias und Aspasia, die Kunde hiervon verbreitete sich von den Säulen des Herkules bis zum Großkönig. Genüsslich erzählte man sich dort überall, wie der langjährige Stratege Athens vor Gericht hatte buckeln müssen. Ich habe Dir all dies in einem eigenen Kapitel geschildert.

Gerade bei der Erklärung der innenpolitischen Hintergründe für diese eskalierende Außenpolitik kommt mir der Gedanke, dass dieser Wandel in Perikles' Politik auch mit seinem Alter zusammenhängen könnte. Ich selbst merke ja zunehmend den Drang in mir dasjenige vor meinem Tod zu sichern, was ich von meinem Vater geerbt habe; so ähnlich könnte Perikles versucht gewesen sein, seine Position in Athen dadurch gegenüber den von unten aufsteigenden Kräften zu sichern, dass er sich von den „Neuen Verrückten" nicht überbieten ließ.

Auf alle Fälle hat die Gesamtheit der Erfahrungen einer Generation Einfluss auf ihre Weltsicht und damit auf den politischen Kurs. Die Neuen Verrückten waren durchweg jünger als Perikles. Bei uns ist es ähnlich: Deshalb erwähnte ich ja bei meiner Rede gegen den Kriegsbeschluss gerade zu Anfang die Älteren.

Exkurs: Die Art des Kampfes zur See

Wir sind jetzt bei Schilderung dieser Krise mitten zwischen zwei Seeschlachten, der von Leukimme und der von Sybota. Deshalb werde ich einen Exkurs einschieben, um Dir die richtige Vorstellung von solch einem Kampf zu ermöglichen.

Ja, im Vergleich zu den Kämpfen zu Lande halte ich dafür, dass die Kämpfe zur See noch viel mehr von Glück abhängen und der Einzelne trotz all seiner Tapferkeit im Unglück aller versinkt.

Der Kampf zur See zerfällt in zwei Abschnitte. Wenn ich dies behaupte, so zähle ich all die besonderen seemännischen Techniken nicht, die überhaupt erst einmal die Fahrt zum Ort des Kampfes ermöglichen. Ich analysiere den Kampf selbst.

In unseren Gewässern ist die Galeere das Hauptkampfmittel, also ein Schiff, das im Kampf oder bei widrigen seemännischen Verhältnissen von einer Anzahl von Ruderern angetrieben wird. Bei der gebräuchlichen Galeere sind dies 200 Ruderer an den Riemen. Hinzu kommen noch die eigentlichen bewaffneten Kämpfer, die Hopliten, die das gegnerische Schiff nach dem Zusammenprall entern, und eventuell Bogenschützen oder Steinschleuderer.

Die Ruderer bei den Athenern stammten bis vor kurzem ausschließlich aus der untersten Bevölkerungsklasse, also den Reihen derer, die sich keine eigene Bewaffnung leisten können. Einige von diesen sind aber finanziell aufgestiegen; gleichzeitig wurde die Flotte immer größer. Beide Faktoren führen dazu, dass die Zahl der Ruderer, die aus aller Herren Länder kommen und für Sold dienen, immer größer wird. So wird der Seekrieg immer mehr zu einer Sache der Finanzen – denke nur an die beschriebenen Tribute der Untertanen des athenischen Seereiches. Die Sache scheint sich jetzt dahin zu entwickeln, dass das Angebot an Söldnern zu einer Steigerung der Zahl der Schiffe führt, was wiederum erhöhten Geldbedarf bedingt. Wenn dann Geld vorhanden ist oder beschafft werden kann, gibt es genug Leute, die eine Gefahr für das Seereich an die Wand malen, worauf dann beschlossen wird noch mehr Schiffe zu bauen, was natürlich erhöhten Geldbedarf bedingt, der dann zu einer Erhöhung der Steuern oder der Tribute führt. Letzteres löst dann oft Revolten der Untertanen aus, was dann zur Anwerbung von noch mehr Söldnern und zum Bau von noch mehr Schiffen führt, die die Untertanen schon schon durch ihre Existenz vor einer Revolte abschrecken sollen. Die einzelnen Faktoren scheinen sich gegenseitig zu bedingen und zu verstärken. - Nun aber zum Kampf!

Der erste Abschnitt eines Kampfes besteht darin, mit dem eigenen Schiff ein anderes Schiff außer Gefecht zu setzen, indem man es entweder seines

Antriebes beraubt oder es möglichst mit dem eigenen Rammsporn so beschädigt, dass es sinkt.

Letztere Möglichkeit dürfte wohl für jedermann vorstellbar sein. Die Zerstörung des Antriebes aber übersteigt fast die Vorstellungskraft, auf alle Fälle aber meine Darstellungskraft. Versuchen aber will ich es trotzdem – es ist in seinen Folgen zu wichtig.

Wie im Landkrieg bei der Phalanx versuchen also die Schiffe, die normalerweise in einer Reihe auffahren, die gegnerische Reihe aufzubrechen. Ziel ist es, wie beim Kampf auf dem Lande, die Flanke eines Gegners zu öffnen und diese dann anzugreifen. Das Aufbrechen der Linie geschieht aber weniger durch die Taktik des Rammens, denn diese verspricht am ehesten Erfolg, wenn man die Seite des Gegners rammt - im Idealfall im rechten Winkel. Dieses Rammen von der Seite ist beim ersten Aufeinander-Zufahren der Linien die Ausnahme: die Schiffe zeigen sich ja gegenseitig ihren Bug, und nicht ihre Seite.

Nein, das Aufbrechen geschieht dadurch, dass man auf die Lücke zwischen zwei gegnerischen Schiffen zusteuert, in sie hineinfährt und dabei die Riemen des Gegners wie Streichhölzer zerbricht. Man spricht in Fachkreisen vom „Absägen", der Begriff für die Ruder ist „Riemen". Hier kommt es also auf den Schwung der Ruderer an, also auf den Vortrieb, den sie dem Schiff verleihen. Da dies aber so etwas wie die Grundfertigkeit von Ruderern darstellt, sind letztendlich für dieses Manöver andere Faktoren entscheidend: Der Steuermann, der sich in der Lücke den schwächeren der beiden Gegner vornimmt, und der Kapitän, der seinen eigenen Ruderern zum genau richtigen Zeitpunkt signalisiert die eigenen Riemen zurückzunehmen, damit diese nicht beim „Absägen" genau so leiden wie die des Gegners.

Wohlgemerkt: die Ruderer verrichten nur zwei Arten von Bewegung: entweder sie rudern so kräftig wie möglich los, oder sie holen so schnell wie möglich ihre eigenen Riemen ein. In allem übrigen sind sie völlig abhängig von der Geschicklichkeit der Schiffsführung. Sie sehen nichts, weil sie sowieso dem Bug des eigenen Schiffes den Rücken zukehren und weil sie im Normalfall innerhalb der Schiffswand sitzen; sie tun nichts aus eigenem Antrieb, weil sie für Sieg und Überleben völlig von den Kommandos derer abhängen, die etwas sehen.

Die Wirkung des „Absägens" ist höchstens dem Moment im Landkrieg vergleichbar, wo sich der Gegner zur Flucht wendet, wo also das Schlachten beginnt! Stell Dir vor, Du Leser auf deinen bequemen Kissen, wie die absägende Galeere die Ruder des anderen Schiffes plötzlich in die ganz andere Richtung wegdrückt, wie diese Riemen wie Streichhölzer zersplittern. Ich betone das „Zer-splittern", denn eigentlich zersplittern auch die Ruderer im Innern dadurch, dass sie wild herumgeworfen werden. Es zersplittern aber auch die Riemen, deren Splitter tief in die Männer eindringen, die Fleisch öffnen, Knochen zerbrechen, Eingeweide herausreißen.

Erst dann, wenn das Schiff schon vom Tod überquillt, beginnt DER Kampf, der dem vergleichbar ist, was wir zu Lande erleben: das Entern des anderen Schiffes und der Kampf der jeweiligen Bewaffneten.

Hiermit, geduldiger Leser, möchte ich Dich nicht weiter behelligen, da diese Phase eher dem Landkrieg ähnelt. Nur folgendes:

Es entwickeln sich mehr Einzelkämpfe, da man ja beim Entern keine wirkliche Linie, und erst recht keine Phalanx bilden kann. Dem Zufall in diesen Einzelkämpfen bleibt größerer Raum: man kämpft nicht auf festem Boden, sondern auf einem Schiff, das durch das Meer bewegt wird; auch gibt es an Bord eines Schiffes viel mehr Stolperfallen.

Noch ein Nachtrag zu eingeübten und kriegsgewohnten Flotten und solchen, die beides nicht sind: die kriegsgewohnten Flotten schaffen es eher als die Neulinge den Mindestabstand zwischen den Schiffen in ihrer Reihe einzuhalten. Dadurch wird es für den Gegner schwieriger das „Absägen" zu bewerkstelligen. Denn: Einem Schiff die Riemen an dessen einer Seite abzusägen ist leichter und effektiver als dieses gleichzeitig an zwei Schiffen zu versuchen. Denn dabei verliert man viel vom nötigen Schwung und trifft wegen der Strömungen und der Hektik des Kampfes nur selten genau die Mitte zwischen den beiden Schiffen. Im Umkehrschluss: Flotten mit wenig Übung im Verband fahren entweder zu eng auf, sodass sich die Riemen der eigenen Schiffe gegenseitig behindern, oder sie haben zu weiten Abstand, was dann eine Einladung an den Angreifer ist bei einem der weit auseinander fahrenden Schiffe das Absägen zu unternehmen.

Abschließend zu dieser allgemeinen Schilderung muss ich noch folgendes erwähnen. In den Vorkommnissen nach der Schlacht bei Sybota im folgenden Kapitel zeigte sich übrigens noch eine weitere Schattenseite des Seekrieges: sind im Landkrieg Gegner besiegt, so können sie durch Heben der Hände oder durch Niederknien signalisieren, dass sie sich ergeben. Unter normalen Umständen ist der Sieger verpflichtet diese Kapitulation zu akzeptieren und die, die sich da ergeben haben, zu schonen.

Im Seekrieg aber sind diese Haltungen der Demut gar nicht möglich, da der ganze Körper damit zu tun hat sich über Wasser zu halten. Aus diesem Grunde wohl ist dann der Grundsatz für alle Seefahrer entstanden, dass im Wasser Liegende zuerst einmal Hilfsbedürftige sind, denen man aus Seenot helfen muss. Umso schwerer wiegt das Verhalten der Korinther!

Die Kerkyräer hatten nach Leukimme alle Gefangenen getötet, nur die Korinther hielten sie in Gefangenschaft, gleichsam als Tauschobjekt und Geiseln; die Korinther ertränkten dann nach Sybota die Schiffbrüchigen absichtlich mit ihren Schiffen: Alle Parteien gingen umso erbitterter und friedlichen Regelungen entwöhnter aus der Epidamnos-Kerkyra-Krise hervor.

Ich fasse zusammen:

Der Seekrieg beruht viel stärker auf Technik.

Der Seekrieg verquickt den Einzelnen viel stärker in das Unglück seiner Umgebung: Es möchte der Tapferste aller sein, ein wahrer Achilles – was nützt ihm seine Tapferkeit, wenn sein Schiff untergeht ---------------- und zwar vor Beginn des Kampfes der Bewaffneten, bevor unser Achilles sein Schwert gegen seinen Gegner überhaupt einsetzen kann.

Die Ruderer, eigentlich eine wirre Menge von Nicht-Kämpfern, sind die Crux jeder Flotte. Fehlen sie, und hätte man doppelt so viele Bewaffnete wie für die Schiffe nötig, so ist die Flotte – unbeweglich, also kampfunfähig. Wenn man nicht genug Sklaven zur Bemannung der Ruderbänke hat, braucht man die gemieteten Männer, die Söldner. Ich höre von verschiedenen Vorfällen, dass eine Stadt ihre Söldner nicht mehr bezahlen konnte, und diese Ruderer sich dann bei der gegnerischen Stadt anwerben ließen. Die zahlungsunfähige Stadt hatte also den Seekrieg von vornherein verloren – aus Geldmangel. Denn: Gemietete Männer kosten Geld. Unser Sparta hat kein Geld - jedenfalls sind unsere Eisenbarren kein Zahlungsmittel, für das man sich außerhalb unserer Stadt irgendetwas kaufen könnte.

Man sieht also: der Seekrieg ist im Vergleich zum Landkrieg unendlich viel abhängiger von Faktoren, die mit der Tapferkeit des einzelnen Kämpfers nichts zu tun haben.

Sparta hat nur die Tapferkeit des Einzelnen, diese wirkt nur unmittelbar in Kämpfen zu Lande. Die besonderen Fertigkeiten für den Kampf zur See gehen uns völlig ab, sie sind uns: wesens-fremd.

Und falls Du noch einen Beweis für den grundlegenden Unterschied zwischen Land- und Seegefechten suchst: Bei unserem Homer findest Du keinen Achilles, der zur See kämpfte!!!!

Athen, Epidamnos, Korinth und Kerkyra – der Friede im Zustand der Aushöhlung

Bisher, o Leser, habe ich immer versucht möglichst das aufzuschreiben, was zu den einzelnen Phasen dieser Krise bemerkenswert schien; ich folgte gleichsam den Ereignissen. Nun, am Ende dieser vorletzten Krise vor dem Anfang des Großen Krieges, will ich zusammenfassen, was langsam, aber sicher den Frieden aushöhlte, und zwar den formalen Frieden wie auch den Frieden in den Köpfen. Du erinnerst Dich vielleicht: Wir und Athen hatten im 11. Jahr vor der Seeschlacht bei Leukimme den großen, allgemeinen Friedensvertrag geschlossen. Das nenne ich hier den „formalen Frieden". Den meinten auch damals fast alle Beteiligten immer, wenn sie versicherten, diese oder jene Aktion sei ‚keine Verletzung des Friedens'.

Das Bestreben, nicht als Verletzer des formalen Friedens zu gelten, trieb schon seltsame Blüten: so versicherten die Korinther, das Aufgebot, das sie nach dem Ende der Krise um Kerkyra zum Schauplatz der nächsten Krise schickten - immerhin 2000 Mann mit vielen Hopliten darunter - sei „nicht von Staats wegen" geschickt gewesen, sie seien also Freiwillige!!!

Dieser formale Friede war durch die Krise um Epidamnos und Kerkyra schon arg strapaziert. Die Behauptung aber, der Friedensvertrag sei schon gebrochen, wurde im Zusammenhang mit der Krise allein von den Falken in beiden Lagern als Propagandainstrument benutzt. Die Regierenden in beiden Führungsmächten beschuldigten sich dessen noch nicht in Botschaften und Gesandtschaften!

Mental, in den Köpfen aber, wuchs die Ungeduld auf beiden Seiten, zuerst natürlich bei den Falken; sie empfanden es schon als lästig, dass ihre Stadt immer noch meinte versichern zu müssen, sich an den Vertrag halten zu wollen. Auch alle anderen, die bisher eher Unentschlossenen, die Uninteressierten, die noch nicht Betroffenen, wurden unduldsamer. Hier scheint mir eine Konstante des menschlichen Wesens vorzuliegen: Je mehr Krisen gerade noch einmal knapp entschärft worden sind, desto nervöser erwartet man die nächste Krise und ist bald schon so gereizt, dass man ein Ende dieser dauernd sich steigernden Anspannung ersehnt, selbst wenn dieses Ende dann den Einstieg in den Großen Krieg bedeutet, den man ursprünglich entsetzt abgelehnt hatte, weil man ja nicht zu den Falken gehörte.

Und da die Krise weiterging, höhlte sich auch der Friede in den Köpfen immer weiter aus.

Hier also die weiteren Ereignisse aus der Krise um Epidamnos und Kerkyra, die formal und mental den Frieden immer mehr ausgehöhlt hatten. Ich gewichte sie so, dass ich den Hauptfaktor zuerst nenne:

Wie ich oben geschildert hatte, waren die Falken in Athen in einer zweiten Volksversammlung erfolgreich gewesen: diese beschloss bewaffnete Hilfe für die Kerkyräer. Die Falken mussten aber mit Rücksicht auf die Kräfte aus der ersten Volksversammlung noch eine defensive Bestimmung akzeptieren, die der Flotte mitgegeben wurde. Aber dazu weiter unten.

Der Interventionsbeschluss der zweiten Volksversammlung geschah ohne vorherige Fühlungnahme mit uns, der zweiten Führungsmacht in Hellas. Wenn aber die beiden gegnerischen Führungsmächte aufhören, sich jeweils über den Stand ihrer Beziehungen „auf dem Laufenden" zu halten (der Ausdruck ist hier einfach zu treffend, wenn auch allgemein schon abgenutzt) dann ist der erste Schritt zur großen Konfrontation getan. Noch genauer: Man hört auf, den anderen zu unterrichten, obwohl man weiß, dass damit die Wahrnehmung und Beurteilung des anderen bezüglich unserer Politik erschwert wird – Du erinnerst Dich: die „Perzeption" aus dem Arsenal der Sophisten.

Wenn diese Wahrnehmung des anderen unklar wird, so entsteht Misstrauen, welches dann bei der anderen Führungsmacht, die nicht vorher kontaktiert wurde, zu einer Tendenz führt, die eigenen (Gegen-) Aktionen der anderen Führungsmacht auch nicht mehr mitzuteilen. Muss ich noch weiter schildern, dass solchermaßen ein Kreis aus gegenseitigem Misstrauen entsteht. Dies aber führt dann in der nächsten Krise zu einer noch stärker gestörten Perzeption des anderen.

Die zweite Seeschlacht, die bei Sybota, fand dann unter Beteiligung einer athenischen Flotte von zehn Schiffen statt, die den Kerkyräern helfen sollte. Gemäß dem Beschluss der zweiten Volksversammlung sollten diese athenischen Schiffe nur im Sinne einer Defensivallianz handeln: Sie sollten eine Warnung darstellen und im Falle eines unglücklichen Kampfes eine

Katastrophe für Kerkyra verhindern, indem die athenischen Schiffe eine Art Auffangstellung bezögen, falls die Kerkyräer zu verlieren drohten. Kurz: Sie sollten einen kompletten Sieg der Korinther verhindern.

Tatsächlich entwickelte sich der Kampf äußerst blutig und für Kerkyra ungünstig. Gemäß dem Auftrag fuhren die Athener zu einer Demonstration auf. Darauf schwollen die Kämpfe ab, begannen aber am folgenden Tag erneut, indem die Schiffe beider Seiten von ihren Ankerplätzen ausliefen. Da, im letzten Augenblick, vor erneutem Blutvergießen, kommen 20 weitere athenische Schiffe an. Diese bewirken, dass kein neuer Kampf stattfindet. Beide Seiten versichern jeweils den „Frieden" nicht gebrochen zu haben!!! Sie meinten: den formalen Frieden.

Die Folgen der ersten Krise

<u>Die mentalen Auswirkungen</u>

Die eigentliche Auseinandersetzung zwischen Kerkyra und Korinth in den Seeschlachten von Leukimme und jetzt von Sybota zeigten ein Maß von Grausamkeit, das ich unter Hellenen nicht erwartet hätte. Diese Grausamkeit vergiftete das Verhältnis der vier Beteiligten auch nach dem Abflauen der Krise nachhaltig. Ich muss hier nochmals schildern, dass die bei Sybota siegreichen Korinther sich nicht – wie sonst im Seekrieg üblich und von der Sache her auch logisch – um die von ihnen eroberten gegnerischen Schiffe kümmerten, also „Beute machten", also das tun, was für viele der Zweck des Krieges ist. Nein, sie verschoben gleichsam das Plündern, fuhren absichtlich mit ihren Schiffen in die Menge der treibenden Schiffbrüchigen hinein. Diejenigen, die sogar dieses „Hineinfahren", also das Zerquetschen von Körpern durch Schiffsrümpfe, noch überlebt hatten, töteten sie sodann mit erneuter Absichtlichkeit.

Der Beschluss über Megara – ein neues Instrument einer neuen Art der Kriegführung

Ich habe Perikles' persönliche Befindlichkeit in der zweiten Hälfte der Krise um Kerkyra und Korinth zu beschreiben versucht: gedrängt von innenpolitischen neuen Kräften, Skandalen und vielleicht auch vom eintretenden Alter war seine Politik nicht mehr so berechenbar wie zuvor – mir fällt das Wort „abenteuerlich" ein. Seltsam, dass es ein ähnliches Wort ist wie das, was Perikles für die neue Klasse hinter ihm gebrauchte.

„Abenteuerlich" möchte ich auch das nächste Projekt von Perikles nennen. Gegen Ende der Krise um Kerkyra und Korinth legte er der Volksversammlung Athens einen Beschlussvorlage vor, nach der Megara der Zugang zum Markt in Athen und zu allen Märkten des athenischen Seereiches verboten wurde. Du fragst: Was soll an der Maßnahmen schlimm sein, soll Megara doch mit dem Peloponnes und den neutralen Poleis Handel treiben!

Obwohl Du Megara hier im Buch ja schon begegnet bist, muss ich seine Bedeutung jetzt noch genauer fassen: Megara ist nicht irgendeine Stadt, sondern der weiteste Vorposten unseres peloponnesischen Bundes in Richtung Athen! Dies ist der Jetzt-Zustand. Du hast in den früheren Kapiteln schon gelesen, dass es – teils aus eigenem Antrieb, teils durch äußere Einflüsse – schon einige Male die Zugehörigkeit zu uns oder zu Athen gewechselt hat. Es liegt einen guten Tagesmarsch entfernt auf der nordwestlichen Seite der Bucht, die von der Insel Salamis gebildet wird – Athen liegt auf der nordöstlichen Seite. Von Athen aus gesehen kommt hinter Megara als nächste größere peloponnesische Stadt Korinth.

Und hier ist für mich die Verbindung dieses Beschlusses zu der gerade geschilderten Krise, der um Kerkyra: der Beschluss sollte Korinth signalisieren, dass es als nächstes „dran wäre", falls es sich in Zukunft nochmals als Seemacht des peloponnesischen Bundes betätigen sollte. Und damit war es auch ein Signal an die Führungsmacht des Bundes, also uns in Sparta.

Dann zur Maßnahme selbst: Perikles hatte sich da ein völlig neues Instrument der Politik einfallen lassen! Bisher gab es im diplomatischen Verkehr eigentlich nur das Instrument der Verhandlung über Gesandtschaften. Hatten die Verhandlungen Erfolg, herrschte weiter Frieden; scheiterten sie, so war eben Krieg.

Der Beschluss zu Megara war etwas Neues: keine direkte Gewaltanwendung, sondern eine Art langsame Abschnürung von Lebenskräften. Perikles konnte sich also gegenüber Vorhaltungen aus dem Peloponnes immer harmlos stellen; fragen, was man denn wolle, wo denn Gewalt eingesetzt worden sei – wobei er „Gewalt" immer im alten Sinne gebrauchte, also als „Waffen-Gewalt". Er fragte denn auch zurück, was denn im privaten Bereich daran verwerflich wäre, wenn man nicht mehr bei diesem oder jenem Kaufmann seine Einkäufe tätigte – Athen wolle einfach nicht, dass der Kaufmann Megara im athenischen Bereich Läden hätte.

Dieses Ausgrenzen, Ausschließen war also in Wirklichkeit eine sehr wirksame Maßnahme, die jemandem den Atem nehmen konnte; verkauft wurde sie als eine Art Harmlosigkeit, da ja die Waffen-Gewalt fehlte. Es handelt sich also um eine Art verdeckten Krieg, eine Mischung aus verbaler Brüskierung und faktischer Abschnürung der Lebenssäfte.

Muss ich noch erwähnen, dass dieser Beschluss von ihm eingebracht wurde ohne vorherige Warnung an uns ?

So entstand weiteres Misstrauen bei uns allen, und eine Menge Wurfgeschosse für die Propaganda unserer Falken gegen das athenische „Geschwür". So nannte es Laopeithas in gewaltvoller Sprache unter den Ephoren selbst, aber auch in allen Gesprächen mit einfachen Mitbürgern. Mir gegenüber benutzte er es nicht, so, wie er es sowieso vermeidet mit mir zusammenzutreffen.

Die Gesandten aus Korinth und Megara stellten sich bewusst vor unserem Gesandtschaftshaus auf, anstatt im Innern des Hauses zu warten. Sie trugen Trauerkleidung und ein wie in Trauer vernachlässigtes Äußeres. Auch hatten sie bei ihren engen Freunden aus dem Peloponnes erwirkt, dass diese ebenfalls solche Gesandtschaften schickten. Zusammen standen sie höchst publikumswirksam in einer langen Reihe von Menschen. Dadurch wirkte ihre reine Anwesenheit, quasi unterirdisch, auch wenn sie noch keine Gelegenheit bekamen als Gesandtschaft zur Versammlung unserer Bürger zu sprechen.

<u>Oliganthropia</u>

Ich habe dieses Kapitel bewusst so geheimnisvoll betitelt. Die Sophisten meinen, dass man das Interesse der Menschen durch das Gefühl, ein Geheimnis verraten zu bekommen, in besonderer Weise wecken kann. Ich will es hier einmal ausprobieren.

Ja, solch neue Erkenntnisse über die Wirkung von Worten bekommt man in Athen, das ja vor neuen Ideen gleichsam brodelt. Immer entsteht etwas Neues, wie wenn man seltene Zutaten in einen Topf gibt. Sie bringen gerade durch ihre neuartige Zusammensetzung neue Geschmäcker hervor. So genau „schmeckt" es in Athen, wenn gerade diese neuartige Gruppe der Sophisten jeden Tag neue Gedanken und Ideen hervorbringt. Aber ich will hier nicht vom Ziel abweichen, indem ich mich und Dich in die Attraktionen dieser besonderen Stadt verliere.

Wir waren immer die Wenigen, die die Vielen beherrschten. Das Neue und gleichzeitig das Geheime in unserer Stadt ist: wir sind jetzt dabei noch weniger Spartiaten zu werden, also die Elitekrieger mit Stimmrecht in der Apella. Du findest, dass das aber schleunigst unsere Besorgnis erregen müsste? Nun, vernimm, wie eine seit langer Zeit erfolgreiche Gemeinschaft mit etwas Neuem umgeht.

Die große Mehrheit unserer Bürger, wie sie in der Apella auftritt und abstimmt, ist davon überzeugt, dass in unserer Stadt alles zum Besten steht, weil wir uns ja unaufhörlich versichern, dass alles nach des großen Lykourgos' Gesetzen geregelt wird. So beurteilen diese einfachen Gemüter alles nach ihrem äußeren Schein. Die Apella tagt, es wird durch Zuruf abgestimmt, die Gerousia hat den Beschluss vorher besprochen, die

Ephoren hatten keine Einwände. Alle sind da, alles geht nach diesem Muster, und alle benehmen sich so, wie das Herkommen es vorschreibt.

Was diese dem Äußerlichen verhafteten Köpfe nicht sehen: Sie wissen ja gar nicht, ob diese oder jene Einzelheit des jetzigen Lebens tatsächlich den uralten Gesetzen entspricht – manches sieht eben nur so aus, als ob es seit Alters so wäre.

Noch komplizierter zu beurteilen ist dieser Zusammenhang: Selbst wenn z.B. das Verhalten oder die Anzahl der Mitglieder der Gerousia der Überlieferung entspräche: Sichert das angesichts der Erfordernisse der heutigen Zeit noch unseren Erfolg, wie es das früher garantierte? Zur Erinnerung: Athen bringt jeden Tag neue Ideen hervor. Taugen da unsere alten Rezepte?

Beispiel: Kann man die grundlegend neue militärische Struktur Athens mit unseren Jahrhunderte alten Einrichtungen erfolgreich bekämpfen? Wo ist denn das Rezept zur Überwindung der „Langen Mauern", die Athen mit seinem Hafen Piräus verbinden? Diese Langen Mauern sind der Schlüssel zur möglichen Überlegenheit Athens in einem Krieg, der vollkommen neuartig sein wird: Nur durch die Langen Mauern kann Athen den Krieg mit seiner Flotte als Hauptwaffe führen. Nur so kann es sein Landheer vernachlässigen, während wir traditionell nur dieses Landheer haben. Die wenigen Schiffe unserer Bundesgenossen dienen gerade mal dem Schutz ihrer Häfen. Und du weißt ja aus den Kapiteln über die Pentekontaitia, dass Athen auch bei verbündeten Seestädten anfing Lange Mauern zu bauen. - Überall also entsteht Neues.

Also: Wir sind schon Wenige, und werden immer weniger! Wodurch entsteht also diese Tendenz, die zwar nicht neu ist, aber erst jetzt soweit gediehen ist, dass sie sich überall fühlbar macht?

Unsere Bürger leben nach ausschließlich militärischen Grundsätzen, die jede Einzelheit regeln. Der erste Grundsatz aber ist: Unsere Männer verbringen die meiste Zeit untereinander in körperlicher Ertüchtigung. unsere Frauen eifern den Männern hierin nach: Sie leben tagsüber untereinander und auch sie trainieren ihre Körper.

Lykourg lehrte: Nur körperlich durchtrainierte Frauen können den Nachwuchs derjenigen Qualität hervorbringen, die man braucht, damit die Wenigen über die Vielen herrschen können.

Wenn Du bis jetzt verstanden hast, dass Männer und Frauen bei uns sehr viel Zeit mit ihrem jeweiligen Geschlecht verbringen, und dass auch die Frauen bei uns athletisch aussehen und sehr selbstbewusst sind, so hast Du die Hälfte der Erkenntnis schon geschafft!

Bei Dir, Leser, kommt der Mann voll von den Eindrücken seiner Stadt am Abend nach Hause zu einer Frau, die den Mann sehnsuchtsvoll erwartet, seine Anwesenheit aktiv sucht, weil sie den Tag über nur die Eindrücke des Hauses hatte: sie ist vom Erleben des Tages und ihrer Erziehung und ihrer Umwelt her suchend und anschmiegsam. Sie ist körperlich so weich und so zart und so rundlich, wie es den Appetit des Mannes auch nur erregen könnte. So passiert es, dass in den hellenischen Familien außerhalb Spartas Mann und Frau sich oft in Lust vereinigen. Familien mit acht oder zehn Kindern sind, das weißt Du selbst am besten, nicht die Ausnahme! So sehen wir die Städte voller Menschen, ja, die meisten unserer hellenischen Städte müssen in Abständen immer wieder Menschen in neue Kolonien exportieren, da sie sonst durch die wachsende Anzahl implodieren würden. Denk' nur an die vielen Kolonien unseres Alliierten Korinth, zu denen ja auch Epidamnos zählte, von wo der jetzige Krieg seinen Anfang nahm. Oder denke an Poteidaia, den Gegenstand der nächsten Krise!

Bei uns ziehen sich die Geschlechter nicht in dieser Weise an. Geburten sind viel weniger zahlreich. Das war schon eine Tendenz zu Zeiten unseres Lykouros, der ja bestimmte, dass eine Frau bei uns von anderen unserer Männer besucht werden könne, wenn ihr Mann unfruchtbar war oder durch Verletzungen zeugungsunfähig geworden war. Was bei euch dem Weib zur Schande gereichen würde, gilt bei uns als Pflicht gegenüber der Stadt: Die Frau sollte nicht ausfallen als Gebärerin neuer Bürger.

Seit diesen Bestimmungen, die ja schon die Problematik aufzeigen, sind viele Generationen vergangen. Es ist jetzt gerade fünfzig Jahre her, dass wir bestimmten, nur diejenigen könnten mit Leonidas ausziehen, die schon EINEN Sohn gezeugt hätten.

Unsere Männer werden von ihren athletischen, selbstbewussten Frauen nicht in der gleichen Weise angezogen wie bei euch. Hinzu kommt:

Diese Männer haben ihre Jugend und erste Manneszeit bis zum 30. Jahre hauptsächlich mit ihren Kameraden verbracht. Ja, gerade in dem Alter vom Ausgang der Knabenzeit bis zur Männlichkeit, in dem man einen Appetit auf das andere Geschlecht entwickelt, leben unsere Jünglinge nur in Gruppen gleichen Geschlechts. Denk weiter an die Feldzüge, die langen Jagden, die Inspektionen bei unseren Heloten – all das führt zu langen Abwesenheiten von zu Hause. Am meisten Gewicht aber haben die Feldzüge und Kriege: Schon bei euch anderen Hellenen ist es ja eine Tatsache, dass Kameraden, die Todesangst miteinander geteilt haben, die also den Bereich zwischen Leben und dem Eingang zu Charons Unterwelt gemeinsam erlebt haben, sich einander gegenüber in besonderer Weise verbunden fühlen. Unzählig die Erzählungen, wo da ein Mann, der aus dem Feldzuge nach Hause gedurft hätte, mit Blick auf den Kameraden den Weg nach Hause, den Weg in die Sicherheit seiner Stadt und seines Hauses ablehnt und im Felde bei dem Kameraden bleibt, der ihm aus den Grenzsituationen her der vertrauteste Mensch ist.

Resultat des Ganzen ist, dass bei uns in noch stärkerem Maße wie sonst bei uns Hellenen üblich Männer Männer begehren und ihr Eheleben vernachlässigen. Meist haben bei uns Eheleute nur ein oder zwei Kinder gezeugt. Das Weitere kannst Du Dir nach Abzug derjenigen, die früh sterben, als einfaches Rechenbeispiel vorstellen.

Nun weißt Du, welcher Tatbestand mit der kurzen Überschrift gemeint war.

Der Menschenmangel beeinflusst unsere Entschlusskraft

Oben hatte ich geschildert, dass der einfache Mann bei uns den Menschenmangel nicht sehen will. Ich müsste genauer formuliert sagen: Er will ihn nicht zugeben, weder im Gespräch untereinander noch bei den seltenen Kontakten nach außen. Noch genauer: Er will daraus keine Konsequenzen ziehen. Aber er fühlt dumpf das Schrumpfen unserer Zahl, und das wissende Verschweigen dieser Bedrohung lässt ihn extrem schwanken, wenn er in der Apella aufgerufen ist, Entscheidungen zu treffen. Diese Tendenz verbindet sich in ganz eigentümlicher Art mit dem Isolationismus, der Angst davor, durch das Fremde in der eigenen Lebensart verändert zu werden. Ich hatte Dir oft genug davon gesprochen …

Beispiele für dieses Schwanken, diese Unentschlossenheit, die aber wieder gepaart ist mit hektischen Beschlüssen, gibt es viele aus der Pentekontaitia:

- Auf die Aufrüstung Athens nach dem 2. Perserkrieg reagierten wir erst dann, als die Verbündeten immer ungestümer die athenischen Mauern und die wachsende Flotte uns vor Augen hielten. Selbst damals herrschte noch eine im Feldzug entstandene Kameraderie gegenüber den Athenern: Ich habe Dir berichtet, dass man Themistokles all seine faktischen und verbalen Provokationen nicht übel nahm.

- Anstatt nun entweder den Verbündeten zu folgen und Athen energisch anzugehen, flüchteten sich viele in ein Misstrauen gegenüber Athen, das aber noch lange rein passiv blieb, quasi ein Grummeln; es wuchs nur unter der Oberfläche.

- Wie konnte Athen sich in unserer Welt solch eine Herrschaft erschaffen? Nun, wir zogen unsere Leute aus den Expeditionen in Ionien gegen die Perser ab. Man stelle sich das vor! Da gibt es nach dem Sieg über die persische Invasion eine panhellenische Streitmacht zur Bestrafung der Perser in deren eigener Einflusssphäre, und die Spartaner werden --- nach Hause gerufen! Begründung? Es gab keine ausformulierte Begründung, auf deren Basis man die eigene Politik hätte überprüfen können. Nur das undeutliche Gefühl, dass die Fremde unsere Leute verändern könnte. Unsere Leute, die ja schon innerhalb von Hellas Schwierigkeiten haben sich weiter an die heimischen Sitten zu halten, sie sollten nicht den Verlockungen Asiens ausgesetzt werden. All dies zu einer Zeit vor dem Erdbeben, als unsere Apella noch den Eindruck von Fülle vermitteln konnten.

- Kurz darauf eine Apella, die fast votiert hätte unsere Leute zur panhellenischen Armee zurückzuschicken! Die Apella hatte nämlich „plötzlich" gemerkt, dass wir dabei waren unseren Führungsanspruch bei den Hellenen zu verspielen. Die Versammlung votierte aber nur „fast", denn es konnten sich doch knapp diejenigen durchsetzen, die Furcht vor den ausländischen Versuchungen hatten.

- Die Erzählung vom nächsten Fall ist ja in ganz Hellas herumgegangen; ich habe sie Dir im Kapitel über „Die Festung der Heloten" schon erzählt: unsere völlig unerklärlichen Schwankungen beim Helotenaufstand und der Belagerung von Ithome. Da votierte eine Volksversammlung dafür, die Athener um Hilfe zu bitten (Du weißt, wir und Belagerungen …). Dann kommen die Athener, werden geführt von Kimon, der uns freundlich gesonnen ist. Kaum haben die Athener angefangen ihre Belagerungstechniken gegen Ithome spielen zu lassen, fangen wir an argwöhnisch zu werden: Der Kontakt mit diesen Akrobaten der neuen Ideen fing an unsere Leute zu verwirren; einige hatte sogar Angst, die Athener könnten mit den Belagerten gemeinsame Sache machen. Und das, obwohl ihr Anführer uns wohlgesonnen war! Also fiel der Beschluss, die Athener zurückzuschicken! Und nochmals sei hier erinnert: Wie wir Kimons Ansehen durch seine Rücksendung nach Athen geschadet haben, lässt sich gar nicht ermessen! Und nicht nur Kimons Ansehen: Wir beschädigten unser eigenes Ansehen bei all denjenigen in Athen, die wie Kimon die Welt mit uns in einer Art Zweier-Herrschaft ordnen wollten.

Damit bin ich jetzt beim Erleben unserer eigenen Generation angelangt, und dem ersten Krieg zwischen dem Peloponnesischen Bund und den Athenern: Wir ließen unsere Bundesgenossen zuerst den Krieg allein führen, zogen dann aber plötzlich zwei Mal aus nach Attika und ein Mal nach Delphi, wovon ich Dir aber nicht ausdrücklich berichtet hatte. Vor unserem ersten Auszug nach Attika war wegen unserer Untätigkeit Megara von unserem Bund abgefallen - aus Verzweiflung abgefallen über unsere Untätigkeit, unser Verharren in der Tiefe unserer Halbinsel, in der Tiefe unserer auf den Landkrieg begrenzten Vorstellung. Megara, diesen Vorposten des Peloponnes gegenüber Athen, haben wir fast genötigt uns zu verlassen.

Und dann die Art, wie wir auszogen:

Das erste Mal zeigte unser vorsichtiges und zögerndes Vorrücken – schließlich war die Geraneia durch den Abfall Megaras von den Athenern besetzt. Aber das war ja schon vor dem Auszug bekannt gewesen!

Noch unerklärlicher der frühe Abzug des Pleistoanax beim zweiten Auszug. Er gab den Athenern die Möglichkeit Euböa erneut niederzuwerfen, wo Aufständische auf uns vertrauten und auf dem wir doch schon Stützpunkte gewonnen hatten. Die Apella reagierte fast panisch, indem sie Pleistoanax in die Verbannung schickte, dann aber nicht - endlich einmal konsequent - einen neuen Auszug beschloss, einen mit mehr Entschlossenheit und Energie. Nein, sie votierte für denjenigen Friedensschluss, der den Beginn des sogenannten „30-jährigenFriedens" markierte. Und opferte in diesem Frieden Aigina, das zu uns gehalten hatte, trotz seiner Lage kurz vor Athen: Es liegt in dessen Sardonischem Golf, wäre ein idealer Stützpunkt, als Druckmittel in Verhandlungen oder als Ort zur Errichtung einer Befestigung.

Ich habe Dich vielleicht mit der Vielzahl der Beweise überfordert. Aber diese Aufzählung musste sein, damit Du in voller Härte verstehst, wie hektisch schwankend unsere Stadt geworden ist, aufgewühlt durch Anzeichen des Niederganges, die einzugestehen sie vor sich selbst aber weiter nicht zugibt.

Und falls Du noch etwas Geduld hast und gleichzeitig tiefer in diese Problematik einsteigen willst, so höre, was mir ein Athener aus dem Kreis um Perikles vor jetzt 5 Jahren sagte:

„Als wir nach dem zweiten Sieg über die Perser, nach Eurymedon, unsere Herrschaft auch über Hellenen gefestigt hatten, also unsere Seeherrschaft

erbaut hatten und immer mächtiger wurden, habt ihr uns das weder in Taten noch Worten gehindert. Ihr habt es genau gemerkt, tatet aber nichts, außer in kurzen, hektischen Aktionen, die alle fehlschlugen. Diese Aktiönchen waren so unbedeutend, dass sie bei uns kaum wahrgenommen wurden, jedenfalls nicht als Ausdruck eurer Besorgnis über unser Wachsen.

Schon zu dieser Zeit, also nach den Perserkriegen und um das Erdbeben und die Belagerung der Heloten in Ithome herum, wart ihr wenig tatkräftig und dynamisch, außer wenn euch Reaktionen geradezu aufgezwungen wurden. Ihr schwanktet hin und her und tut dies auch heute.

Du musst Dich also nicht wundern, wenn wir um Perikles herum glauben euch durch einen neuartigen Krieg zermürben zu können. Denn alle bisherigen Aktionen euerseits waren ja geprägt von der Grundhaltung, zu Hause bleiben zu wollen; die hektischen Feldzüge in unsere Richtung waren nur kurze Aufwallungen."

Poteidaia: Die zweite und letzte Krise vor dem Großen Krieg

Das Eigenleben der Krisen

Die Krisen, die dann zu Kriegen führen, sie nähren sich, steigern sich gegenseitig und in ihrer zeitlichen Abfolge überschlagen sie sich in vielen Fällen. So auch diese Krise, denn sie entsteht sehr kurz nach der Seeschlacht von Sybota, die die Athener und Korinther zum ersten Mal gegeneinander hat kämpfen und sterben sehen. Wir erinnern uns: mit der Folge wachsender Erbitterung. Sie wird flankiert von dem Beschluss der Athener den Handel Megaras zu sanktionieren. Von diesem Beschluss, seinem Inhalt und seiner Stoßrichtung hatte ich dir gerade berichtet.

Zusätzlich zu der Erbitterung wegen der Kämpfe bei Kerkyra entstehen also zwei neue Krisen: Die eine noch ohne offene Gewalt, aber mit der wirtschaftlichen Abschnürung einer Seestadt aus dem peloponnesischen

Bunde; eine andere, die schnell in Gewalt abgleitet, nämlich die hier beschriebene um Poteidaia.

Poteidaias Lage und seine strategische Bedeutung

Sorge habe ich immer, verehrter Leser, dass Du bei all' den Einzelheiten, die ich Dir präsentiere, die Lust verlierst weiterzulesen. Besonders sorge ich mich, wenn ich mich wiederholen muss. Das passiert entweder, um Dir etwas, das in anderem Zusammenhang erwähnt wurde, bewusst ins Gedächtnis zu rufen, oder dann, wenn zwei Ereignisse sich gleichen: Bei oberflächlichem Lesen könnte leicht die Motivation zur Lektüre leiden, wenn es scheint, man habe all das schon einmal gelesen.

Nun, leider könnte bei der Schilderung dieser letzten Krise vor dem Großen Krieg bei Dir genau das eintreten:

Du musst Dich – wie bei Epidamnos - wieder mit einer Stadt in der Nähe der Barbaren befassen; diese Stadt hat wieder eine gleichsam zweigeteilte Zugehörigkeit; wieder spielen die Korinther eine prominente Rolle; wieder finden Kämpfe statt unter Beteiligung von Korinth und Athen – und zwar mit Toten auf beiden Seiten. Nur hier noch offener und mit mehr Toten als in der Epidamnos-Krise.

Diese scheinbaren Wiederholungen kann ich Dir nicht ersparen, wenn Du weiter mitgehen willst; mitgehen auf dem Wege der Erforschung des Abstiegs in den Krieg. Ich hoffe, dass Du mich begleitest, denn dieser Krieg hat ja schon in den ersten Jahren gezeigt, dass er Hellas wohl vernichten wird. Also folge mir weiter möglichst unverdrossen, auf dass Du für Deine Heimatstadt dann verhindern kannst, dass sie ein ähnliches Schicksal erleidet!

Die Stadt, an der sich die neue Krise entzündet, ist schon durch ihre Lage etwas Besonderes: Bei mir hattest Du erfahren, dass es an der Grenze zu den nördlichen Barbaren, Chalkidiern und Bottiern, drei wie an einer Kette nebeneinander liegende Halbinseln gibt, die man unter der Bezeichnung

Chalkidike zusammenfasst. Hier hast Du übrigens eine merkwürdige Parallelität zu den drei Halbinseln, mit denen mein Peloponnes endet.

Auf der westlichsten der drei Halbinseln der Chalkidike namens Pallene gibt es eine Landenge, die so schmal ist, dass sich die Meere, die Pallene umspülen, fast berühren: genau auf dieser Landenge gründeten vor Zeiten unsere Korinther eine Tochterstadt: Poteidaia.

Diese kann also rein von ihrer Lage her den Zugang von Pallene, also der bauchig nach Süden endenden Halbinsel, zu den Barbaren im Norden, in Thrakien, sperren. Jetzt magst Du einwenden, dass man ja auch von den anderen Halbinseln aus nach Thrakien kommen könne – und warum dieses Thrakien, wild und unzivilisiert, überhaupt für Hellenen interessant sein sollte. Nun, wenn man mitten auf dem Peloponnes in einer Landstadt lebt, so geht einen dies alles tatsächlich nichts an. Wenn man aber seine Macht auf der Existenz vieler Schiffe aufbaut, so braucht man dafür erst einmal Holz, wieder Holz und nichts als Holz. Du wirst mir sicher zustimmen, wenn ich sage, dass gutes Holz aus zusammenhängenden Wäldern bei uns in Hellas schon Mangelware darstellt.

Ohne Holz also keine Flotten, so, wie es ohne Eisen keine Hopliten gäbe.

Beide Seemächte, das übermächtige Athen, wie das mächtige Korinth, sind für Bau und Reparatur ihrer Handels- und Kriegs-Flotten auf die Lieferungen der unendlichen Wälder des Nordens angewiesen. Auch wir übrigen Peloponnesier brauchten dieses Holz, wenn wir berechtigt hoffen wollten in einem Krieg die Athener auf ihrem eigenen Gebiet schlagen können.

Poteidaia hat zwei Häfen, was zur Verschiffung aus West- wie Ostthrakien besonders günstig ist. Der zweite Faktor: Es liegt der großen Siedlung des makedonischen Königs namens Thessaloniki am nächsten von den drei Halbinseln; und die Haltung dieses immer stärker werdenden Königreiches ist bedeutsam für jeden, der in Thrakien Holz handeln will.

Wenn es also einen Punkt außerhalb der direkten Berührungslinien von Peloponnes und attischem Seereich gibt, der dafür prädestiniert ist, dass dort eine Krise beginnt, so ist es dieser Punkt Poteidaia mit seiner besonderen Lage.

Aus diesen Zusammenhängen erhellt ganz schnell die Nervosität der Athener und die schnelle Reaktion der Korinther bei Eintritt der Krise.

Noch anfälliger für eine Krise wird Poteidaia, da es eine Gründung Korinths ist, und Korinth bis heute fundamental dessen Politik lenkt: jährlich empfängt Poteidaia seine Oberbeamten aus dieser Mutterstadt. Man könnte deshalb fast sagen: die Politik Poteidaias wird bei uns auf dem Peloponnes gemacht! Man könnte es fast sagen, denn: Poteidaia ist gleichzeitig auch „Mitglied" des athenischen Seereiches, ist also der athenischen Herrschaft beitragspflichtig und finanziert damit jährlich durch seine Beiträge das weitere Anwachsen der Flotte der Athener.

Das, was ich bei Epidamnos schon mit der zweigeteilten Zugehörigkeit angekündigt hatte, mit Enkel- und Tochter-Stadt, wiederholt sich hier in Gestalt einer Tochter-Stadt, die gleichzeitig Untertan einer anderen Poleis ist.

Im Rahmen dieser Wiederholungen kann ich Dir in diesem Kapitel erneut aufzeigen, dass mit jeder neuen Krise die Geduld abnimmt, die nötig wäre diese Krise auch noch deeskalierend zu lösen: Auf beiden Seiten produzieren die fortlaufenden Krisen immer häufiger die Haltung, es sei doch nun genug des Abwägens und Taktierens, es müsse jetzt der Knoten zerschlagen werden.

Perikles' Dominotheorie

Die Poteideaten erleben eine Gesandtschaft aus Athen, die ultimativ auftritt:

-   Athen befiehlt den Poteideaten den südlichen Teil der Stadtmauer einzureißen. Dies war bedeutsam, denn es handelt sich um den Mauerabschnitt, der in Richtung der sich bauchig nach Süden erstreckenden Halbinsel Pallene liegt, somit auch in Richtung Athen.

- Sie sollten als Garantie für den dauerhaften Bestand dieser Maßnahme Geiseln an die Athener stellen.

- Überhaupt sollten sie die Oberbeamten zurück nach Korinth schicken. – Du erinnerst Dich, dass es die Korinther waren, die jährlich diese Oberbeamten zu den Poteideaten schickten.

- Schließlich: sie sollten hinfort keine neuen Oberbeamten aus Korinth mehr in ihre Stadt aufnehmen.

Ich vermute, dass Du, Leser, schon die Stoßrichtung dieser Forderungen erkennst: War Poteidaia bis jetzt der stadtgewordene Kompromiss zwischen Tochterstadt Korinths und Zugehörigkeit zum athenischen Seereich, also zwischen Athen und Peloponnes, so sollte es jetzt endgültig ganz ohne Einschränkung nur noch Athen gehorchen und zu Willen sein. Ja, wer seine Mauer einreißen muss, der muss dem Angreifer zu Willen sein!

Die Nachricht von diesen radikalen Forderungen schien uns allen in Sparta – Falken wie Tauben - die Bekräftigung eines endgültigen Politikwechsels in Athen zu sein. Man erinnere sich: Noch in der Krise um Kerkyra gab es Volksversammlungen der Athener, die Verständnis hatten für das Vorgehen der Korinther. Die weitere Entwicklung der Krise jedoch - das vergossene Blut - hatte dieses Kräfteverhältnis geändert.

Ich erfuhr durch meine Kontakte, dass besonders Perikles jetzt Stimmung machte, gegenüber Poteidaia mit dieser Schärfe zu verfahren. Über mögliche persönliche Gründe für die Entwicklung Perikles' zu einem rückhaltlosen Befürworter von Drohungen und letztendlich von Krieg hatte ich schon berichtet. Jetzt, mit Poteidaia, kam noch ein weiterer Beweggrund dazu, den Perikles dann auch unermüdlich in jeder Rede wiederholte:

Wenn man Poteidaia erlaube sich dem athenischen Befehl zu widersetzen, so wäre dies ein Signal für alle der athenischen Herrschaft unterworfenen

Städte der Chalkidike, gleichfalls von Athen abzufallen. Der Abfall der einen würde den Abfall der anderen nach sich ziehen. Perikles benutzte das Bild einer festgefügten Baumreihe, die insgesamt ins Wanken gerate, wenn ein Baum aus der Reihe gefallen wäre. Ich hörte noch ein anderes Bild von einem ägyptischen Gesandten, mit dem ich über die athenische Reaktion sprach: Dort in Ägypten haben sie ein Spiel mit rechteckigen Steinen. Kinder spielen es gern, indem sie viele dieser Steine auf ihrer Schmalseite aufstellen, sodass eine oft sehr lange Reihe aufragender Steine entsteht. Stürzt nun das Kind einen Stein aus dieser Reihe um, so fallen in einer Kettenreaktion alle Steine um.

Die Athener also wurden von Perikles vor einer solchen Kettenreaktion gewarnt, und er verschärfte die Warnung noch, indem er in düstersten Farben den König der Makedonen, Perdikkas, als Urheber der dortigen Stimmung gegen Athen beschrieb: ein treuloser, wankelmütiger Barbar von großer Grausamkeit, mit übergroßem Einfluss in Thrakien. Und Thrakien, das war dann auch dem schwerfälligsten Zuhörer in der Volksversammlung klar, das war das Ursprungsgebiet des Holzes der athenischen Flotte – und die Flotte war die Basis der Macht der unteren Volksklassen und – natürlich – die Basis der Macht Athens insgesamt.

Der sachliche Hintergrund der Verstimmung des Perdikkas gegen die Athener war übrigens, dass Athen einen Thronprätendenten gegen ihn unterstützt hatte; Athen erhoffte sich von dem mit seiner Hilfe neu inthronisierten Prätendenten Handelsvorteile. Dies hatte Perdikkas so aufgebracht, dass er mit unserer Führung Kontakt aufnahm und mit den Korinthern.

Und den Korinthern kam dieser antiathenische Impuls nach Sybota gerade recht!

Die weitere Entwicklung der Krise

Hatte ich bei der Krise um Epidamnos zur Zeit der Schlacht von Sybota noch Mühe die einzelnen Konfliktparteien als gemäßigt zu bezeichnen, so fällt mir dies bei den Poteideaten leichter, denn diese benehmen sich durchaus mäßigend.

Sie als Ortsansässige haben natürlich Kenntnis von all den Entwicklungen um Perdikkas und auch von der Propagandakampagne in Athen. Aber sie reagieren maßvoll, indem sie zwei Gesandtschaften losschicken: die eine nach Athen mit dem Auftrag für die Rücknahme der Forderungen zu sorgen, eine andere zu uns, unter Begleitung von Gesandten aus Korinth.

Die Poteideaten müssen erleben, dass sie in der Volksversammlung der Athener gar nicht sprechen dürfen. Sie werden mit unterschiedlichsten Entschuldigungen hingehalten und vertröstet, wobei sie mitbekommen, wie die Athener gleichzeitig eine Flottenexpedition gegen ihre Stadt losschicken: 30 Schiffe mit 6000 Ruderern und 1000 Hopliten, die nun selbst die Mauer der Poteideaten einreißen und Geiseln nehmen sollen. Auch sollen sie auf die übrigen Städte der Chalkidike so wirken, dass die beschriebene Kettenreaktion nicht stattfinde.

Der zweiten Gesandtschaft zum Peloponnes gelingt es nach Korinth durchzukommen und mit korinthischen Begleitern zu uns nach Sparta zu gelangen. Sie kommen mit allen Zeichen der Schutzflehenden: Abgerissene Kleidung, verhärmte Gesichter, ungeschnittener Bart und Haupthaar, so lassen sie sich demonstrativ am Heiligtum der Themis nieder. Sofort werden sie von unserer Führung empfangen. Man verspricht ihnen nach kurzer Beratung, während das Heiligtum von Bürgern umstellt ist, die offen ihre Erregung zur Schau stellen, einen Einfall nach Attika, falls die athenische Flottenexpedition Poteidaia tatsächlich mit dem beschriebenen Ziel anfahren sollte. Dieses Versprechen gaben unsere Oberen ohne einen Beschluss der Apella!

Die Geschehnisse beschleunigen sich jetzt, werden nahezu gleichzeitig:

Ohne dass die Gesandten mit dem Hilfsversprechen unserer Führung schon zurückgekehrt wären, gelangt Kunde von der athenischen Flottenexpedition nach Poteidaia; die Führung dort beschließt, ohne die Rückkehr ihrer Gesandten abzuwarten, den Abfall von Athen; man schickt Boten in die Städte der Chalkidike und Thrakiens; diese fallen daraufhin auch von Athen ab, wozu sie von Perdikkas zusätzlich ermutigt werden. Die gesamte Entwicklung spitzte sich sogar so weit zu, dass die beteiligten Thraker zu der unerhörten Maßnahme schreiten ihre am Meer gelegenen Städte aufzugeben. Sie befürchteten einfach nach ihrem Abfall Gewalt gegen sie von Seiten Athens und wollten sich nicht durch die Klagen von Städten, die dann durch Athen belagert würden, erpressbar machen.

Man sieht hier also eine große Erbitterung in der gesamten Region gegen die Herrschaft der Athener. Das Verlassen der Städte ist ein grundsätzlicher, eindeutiger Beweis für lang anwachsende Erbitterung und akute Entschlossenheit.

Die athenische Flotte findet jedenfalls bei ihrer Ankunft ganz Thrakien im Aufstand gegen Athen. Der athenische Befehlshaber sieht daher die Gefahr einer Zersplitterung und setzt all seine Kräfte konzentriert gegen Perdikkas ein, in der Erwartung, mit Hilfe des Thronprätendenten und dessen Verbündeten das Land zu spalten, Perdikkas zu besiegen und mit Hilfe dieses Erfolges die Thraker zu entmutigen.

Während all dies vor sich geht, und in Erwartung von Entwicklungen zum Schlechten für die jeweils eigene Seite, reagieren die Seestädte aus beiden Machtbereichen: Korinth wirbt 2000 „Freiwillige", die zu Lande nach Poteidaia ziehen; Athen, in Kenntnis dieser Expedition, schickt 2000 Hopliten mit 40 Schiffen, die sich mit den zuvor gesandten 1000 Mann und ihren 30 Schiffen vereinigen. Athen hat also jetzt in der Region ein zu eigenständiger Kriegführung zu Lande und zu Wasser gut befähigtes Kontingent versammelt. Noch aussagefähiger wird die athenische Entschlossenheit, wenn man bedenkt, dass Perikles ja später seinen Mitbürgern die militärische Stärke in Zahlen vor Augen hielt: Außer den Garnisonstruppen aus den Jungen und Alten hatte Athen 13 000 Hopliten, die vom Alter her für Expeditionen geeignet waren. Es versammelte also vor Poteidaia ein knappes Viertel seiner für den auswärtigen Dienst geeigneten Truppen.

Für die folgende überraschende Wendung konnte ich keinen durch Gewährsleute gesicherten Grund ermitteln. Ich würde aber viel dafür geben, könnte ich noch Deine Miene sehen, wenn Du sie vernimmst:

Perdikkas --- wechselt die Seiten! Er stellt den Athenern sogar ein Kontingent Reiterei von 600 Pferden zur Verfügung. Für die Athener ist dies eine willkommene Ergänzung ihrer nur aus Fußvolk bestehenden Streitmacht in dieser Gegend. Diese Reiterei spielt bei der folgenden Schlacht um die Stadt keine aktive Rolle, ist aber insofern bedeutend, dass sie einfach durch ihre Präsenz ein Hilfskontingent für die Stadt, der sich von Olynth her näherte, zum Abdrehen bewegte.

Als Fazit dieses Stadiums der Krise stelle ich fest, dass eine bedeutende Streitmacht der Athener eine Stadt belagert, die durch ihren Ursprung in Korinth quasi eine Tochter des Peloponnes ist.

Vorausblickend ist es wichtig zu wissen und immer zu berücksichtigen, dass all die Geschehnisse der folgenden Kapitel stattfinden, während um Poteidaia eine regelrechte Belagerung stattfindet: Tote, Verwundete, Zerfetzte auf beiden Seiten, erste Krankheitsfälle, Angst vor Seuchen, Hunger. Und eine regelrechte Belagerung ist unter normalen Maßstäben immer das Zeichen für den Kriegszustand. In unserem Falle jedoch wurde dieser – trotz des Versprechens unserer Führung an die Gesandtschaft der Poteideaten - nicht automatisch ausgelöst. Hieraus erhellt, wie sehr trotz der Krisenmüdigkeit alle bei uns spürten, dass man Ungeheuerliches auslösen würde, griffe auch die Schutzmacht des Peloponnes aktiv handelnd in den Krieg ein.

Poteidaia – der Mühlstein um meinen Hals

Du weißt aus dem letzten Kapitel, wie sehr sich diese Stadt um Beistand aus der Peloponnes bemüht hatte. Ich schaue jetzt voraus, lasse Poteidaia gleichsam den folgenden Kapiteln voranschreiten, denn die Belagerung der Stadt dauerte fort, während die Ereignisse der folgenden Kapitel eintreten.

Immer während des Hin und Her bis zum formalen Kriegsbeschluss unserer Polis, diesem Beschluss nach meiner Rede und der des Sthenelaidas, und weiter bis zum Kriegsbeschluss unserer gesamten peloponnesischen Allianz – immer hörte ich bei meinen Mahnungen stereotype Vorwürfe wie *„Denkst Du auch, König der Lakedaimonier, bei deinen Ratschlägen an die Hungernden in Poteidaia?"* - *„Hörst Du die Bitten der Frauen nach Aufbrechen des Belagerungsringes, damit Brot hereingebracht werden kann?"* - *„Hörst Du die schreienden Kinder?"* - *„Rührt nicht an Dein Herz das Stöhnen der Verwundeten, die am Wundbrand sterben, weil sie nicht behandelt werden können?"* - *„Auf wen hatten die alle gehofft, als sie sich der athenischen Tyrannei verweigerten?"*

Ich empfand das als so belastend, dass ich oft von Träumen heimgesucht wurde, in denen mir unsere Kinderabteilungen entgegen marschierten und ich aus diesen Reihen, die ja grundsätzlich nur auf Gehorsam und Scheu gegenüber jedwedem Vorgesetzten gedrillt sind, ein „Poteidaia, Poteidaia" zu hören meinte. Mein Sohn Agis zu Hause fing manchmal in aller Scheu auch schon an: *„Vater, verzeih, dass ich Dich damit bedränge: was meinen die Leute über Dich, wenn sie sagen, dass Dir das Schicksal Poteidaias egal ist."*

Aber ich will hier nicht meine eigenen Befindlichkeiten beschreiben, sondern berichten, welche Wirkung die Belagerung von Poteidaia zeitigte: Die Gewalt gegen Poteidaia hintertrieb jegliche Mahnung meinerseits. Damit hast Du dann auch eine sachliche Erklärung, wieso ich in der Kapitelüberschrift von Poteidaia als „Mühlstein" sprach.

Das vorgreifende Hilfs-Versprechen

Vom Beginn der Belagerung und all den Begebenheiten davor hatte ich Dir schon berichtet. Bestimmt erinnerst Du Dich: Die Poteideaten hatten Kontakt aufgenommen zu den Athenern und - durch die Korinther - mit unseren Ephoren und Teilen der Gerousia. Diese hatten ihnen für den Fall eines athenischen Angriffs versprochen, in Attika einzufallen, also den Großen Krieg zu beginnen.

Du kannst Dir vorstellen, dass ich intern bei den Ephoren protestierte gegen ein so vorschnelles Versprechen, welches immense Folgen nach sich ziehen musste. Ich tat dies nur innerhalb unserer Führung, denn offiziell gegen die Mehrheit unserer Führung außerhalb einer Apella zu opponieren, quasi durch die Hintertür, das entspricht nicht unseren Bräuchen und Gesetzen, und ein König darf das schon gar nicht. Dennoch protestierte ich hinter den Türen, denn hier geschah etwas Ungeheuerliches, etwas, das alles Gerede von den Spartiaten als den „Gleichen" (in unsere Sprache: Homoioi) Lügen strafte:

Einer Stadt außerhalb unseres Bündnisses wurde versprochen, dass Sparta (und damit doch wohl auch der Peloponnesische Bund) einen Krieg beginne, wenn diese fremde Stadt von Athen abfiele. Bedenke wohl, dass zum Zeitpunkt dieses Versprechens noch keine Kunde von der athenischen Gewalt bei uns angekommen war! Man nahm also bei uns das an, was die Führung in Poteidaia mittlerweile unter dem Eindruck der Gewalt Athens vollzogen hatte: Man versprach für den Fall(!), dass diese Stadt revoltierte und dann von Athen belagert würde, dass Sparta dann automatisch den Krieg mit Athen beginnen würde. Dieser Automatismus nahm Beschlüsse der Gesamtheit der „Gleichen" in einer Apella vorweg, und er präjudizierte auf diesem Weg auch die Beschlüsse der peloponnesischen Bundesversammlung!!!

Der hilfesuchenden Stadt wurde nach meinem Verständnis auch signalisiert, dass Sparta ihr wirksam helfen könne, wenn Athen auf den Abfall dieser Stadt mit Gewalt gegen diese Stadt reagierte. Ich hielt ein Versprechen ohne die Kraft gegen den Aggressor wirksam vorgehen zu können, für unmoralisch gegenüber den Hilfesuchenden.

Im Grunde war mit dem Hilfsversprechen meine Mahnung zur Vorsicht ohne irgendeine Diskussion konterkariert, und das angesichts eines Krieges, der alle bisherige Erfahrung überschreiten würde. Öffentlich trug ich dann die Mahnung in der Rede vor unserer Volksversammlung vor. Du kannst sie gleich im Kapitel „Meine Rede – mein Vermächtnis" lesen. Die Gedanken, die ich in ihr vortrug, waren innerhalb der Führung bekannt, und aus dieser Bekanntheit meiner Mahnungen erklärt sich auch der Tenor der Gegenrede des Stenelaidas, eines der Ephoren. Er war eben vorbereitet auf meine Gedanken!

Athen begann, wie gesagt, die Belagerung mit 1000 Hopliten im 49. Jahr nach der Schlacht von Salamis. Korinth mobilisierte 1600 Hopliten und 400 Leichtbewaffnete. Darauf erhöhte Athen sein Aufgebot durch Absendung weiterer 2000 Hopliten. Dies ist der Stand, den Du aus dem vorletzten Kapitel kennst. Es erhöhte dann auch dieses Aufgebot nochmals um 1600 Hopliten, da die vorhandenen nicht reichten um die zweite Belagerungsmauer gegen Pallene hin zu bauen und gleichzeitig die Umklammerung der Stadt aufrechtzuhalten. Im weiteren Verlauf der Belagerung wurden diese jedoch abgezogen und für Streifzüge und für das Fouragieren im barbarischen Hinterland gebraucht.

Und damit Du die Anstrengung und damit die Entschlossenheit der athenischen Führung gut einordnen kannst, teile ich Dir – jetzt im ganzen Zusammenhang - folgende Zahlen mit: Nach den Worten von Perikles selbst haben die Athener aus den Reihen ihrer Bürger an Hopliten aus den Jahrgängen, die für den Auslandseinsatz in Frage kommen, 13 000 Mann; weitere 16 000 aus den Reihen der für den Felddienst zu alten und zu jungen Männern sind als eine Art zweites Aufgebot verfügbar. Diese sind in erster Linie für die Bewachung der Stadtmauern und der Langen Mauern zum Piräus vorgesehen, können aber auch – wie bei Tanagra – nahe der Stadt im Felde eingesetzt werden. - Nicht erwähnen will ich hier die Besatzungen der 300 Trieren. Sie können nicht dem Landheer zugeordnet werden, da die Ruderer aus der niedrigsten Klasse der Bevölkerung stammen, also denen, die sich keine Panzerung leisten können, oder sie sind Söldner.

Nach Poteidaia also schickte Athen im ersten Jahr der Belagerung 4 600 von seinen 13 000 Gepanzerten, später dann noch mehr! So wichtig war der dortigen Führung die Einnahme dieser Stadt, so bezeichnend war dieses Engagement für die Entschlossenheit von Perikles und seiner Umgebung uns gegenüber keine Signale der Deeskalation zu senden.

Die Belagerung ging also weiter, während der zwei Konferenzen zum Kriegsbeschluss auf unserer Seite, während der gegenseitigen Vorwürfe zum religiösen Frevel, während der inoffiziellen Kontakte, während der

Aufrüstung – also während des ganzen Restes meines Berichts hier. Und immer hörten die, die zur Vorsicht mahnten, den Vorwurf, jedes Nachgeben unsererseits liefere die Poteideaten umso sicherer den Athenern aus; nur durch harte Reaktionen könne man den Athenern signalisieren, dass ihre Gewaltpolitik an Grenzen gestoßen sei. - Nicht genannt wurde der Anteil unserer Führung. Diese hatte ja den Poteideaten Unterstützung versprochen, ohne über wirksame Gegenmaßnahmen zu verfügen und ohne die Prüfung der Alternative, nämlich der Diplomatie. Nach dieser hätte man das Schiedsgericht einberufen können, welches ja für genau solche Fälle im Dreißigjährigen Friedensvertrag vereinbart worden war. Erste Aktionen der Athener gegen Poteidaia wie das Einreißen der Mauer hätte man damit nicht verhindern können; aber Athen hätte sich mit der Anwendung von Gewalt <u>vor</u> einem Schiedsgerichtsspruch in den Augen von ganz Hellas ins Unrecht gesetzt. So hat dann auch der Kriegsbeschluss unsererseits das Einreißen der Stadtmauer durch Athens erste Expedition und die letztendlich erfolgreiche Belagerung gar nicht verhindern können. Denn:

Die Belagerung ging auch weiter, als wir im 2. Jahr der Belagerung von Poteidaia, also im 50. Jahr seit Salamis, in Attika einfielen. Die Athener sahen von ihren Mauern aus unser Heer nahe ihrer Stadt Selbst da riefen sie keinen Mann von Poteidaia zurück. Sie waren in dieser Krise ebenso standhaft wie vor der Schlacht von Tanagra, als eines ihrer Heere in Ägypten zerschlagen und eine anderes vor Aigina lag

Noch auffälliger war dann, dass sie selbst mit knapp 10 000 ihrer eigenen Hopliten und 3 000 Hopliten aus den Reihen ihrer Metöken in das Gebiet von Megara einfielen. Man muss sich diese unverschämte Kühnheit klar vor Augen führen: Kaum waren wir vor Beginn des Winters aus Attika aus unseren Positionen vor ihren Stadtmauern abgezogen, schickten sie ihr <u>komplettes</u> erstes Aufgebot mit Teilen des zweiten in unsere Richtung zur Geraneia und verwüsteten die Umgegend von Megara.

Das politische Signal, das damit verbunden war, ist klar: Für uns waren die Sanktionen gegen Megara ja der Hauptgrund für den Kriegsbeschluss gewesen, selbst die härtesten Gegner Athens bei uns waren gesprächsbereit, wenn Perikles den Sanktionsbeschluss hätte zurücknehmen lassen.

Umso beleidigender dieser Einfall gerade gegen Megara!!! Er bestärkte unsere Falken in ihrer Haltung, und er war wohl auch genau dazu beabsichtigt. Darauf deutet auch folgendes: Sie wiederholten diese Provokation in den folgenden Jahren immer im Herbst nach unserem Abmarsch.

Kein Nachgeben trotz der Pest in ihren Mauern (Vorausblick)

Wünschst Du noch mehr Beweise für die Entschlossenheit der athenischen Führung, von Perikles also? Im folgenden zweiten Jahr des Krieges, im dritten Jahr der Belagerung von Poteidaia, schickten sie nochmals 4000 Gepanzerte nach Poteidaia unter Hagnon, Nikias' Sohn, einem bewährten Befehlshaber. Und das, während wir ihre Mauern bedrohten und während schon die Pest in ihrer Stadt wütete. Von den 4000 Mann Hagnons starben dann auch vor Poteidaia 1500 an dieser Pest.

Unklar blieb, ob Perikles diese Streitmacht absichtlich aus der Stadt heraushaben wollte, da ja den Athenern bekannt war, dass die große Menschenmenge innerhalb der Stadtmauern ein idealer Nährboden für die Seuche war. Wenn dies der Grund für die Absendung der 4 000 gewesen sein sollte, so hätte er sie allerdings verstreut auf verschiedene Expeditionen senden sollen, also auf noch mehr Landungen an den Küsten unseres Peloponnes oder – auf verschiedene Geschwader verteilt – zu „Besuch" bei den Inseln ihres Seereiches, als Demonstration gegenüber den dortigen Bewohnern, die in ihrer Mehrheit den Athenern nicht wohlgesonnen waren.

Nein, er schickte diese zusammengefasste Menge an Männern des ersten Aufgebotes nach Poteidaia. Dieses hatte immer noch standgehalten und Hagnon führte jetzt neuartige Belagerungsmaschinen mit. Aber auch diese konnten die Mauern der Stadt nicht brechen; hinzu kam das Wüten der Pest unter den 4 000 und unter den zuvor dort schon verbliebenen 3 000 aus dem ersten Jahr der Belagerung.

Die Erbitterung gibt sich das Gesetz in Aktion und Reaktion (Vorausblick)

Solche Verbissenheit zeigte die Führung unter Perikles, dass sie die 4 000 und die 3 000 durch die Zusammenballung gefährdete, nur, weil sie sich an Poteidaia festgebissen hatte und es als Zeichen der Schwäche sah, die Belagerung aufzugeben. Und ich bin mir nicht sicher, ob Perikles das so entschieden hatte, weil die Pest auch sein Gemüt schon angegriffen hatte, oder ob die Götter seine Hybris absichtlich steigerten.

Die Belagerung ist auch für den Charakter des Krieges bedeutsam: Ich hatte ja vorausgesagt, dass wir ihn wohl noch unseren Kindern vermachen würden. Nun, in diesem Sommer war die Hälfte des athenischen ersten Aufgebotes vor Poteidaia, aber selbst solche riesenhaften Bemühungen schlugen fehl und die Belagerung dieses kleinen Fleckens dauerte nun schon das 3. Jahr! Ich hatte also in diesem Punkte schon Recht gehabt, und sollte es auch bezüglich der anderen Züge des Krieges haben.

Welchen Eindruck die fast selbstmörderische Haltung der Athener auf unsere Führung machte, kannst Du an zwei Faktoren ablesen:

– Jetzt erst schickten sie die erste Gesandtschaft an die Barbaren, die um Thrakien herum siedeln, um sie zur Hilfe für Poteidaia zu gewinnen. Dies taten sie übrigens als Zwischenstation auf einem Kurs, dessen Ziel viel weiter entfernt lag: Der Großkönig sollte Geld beisteuern, ja, er sollte sogar in den Krieg eintreten. Als ich in meiner Rede die Möglichkeit angedeutet hatte man könne doch Hilfe bei den Barbaren suchen, hatte ich dies doch als Weckruf, als Aufrüttelung der Gedanken gesagt, in unserer Sprache nennt man das genauer ein Apotreptikon: man solle vor Eintritt in den Krieg bedenken, dass dieser einen zu Unmöglichkeiten zwingen könnte. Rhetorisch war dies ähnlich wie Perikles' Benutzung von „Tyrannis" in der Rede, die Du im Kapitel „Perikles sorgt für die Ablehnung unseres Verständigungsangebotes" lesen kannst: Beide Äußerungen sollten also eine Abschreckung bewirken, hatten dies aber gar nicht getan. Meine Erwähnung der Barbaren war in den Köpfen der Falken mittlerweile zu etwas „Normalem" geworden:

Alles, was eine Steigerung der Kriegsanstrengungen bis zum Äußersten bewirken konnte, wurde nun akzeptiert.

—   Wegen der Pest war ein Großteil der Bevölkerung Athens im offenen Aufstand gegen Perikles' Führung. Sie setzte durch, dass eine Gesandtschaft zu uns geschickt wurde, um über einen Frieden zu verhandeln. Und unsere Führung, die ja sogar über Hilfsgesuche an Barbaren nachdachte? - Sie empfing diese Gesandtschaft nicht und schickte sie ohne irgendeine Reaktion zurück.

Die Position des spartanischen Königs, des Oberbefehlshabers (Vorausblick)

Und ich? Nun, zum Teil war ich absorbiert durch meine Aufgaben als Oberbefehlshaber der Städte des Peloponnes. Als solcher hatte ich eine ungeheure Menge an verschiedenen Dingen zu koordinieren und in dauernden Verhandlungen mit unseren Verbündeten durchzusetzen, oft auch direkt vor Ort bei dem jeweiligen Verbündeten. Da blieb oft nicht viel Energie und Zeit für weitere Handlungen. Aber: Sosehr mein Herz blutete bei jeder neuen Nachricht aus Poteidaia, bei jeder neuen widerspenstigen Herausforderung durch Perikles, desto mehr sah ich meine Haltung von vor dem Krieg bestätigt: Man darf sich nicht — herausfordernd auf die Herausforderungen reagierend wie Sthenelaidas und unsere Falken - auf einen Krieg einlassen, der einen Charakter hat, der ihn von allen vorigen Kriegen unterscheidet. Es ist verderbliches **Wunschdenken,** wenn man alle Bedenken beiseite wischt und hofft, es werde **schon gutgehen, wenn man nur energisch genug** dreinschlägt.

Ja, es ist die schwierigste Gratwanderung die deeskalierende Haltung durchzuhalten, wenn man auf der anderen Seite jemanden wie Perikles sieht, der im Gegensatz zu früher andauernd absichtlich und planvoll provoziert; und bei Perikles bedeutete diese Absichtlichkeit, dass er nach einem Plan handelte, nicht aus Trotz wie unsere Führung, die ja meist nur reaktiv war.

Aber es bleibt keine andere Möglichkeit als solch einem Weg in den Abgrund nicht zu folgen, sich nicht dem Herabrutschen auf diesem Weg hinzugeben – meinend, das Wegwischen aller Bedenken wäre ein befreiender Schlag.

Was noch nachzutragen wäre: Poteidaia ergab sich im Winter dieses Jahres, also im 51. Jahr seit Salamis.

Folgende weitere Einsichten kann man aus diesem Kapitel ziehen.

Erstens: Spielraum hat man, bevor der erste Kriegstote da ist. Danach begünstigt die Erbitterung die Falken auf beiden Seiten, die sich dann gegenseitig das Gesetz geben. Unsere Ablehnung des athenischen Verhandlungsangebotes ist der beste Beweis hierfür.

Zweitens: Die gegenseitige Erschöpfung des Staatsschatzes ist jetzt schon ein Zeichen für die Dimensionen des kommenden Krieges. Die dreijährige Belagerung des Fleckens Poteidaia hatte das mächtige Athen ein Drittel seines Staatsschatzes gekostet: 2 000 von 6 000 Talenten, wie sie auf der Akropolis lagerten. Man hört hier schon von ferne, wie uns das Geld des Großkönigs lockt, weil unsere Führung vom Gedanken eines Siegfriedens mittlerweile völlig besetzt ist.

Nun aber nach ganzen drei vorausblickenden Kapiteln, die schon das erste Kriegsjahr beleuchten, zurück zum unmittelbaren Kriegsbeschluss von uns in Sparta selbst und von dem Peloponnesischen Bund. Als Gäste schon bei den Beratungen unter uns traten die Korinther und mehrere andere Verbündete auf. Ich hatte Dir ja schon geschildert, dass es in unserem Bündnis mehr Mitsprache gibt als im Seereich der Athener. Die Korinther waren die Beschwerdeführer.

Die Kriegskonferenz der Spartiaten

<u>Die Rede der Korinther</u>

Ihr Männer von Sparta! Ihr lebt in einer selbstgewählten Isolation in Harmonie untereinander zusammen.

Von den Konflikten außerhalb dieser Gemeinschaft wisst ihr manchmal nichts. Deshalb besitzt ihr zwar Besonnenheit, aber auch Unwissenheit bezüglich der außenpolitischen Fragen. Denn sooft wir euch prophezeiten, wie Athen uns allen schaden würde, wolltet ihr davon nichts hören, sondern verdächtigt diejenigen, die euch mit diesen Tatsachen konfrontierten, diese wollten euch nur in ihre eigenen Konflikte einbinden. So kommt ihr immer zu spät, damals vor Marathon und auch jetzt hier mit der Einberufung aller Bundesgenossen.

Wir Korinther haben am meisten Recht hier zu klagen, weil wir ja – eingeklemmt zwischen den Beleidigungen durch die Athener und eurer Teilnahmslosigkeit - am meisten zu leiden haben.

Wenn die Vergewaltigung von Hellas wenigstens noch nicht geschehen wäre! Aber für alle liegt offen zutage, wie es um Hellas steht und wie diese Athener uns bedrohen. Und auch, wie stark sie schon gerüstet haben, denn sonst hätten sie nicht Kerkyra besiegt, sonst würden sie jetzt nicht Poteidaia belagern können. Ihr wisst ja: Poteidaia, dieser Ort, der am günstigsten gelegen ist für die Durchsetzung von Interessen in Thrakien; Kerkyra, es hätte uns Peloponnesiern die größte Flotte stellen können.

Ihr kommt immer zu spät! Ihr seid schuld, dass sie solche Kraft haben. Ihr habt nicht verhindert, dass sie nach dem Perserkrieg ihre Stadt und den Hafen durch die Langen Mauern so wirkungsvoll befestigen konnten. Und ihr habt nicht verhindert, wie sie ihren Seebund ausbauten - jetzt beherrschen sie diesen unumschränkt, absolut! Ihr habt das nicht verhindert, und merkt euch:

Der eigentliche Aggressor ist nicht derjenige, der etwas erobert, sondern der, der diesen nicht daran hindert, obwohl er es gekonnt hätte!

Zieht daraus die Lehren! Nicht mehr geht es darum zu prüfen, ob man uns Unrecht tat, sondern um folgendes: Wie fangen wir jetzt endlich an uns zu wehren gegen sie, die aktiv und dynamisch und entschlossen sind? Sie, die bisher immer entschlossen und planvoll ihre Pläne verwirklichten, solange ihr nicht reagiertet, sie werden dann noch entschlossener vorgehen, wenn sie merken, dass ihr endlich anfangt zu reagieren. Auf diese Verschärfung müsst ihr euch einstellen; sie ist entstanden durch euer verspätetes Einschreiten.

Ihr Spartaner seid so friedliebend, dass ihr meint, man könne sich statt durch Handeln durch Zögern verteidigen. Als Einzige in ganz Hellas glaubt ihr, dass man nicht die Macht der Feinde im Stadium des Wachsens, sondern erst nach Verdoppelung ihrer Kraft bekämpfen soll.

Ihr habt diese eure Langsamkeit sogar als eine Art von positiver Eigenschaft verkauft, als eine Art Gelassenheit gegenüber jeder Gefahr, eine Unbeugsamkeit. Aber denkt nur an das Risiko eurer Langsamkeit, als ihr dem Perser, der da vom Ende der Welt herankam, da erst entgegen tratet, als dieser schon quasi hier auf dem Peloponnes stand. Und verloren hat der Perser - das müssen wir euch hier sagen, das können wir euch nicht ersparen - eher durch seine eigenen Fehler als durch unsere Energie. Genau so wie damals beim Perserkrieg wartet ihr jetzt eher den Angriff der Athener ab als selbst energisch anzugreifen; ja, ihr wartet auf diesen Angriff der Athener, die aber im Gegensatz zum Perser fast schon hier sind. Und genau wie im Perserkrieg haben wir uns jetzt der Athener mehr durch deren Fehler als durch eure Hilfe bis jetzt erwehren können.

Und es schmerzt uns als Verbündete auch das noch sagen zu müssen: das Vertrauen in eure Hilfszusagen hat schon einigen, die im Vertrauen auf euch nicht selbst den Krieg vorbereiteten, den Untergang gebracht!!! Denkt an Thasos und Euboia! Seht zu, dass eure Verbündeten nicht das Vertrauen in euch verlieren, dass nicht ihr es einmal seid, die plötzlich ohne die Hilfe eurer Verbündeten dastehen!

Das mag für einige von euch vielleicht wie ein Fundamentalkritik klingen – wir haben nur so scharf formuliert um euch aufzuwecken. Wir können gar nicht scharf genug betonen, wie unterschiedlich stark und vorbereitet die Athener auf der einen und ihr auf der anderen Seite seid.

In einem Wort: die Athener sind immer unternehmend, sie lassen sich selbst keine Ruhe und überziehen ganz Hellas mit Ruhelosigkeit. Sie sind dauernd dabei Neues zu erfinden, Pläne auszuhecken, diese Pläne energisch umzusetzen – ihr dagegen wollt nur Altvertrautes bewahren, ihr fürchtet euch vor aktivem Handeln. Ihr wagt kaum noch etwas, geht keine Probleme entschlossen an – sie sind wagemutiger als es ihre Macht eigentlich erlauben würde, sie wagen sogar Expeditionen, die man schon unvernünftig nennen könnte, und bei Schwierigkeiten gehen sie diese voll Selbstvertrauen an. Sie sind nur unterwegs - ihr habt Angst beim Verlassen eurer Gemeinschaft diese Gemeinschaft zu verändern. Kurz: Sie sind Globetrotter, ihr seid Nesthocker; sie wagen, ihr zaudert; sie sind aktiv, ihr passiv.

Ihr denkt, wir übertreiben jetzt? Erinnert euch an das, was Kimon, unser Freund in Athen, uns über die Natur der Athener damals mitteilte: Wie er sich gezwungen fühlte, immer neue Unternehmungen vorzuschlagen, weil seine Athener unfähig seien Ruhe zu halten, sondern in Bewegung blieben und durch Feldzüge ihre Macht vergrößern wollten. Er hat euch erklärt, er habe damals – kurz nach dem 5-jährigen Waffenstillstand - die ungeheure Flotte von 300 Trieren für die Expedition nach Zypern angeregt und damit Ziele verfolgt, die genau zu unserer Schilderung der Athener passen: Sie sollten sich in Kämpfen mit den Barbaren üben statt Griechen zu töten, sie sollten ihren Reichtum durch die Schätze der Barbaren mehren statt die griechische Welt zu plündern; sie sollten nicht die griechische Welt beunruhigen und Anlässe zu Bürgerkriegen schaffen und Beschwerden der Bundesgenossen hier bei euch heraufbeschwören, wenn sie mit ihren Expeditionen wieder auf griechische Inseln und euren Peloponnes zielten.

Daran hat euch damals schon ein Athener, eben Kimon, erinnert. Deswegen hört uns hier umso aufmerksamer zu, wir übertreiben nicht und sprechen auch nicht aus egoistischen Motiven!

Sie, die Athener, denken im Sieg schon an neue Eroberungen, eine Niederlage bringt sie nicht dazu die Unternehmung aufzugeben. Sie wirken *so, als ob sie freudig für das Wachstum ihrer Stadt jedes persönliche Opfer bringen. Wenn sie eine Unternehmung, sei es ein Geschäft, sei es eine Eroberung, nicht mit Gewinn zu Ende führen, so scheint es ihnen, als ob ihr Besitz schon kleiner geworden sei; wenn aber eine Unternehmung gut gelingt, ist diese für sie nur das Sprungbrett zu neuen Wagnissen. Und selbst wenn ihnen einmal etwas nicht gelingt, so gibt es für sie nur eins: voller Optimismus einen neuen Versuch wagen. Mit einem Wort: Sie sind süchtig nach Herausforderungen, ein Tag ohne das Überschreiten einer weiteren Grenze ist für sie ein verlorener Tag.*

So gibt es für sie ihr ganzes Leben lang keinen Genuss in Muße, sondern nur Rastlosigkeit, immer neues Schaffen und Erwerben. Und so wie sich selbst, lassen sie auch anderen Menschen keine Ruhe. Ja, wir können mit Recht zusammenfassen: Sie sind es, die auch dem gesamten Rest von Hellas keine Muße und keine Ruhe lassen, eben weil ihr Wesen es ihnen so diktiert.

Hoffentlich habt ihr durch unsere Worte jetzt verstanden, gegen welchen Gegner wir antreten, besser: gezwungen sind anzutreten. Ihr müsst eure Passivität aufgeben: Nur dann bewahrt ihr den Frieden, wenn ihr dem Unrecht, der Vergewaltigung, der Zerstörung jetzt entgegen tretet! Ihr dagegen macht im Moment noch den Eindruck, als ob ihr alle Probleme lösen wolltet, indem ihr keinem anderen wehtut, aber auch selbst keine Opfer für die Verteidigung bringt. Mit dieser Einstellung könntet ihr gegen Gegner antreten, die in der gleichen Abgeschiedenheit leben wie ihr. Euer Isolationismus aber, euer Beharren auf euren uralten Grundsätzen, trifft jetzt auf einen Gegner der Art, wie wir ihn euch gerade hier beschrieben haben.

Bedenkt: Überall setzt sich immer das Neueste durch. Wer Frieden hat, der mag am Althergebrachten festhalten. Wer aber in die Konflikte zwischen den Staaten mit den Rezepten von vorgestern hineingeht, der bleibt zurück gegenüber denen, die immer die neuesten Ideen und die neuesten Handlungsmethoden haben.

Schluss also jetzt mit eurer Langsamkeit, eurer Passivität! Helft Poteidaia, einem Volk von gleicher Abstammung wie wir alle hier! Gebt solche

Verwandten nicht solchen Feinden preis! Denkt daran: ihr habt den Poteideaten Beistand versprochen, durch sofortigen Einfall in Attika! Wenn ihr nicht aufwacht, so treibt ihr uns alle hier in Verzweiflung und – eventuell in ein anderes Bündnis!

Ja, dazu hätten wir sogar das Recht, denn das Recht ist bei demjenigen, der in einem Bündnis nicht dem versprochenen Beistand bekommt, bei demjenigen, der in Gefahr durch den Feind von seinem Bündnis im Stich gelassen wird. Wir würden weder gegen menschliches noch göttliches Recht verstoßen, würden wir gezwungen nach Alternativen zu suchen. Denn: Wer dem Vergewaltigten nicht hilft, obwohl er mit ihm ein Bündnis hat, handelt genau so wie der, der eine Aggression nicht abwehrt, obwohl er es könnte.

Aber natürlich wollen wir nicht an andere Bündnisse denken, nie würden wir wieder Bundesgenossen finden, mit denen wir auf so vielfältige Weise vertrauensvoll sind. Nur: Helfen müsst ihr, aktiv in Attika einfallen müsst ihr! Richtet eure Handlung an der uns allen gemeinsamen sittlichen Forderung aus, dass ihr den Peloponnes euren Söhnen und Enkeln genauso machtvoll hinterlasst, wie ihr ihn von den Vätern empfangen habt!

Vor der Konferenz und dieser Rede der Korinther war eine Gesandtschaft der Athener in unserer Stadt angekommen, allerdings mit einem völlig anderen Auftrag. Als diese Athener nun bemerkten, dass die Korinther diese Anklagen vor uns Spartiaten vortragen würden, beantragten sie auch reden zu dürfen. Dies wurde ihnen gestattet. Der Vollständigkeit halber muss ich erwähnen, dass dies besonders auf meine Bitten hin erlaubt wurde.

Die Rede der Athener als Reaktion auf die Rede der Korinther

Unsere Gesandtschaft hier wurde nicht in der Erwartung abgesandt eine Gegenrede zu euren Alliierten halten zu müssen; unser Stadt schickte uns wegen anderer Themen. Aber angesichts dessen, was wir hier an Hetze über unsere Stadt hören, halten wir es für unsere Pflicht, euch vor

unbedachten Schritten zu warnen. Denn genau das könnte passieren: Dass ihr falsche Beschlüsse fasst unter dem Hagel der Vorwürfe eurer Verbündeten.

Nein, wir werden nicht direkt auf irgendwelche der Vorwürfe dieser eurer Freunde eingehen! Wir sind ja hier nicht im Verhör! Statt dessen wollen wir euch von unserer Stadt sprechen: Dass sie mit gutem Grund so stark geworden ist, wie sie es jetzt ist; darüber, wie bedeutend sie jetzt ist; darüber, dass sie diese Vorwürfe nicht verdient hat.

Ganz alte Zeiten und Geschichten übergehen wir, da das keiner miterlebt hat. Aber wir können euch nicht ersparen euch erneut an unsere Rolle im Perserkrieg zu erinnern. Das war ja zu unseren Lebzeiten! Es ist nötig, auch wenn es manchem von euch vielleicht lästig sein mag.

Und wir schildern euch all das hier direkt zu Beginn nicht mit dem Ziel, dass ihr euch das nur geduldig anhört, sondern damit folgendes klar ist: All unsere großen Leistungen gegen die Perser haben wir gebracht um auch einen echten Vorteil für uns selbst zu haben. Auch ihr hattet ja damals eure Vorteile aus dem Sieg.

Und diese Tatsache unseres Vorteils soll euch vor Augen führen, mit welcher Art von Stadt ihr den Krieg zu führen haben werdet. Wir erwähnen unsere Leistung nicht als Rechtfertigung gegen die Vorwürfe, sondern als Warnung, falls ihr hier irgendwelche Beschlüsse mit zu wenig Vorsicht und Umsicht fassen solltet.

Wir sagen also hier ganz klar: Bei Marathon haben wir den Barbaren allein zurückgeschlagen. Beim zweiten Perserkrieg mit Xerxes war es allein unsere Strategie, die den Sieg brachte: Da wir zu Lande gegen diese größere Streitmacht nicht stark genug waren, bemannten wir mit unserem gesamten Aufgebot die Schiffe, wir haben den Sieg von Salamis erfochten. Ohne diese Flotte hätte der Perser mit seiner Flotte unsere Städte, ja, gerade auch eure Städte an den Küsten des Peloponnes, einzeln angegriffen und diese Städte hätten sich nicht in genügender Stärke gegenseitig Hilfe bringen können. Den stärksten Beweis brachte der Perser selbst: Nach der Niederlage zur See gegen uns in der Schlacht von Salamis, zog er sich mit dem Rest der Flotte und mit dem Großteil des Landheeres in aller Eile zurück; er hatte zu spüren bekommen, dass er Athen nicht gewachsen war.

Das Ergebnis unseres Überblicks hier ist: Das Schicksal von Hellas wurde zur See mit der Flotte entschieden. Und wir leisteten die drei nützlichsten Beiträge dazu. Die Flotte, das waren wir: **Wir** stellten fast zwei Drittel der Schiffe, wir hatten Themistokles, den klügsten Strategen, wir zeigten die größte Einsatzbereitschaft.

Ja, von Themistokles kam der Plan in der Meerenge bei Salamis die Schlacht zu schlagen und die List Xerxes zum Angriff zu locken; es ist völlig klar, dass er unsere Sache rettete, ihn habt ihr ja deswegen am höchsten geehrt von allen Fremden, die je zu euch kamen.

Und einen Kampfgeist zeigten wir, der keine Rücksicht kannte! Erinnert euch, wir standen allein, zu Lande half uns keiner, die meisten anderen waren schon Sklaven des Persers — wir aber bestiegen unsere Schiffe, gaben Stadt und Land, Hab und Gut auf. Das Ziel, das wir mit den übriggebliebenen Verbündeten gemeinsam hatten, verloren wir nicht aus den Augen, ließen uns nicht in alle Winde zerstreuen und konnten so die sichere Zuflucht für die Verbündeten bleiben. Die ganze Zeit waren wir ohne Groll euch gegenüber, obwohl ihr uns ja nicht rechtzeitig zu Hilfe gekommen wart.

Kurz: Unsere Leistung gegen die Perser hat frühere Wohltaten euerseits längst aufgewogen.

Erinnert euch: Euer Land und eure Städte waren nicht verwüstet, ihr seid erst losmarschiert, als der Perser auch euch zu bedrohen schien - nicht aus Sorge um uns. Wir dagegen hatten schon keine Stadt mehr, hatten auch kaum noch Hoffnung auf deren Wiederherstellung - brachen aber trotzdem auf in die Gefahr, und retteten euch — jedenfalls in dieser Hinsicht - und auch uns selbst.

Stellt euch vor, wir hätten uns aus Angst um Land und Stadt dem Großkönig unterworfen, hätten ihm Heeresfolge leisten müssen, oder:

Wir hätten einfach aufgegeben, wie Leute, die den Untergang erwarten, wären nicht mit der Flotte ausgefahren --- der Perser hätte ohne Rücksicht auf euch mit euren wenigen Schiffen schalten und walten können, wie er wollte.

Wegen dieses unseres Einsatzes damals und unserer richtigen Lagebeurteilung, Ihr Spartaner, verdienen wir es jetzt nicht, wegen unserer Herrschaft bei den Hellenen aus purem Neid verurteilt zu werden!

Denn diese Herrschaft fiel uns ja nach dem Perserkrieg quasi ohne Gewaltausübung zu, durch eure Lustlosigkeit den Krieg gegen die Barbaren weiterzuführen. Da erst, nach eurer Weigerung, entschlossen sich die Hellenen, die zunächst ja mit uns Beiden gegen den Perser verbündet waren, uns allein die Führung anzutragen.

Diese Tatsache hat uns gezwungen unsere Herrschaft bis zum heutigen Stand der Dinge weiter auszubauen, und zwar erstens aus Furcht vor einem Wiedererstarken der persischen Macht, zweitens, weil wir unser Ansehen, unser Prestige, verloren hätten, wenn wir die Allianz nicht weitergeführt hätten, drittens, weil wir aus der Herrschaft die bekannten Vorteile ziehen und es ablehnen nur die Lasten einer Führung ohne ihre handfesten Vorteile zu tragen.

Dass daraus nicht überall Sympathie für uns entstand, hat dann unser Verlangen nach Sicherheit natürlicherweise noch erhöht. Denn als dann einige Alliierte von uns abfallen wollten, waren wir gezwungen sie zu unterwerfen: Sie hätten sonst das Bündnis mit euch gesucht, mit euch, die ihr uns auch nicht mehr die gleiche Freundschaft zeigtet, sondern Misstrauen und eine Tendenz zur Rivalität.

Und was den Vorwurf betrifft, wir würden aus der Herrschaft Vorteile für uns ziehen: Keinem ist daraus ein Vorwurf zu machen, dass er sich für die schlimmsten Eventualitäten mit Hilfe der Erträge aus dieser Herrschaft umfassend durch Rüstungen schützt.

Euch als Führungsmacht des Peloponnesischen Bundes, Spartaner, geht es doch ähnlich: Zu eurem Vorteil und zu eurer Sicherheit habt ihr bei euer Alliierten das politische System eingeführt, welches euch am meisten passt. Und wenn ihr damals euch nicht von der Führung gegen den Perser zurückgezogen hättet, hättet ihr denselben Hass geerntet wie wir seitdem, ihr wärt nicht weniger streng mit euren Alliierten verfahren. Und ihr wärt vor die Wahl gestellt gewesen, entweder mit Härte zu herrschen oder eure eigene Sicherheit zu gefährden.

Also: Wer die menschliche Natur kennt, kann uns keinen Vorwurf daraus machen, dass wir für uns zuerst an Sicherheit, an Prestige, an den Vorteil denken – zumal uns die Herrschaft ja angeboten wurde von all denen, die sich jetzt beklagen.

Immer ist es doch so gewesen, dass der Schwächere sich dem Stärkeren fügen muss. Und wir haben es doch auf Grund all unserer Leistungen in der Vergangenheit die Führungsrolle verdient. Das habt auch ihr bisher anerkannt, bis jetzt, da ihr aus egoistischen Motiven plötzlich von „Gerechtigkeit" redet. Wir bitten euch! Allein wegen „Gerechtigkeit" hat noch nie jemand darauf verzichtet, seinen Wohlstand – auch mit Gewalt – zu vermehren, es hat noch nie jemand auf den Vorteil für die eigene Seite verzichtet.

Vergleicht doch einfach, wie unumschränkt wir eigentlich angesichts unserer Macht herrschen könnten und wie gerecht wir statt dessen sind: Wir müssten vielmehr gelobt werden! Denn bei Streitigkeiten mit unseren Bundesgenossen verfahren wir bei uns vor den Gerichten unserer Stadt nach dem Wortlaut der Verträge, die sie mit uns geschlossen haben, auch wenn wir dabei verlieren. Resultat? Man wirft uns vor unsere Bundesgenossen mit Prozessen zu überziehen! Vergleicht diese unsere Haltung mit der Einstellung derer, die auch ein Reich beherrschen, die aber nicht so maßvoll sind wie wir: Diese werden nicht so stark kritisiert. Und warum? Natürlich weil jemand, der seine Untertanen in völliger Knechtschaft hält, sich mit ihnen nicht vor Gericht herumstreiten muss.

Unsere Bundesgenossen bedenken das nicht. Sie sind gewohnt mit uns wie unter Gleichen zu verkehren, ohne Unterwürfigkeit. Und wenn ihnen dann – nach einem Gerichtsverfahren oder durch unsere Macht – etwas genommen wird, so sind sie nicht dankbar für all die vielen Dinge, die wir ihnen **nicht** wegnahmen, sondern sie konzentrieren sich auf die kleinen Opfer, die wir ihnen auferlegen. Diese verursachen bei ihnen mehr Empörung als wenn wir einfach die Verträge mit ihnen missachtet, unser Recht als Herrschende gebraucht und unseren Vorteil mit Gewalt durchgesetzt hätten. Diese Haltung kommt daher, dass ein angebliches Unrecht mehr Empörung verursacht als eine Gewalttat: Diese nimmt man als das selbstverständliche Recht des Stärkeren hin, bei jenem meint man, dass einer von zweien den anderen übervorteilt, eben weil beide nur scheinbar gleichgewichtige Prozessgegner waren. Und sie vergessen dabei, dass ein Gegner in einem Prozess eine größere Selbstständigkeit hat als ein Empfänger bloßer Befehle.

Was für ein Widersinn – gleichzeitig aber auch ein Beweis für das, was wir gerade gesagt haben: Vom Großkönig, vom Perser, ließen sie sich alles gefallen, während sie sich über die Härte unserer Herrschaft beklagen. Es ist wieder die menschliche Natur: Man beklagt sich immer am meisten über den gerade herrschenden Herrscher – das Leiden unter einem früheren Tyrannen ist vergessen.

Wenn ihr uns besiegtet und selbst Herrscher würdet, was meint ihr, wie die Sympathie, die jetzt euch wegen der Furcht vor uns entgegenschlägt, in Hass umschlagen würde. Der Beweis dafür ist doch die Stimmung gegen euch damals, als ihr für kurze Zeit vor uns das Bündnis gegen die Perser anführtet! Denkt daran, wie schnell euer Pausanias damals bei allen verhasst war, wie tief dieser Hass angesichts seiner Willkür ging. Nicht umsonst wart ihr ja gezwungen ihn aus diesem Kommando abzuberufen.

Und dieser Hass wäre noch viel stärker gegen euch als gegen uns. Euer ganzes System passt zu keiner anderen Stadt in Hellas. Befehlshaber, die ihr aus eurer Gemeinschaft heraus zu uns anderen Hellenen schickt, die benehmen sich nach kurzer Zeit so, wie es weder die Erziehung bei euch noch die gemeinsame Kultur aller übrigen Hellenen erfordert. Sie werden zu Tyrannen voller Willkür!

Wir fassen zusammen! Denkt in Ruhe nach, trefft keine schnelle Entscheidung über die schwere Frage von Krieg und Frieden! Denn ihr würdet euch selbst Probleme und Strapazen bereiten, nur weil ihr den Beschwerden anderer und ihren dahinter stehenden egoistischen Interessen nachgebt. Lasst Voraussicht walten angesichts der Unberechenbarkeit der Kriege! Meist tritt Unvorhergesehenes ein, wenn so ein Krieg länger dauert als voraus berechnet, es regiert dann eher der Zufall, und dieser kann mal den einen begünstigen, mal den anderen. Und egal, ob so ein Krieg mit Sieg oder Niederlage endet, er bleibt ein Wagnis in einer Zukunft, die uns Sterblichen verschlossen ist. Die menschliche Natur treibt uns oft eher zum Handeln als zum vorherigen Überlegen. Das Überlegen kommt dann erst, wenn die Leiden eintreten.

Jetzt sind wir beide, Sparta und Athen, noch frei vom Eindruck von Blut und Tod und Verwüstung, noch können wir ohne die Verbitterung, die diese auslösen, frei nach der Vernunft entscheiden.

Also: Zerreißt den Friedensvertrag nicht! Denkt an die Unverletzlichkeit der Eide! Denkt auch an die Einschaltung eines Schiedsgerichts, die wir im Vertrag vereinbarten! Wenn ihr das nicht tut, rufen wir die Götter an, die das Recht und die Verträge schützen, dass sie uns helfen gegen diejenigen, die den Frieden gebrochen haben. Dazu hättet ihr uns dann gezwungen!!!

So hatten die Athener gesprochen.

Meine Mitbürger hatten ja, wie ihr wisst, die Rede der Korinther gedrückt und schweigend angehört. Das Schweigen kam nicht allein wegen der Art der Vorwürfe der Korinther, sondern auch durch die Disziplin, die wir allgemein, aber besonders gegenüber Fremden wahren.

Nun aber, während der Rede der Athener, war Unruhe spürbar: Die Rede war zu sehr eine Herausforderung, nicht eine diplomatische Antwort im politischen Verkehr. Das begann schon rein formal beim Verzicht auf eine würdevolle Anrede an unsere Versammlung! Nach der Rede hörte ich sogar wütende Rufe, die „Krämer" sollten nach Hause gehen. Die Rede hatte also eine Gefühlsäußerung ausgelöst, nicht die disziplinierte Stille, die unseren Traditionen entsprochen hätte.

Ich merkte, dass unsere Volksversammlung dabei war, sich auf Grund einer momentanen gefühlsmäßigen Reaktion auf ein Wagnis ohne Gleichen einzulassen. Deshalb hielt ich es für meine Pflicht, dem undiplomatischen Gerede der Athener eine Erinnerung an unsere Traditionen, unsere Haltungen und unseren Geist entgegenzuhalten.

Eine noch größere Pflicht empfand ich, der Oberbefehlshaber in einem jetzt möglichen Krieg, auf die Natur dieses Krieges hinzuweisen, kurz: Meinen Mitbürgern ein möglichst realistisches Kriegsbild zu zeichnen, auch wenn es für sie schwer war, weiter der Vernunft und nicht der Leidenschaft zu gehorchen.

Denn die Atmosphäre in dieser Versammlung war voller Spannung, der Spannung zwischen Vernunft und Leidenschaft. Alle wussten vom Drängen der Verbündeten, alle hatte aber auch genug Erinnerung an den letzten Waffengang mit Athen, der ja gerade etwas weniger als eine Generation vergangen war. Allen stand vor Augen, dass im Moment dieser Beratung die Belagerung von Poteidaia durch die Athener weiterging, Poteidaia, das uns um Hilfe gebeten hatte!

Mehr will ich hier nicht bemerken zu den Umständen meiner Rede, ich will, dass die Rede selbst auf Dich möglichst direkt wirkt.

Nur noch diese Bemerkungen zur Originaltreue dieser Schriftfassung: Du hast hier die Fassung, wie ich sie mir nach dem Kriegsbeschluss für mich notiert habe. Es ist also nicht der genaue Wortlaut des mündlichen Vortrages, sondern eine literarische Fassung, mit einigen Anleihen an den Stil, wie ihn die Autoren in Athen verwenden. Ich ließ auch eine Kopie anfertigen, da ich die Vergänglichkeit aller menschlichen Werke fürchtete.

Die Kopie hielt ich auch deswegen für nötig, weil ja nicht voraussehbar war, wie der Krieg enden würde, ob etwa meine Stadt verwüstet würde oder ob sie siegen würde, aber unter Führung der Falken. Deshalb verfuhr ich mit der Kopie wie folgt: Während meines letzten Feldzuges gegen die Athener, lagen wir mit unseren Truppen vor der Stadt. Ich als

Oberkommandierender hatte mein Zelt immer nah an der Stadtmauer Athens – ich wollte sofort eingreifen können, falls es doch einmal Überraschungen geben sollte. Dort kam es zu einem Kontakt mit einem jungen Athener namens Thukydides, Sohn des Oloros. Dieser hatte väterlicherseits guten Kontakt zu den Aristokraten, und diese wiederum hatten durchgesetzt, dass Thukydides zu mir geschickt wurde, wegen Vorverhandlungen über Gefangenenaustausch. Ihm gab ich, nachdem ich mich sehr vertraulich – und schnell sehr vertraut - mit ihm unterhalten hatte, diese Kopie meiner Aufzeichnungen, denn Thukydides plante damals schon eine Geschichte des gerade begonnenen Krieges.

Nein, dies stellt keinen Geheimnisverrat dar!

Erstens waren die Athener ja während der Apella noch vor Ort, zweitens ist die Apella ja nicht meinem Rat gefolgt und drittens nannte ich keine Zahlen oder sonstige geheimen Informationen über unsere Streitkräfte. Und schließlich waren waren ja die Grundzüge der jeweiligen Streitkräfte hier und in Athen bekannt, etwa, dass wir keine nennenswerten Seestreitkräfte hatten und kein im Ausland gültiges Geld.

Ob Thukydides an seinem Vorhaben festhielt oder etwas ihn davon abgebracht hat, weiß ich nicht mehr, da der Kontakt ja stattfand während meines letzten Feldzuges. Danach brach für mich, der ich des Alters wegen in Sparta bleiben musste, jeglicher Kontakt nach Athen ab.

Lies nun, wie ich vor dem Krieg gewarnt hatte!

Meine Rede – mein Vermächtnis

Mitbürger! Ich selbst besitze Erfahrung aus vielen Kriegen. Ich sehe hier auch diejenigen von euch, die im gleichen Alter wie ich sind: Keiner von diesen Älteren hier wird sich Krieg wünschen, weil wir alle viel zu genau wissen, was Krieg bedeutet. Die Vielen der Jungen hier wünschen ihn sich vielleicht noch mit Begeisterung herbei. Von uns Alten aber wird ihn keiner für etwas Gutes und Sicheres halten.

Und dieser Krieg im Besonderen, über den ihr jetzt beratet, wird ein sehr schwieriger sein, wenn man ihn mit klarem Verstand sachlich bedenkt: Denn gegen Einzelne hier auf dem Peloponnes und gegen unsere Nachbarstädte waren unsere Streitkräfte von gleicher Art, Hopliten eben und kaum Reiterei; jedes Ziel ließ sich rasch angreifen. --- Aber gegen Männer, die ein fernes Land bewohnen, die auch zur See die größte Erfahrung haben, die darüber hinaus mit allem andern bestens ausgerüstet sind: Staatlichem und privatem Eigentum, Schiffen, Pferden, Waffen und einer Menschenmenge, wie sie sich in keiner anderen einzelnen Stadt in Hellas findet, gegen eine Stadt, die dazu noch viele tributpflichtige Verbündete hat: Wie darf man gegen solche Leute leichtsinnig den Krieg beginnen und im Vertrauen auf was ohne sorgfältige Rüstung losschlagen?

Im Vertrauen auf unsere Schiffe? Aber da sind wir schwächer, und mit nachholenden Rüstungen und Übungen wird Zeit vergehen. Also - dann wohl im Vertrauen auf unser Geld??? Aber daran fehlt es uns noch viel mehr; und weder haben wir es als Staat, noch werden wir es von den Privatleuten, etwa unseren Periöken, leicht nehmen können.

Trotzdem könnte jemand von euch optimistisch sein, weil wir ihnen an Waffen und Stärke des Landheeres überlegen sind: Wir könnten ihr Land komplett verwüsten. Sie aber haben noch viel anderes Land, das sie beherrschen, und werden zur See fehlende Produkte einführen. Wenn aber wir versuchen ihre Verbündeten zum Aufstand zu bewegen, so müssen wir diese wieder mit Schiffen unterstützen, es sind ja meist Inselstädte.

Was für ein Krieg wird das also für uns werden? Wenn wir nicht zur See siegen oder ihnen die finanziellen Mittel nehmen, aus denen sie ihre Flotte erhalten, so kommen nur wir selbst zu Schaden. <u>Und in dem Falle ist es nicht einmal mehr möglich, den Krieg in Ehren zu beenden, zumal wenn wir die sein sollten, die den Streit angefangen haben.</u>

Denn von dem _Wunschdenken_ wollen wir uns doch nicht täuschen lassen, dass der Krieg bald enden werde, wenn wir ihnen einfach ihr Land kahl schlagen. Ich fürchte vielmehr, _wir werden ihn noch unsren Kindern vererben!_

Denn dies ist doch das Wahrscheinliche: die stolzen Athener werden sich nicht zu Sklaven ihres Landbesitzes machen lassen, und wir werden sie nicht durch Krieg in Angst und Schrecken versetzen können, denn sie sind Leute mit großer Erfahrung in den Schrecken des Krieges.

Allerdings bin ich auch nicht dafür, gleichgültig zuzusehen, wie sie unsere Verbündeten schwächen, und ihnen ihre Provokationen durchgehen zu lassen! Statt dessen sollten wir - noch ohne zu den Waffen zu greifen - eine Gesandtschaft schicken und unsere Vorwürfe vorbringen. _Dabei sollten wir weder zu deutlich vom Kriege reden, noch davon, dass wir nachgeben könnten._

In der Zwischenzeit sollten wir unsre eigenen Rüstungen betreiben, und zwar durch Gewinnung von Verbündeten in Hellas ebenso wie bei den Barbaren, wenn wir von da durch Schiffe oder Geld unsere Macht verstärken können. Ja, wer wie wir den Provokationen der Athener ausgesetzt ist, der wäre nicht einmal zu kritisieren, wenn er sich außer bei Hellenen auch bei Barbaren umsieht nach Unterstützung. Natürlich würden wir zur gleichen Zeit, wie gesagt, auch unsere eigenen Möglichkeiten entwickeln.

Wenn sie dann auf _etwas_ von unseren Vorschlägen eingehen, ist dies die beste Möglichkeit den Konflikt beizulegen; wenn das nicht gelingt, können wir nach Verlauf von zwei bis drei Jahren, wenn wir denn wollen, gegen sie marschieren, und zwar besser gerüstet. Und vielleicht könnte zwischendurch folgendes eintreten: Wenn sie unsere Rüstung sehen und merken, dass unsere Botschaften mit dieser Rüstung übereinstimmen; wenn dann ihr Land noch nicht verwüstet ist und sie daher über noch existierenden Besitz in ihren Volksversammlungen beschließen – vielleicht geben sie dann nach.

Denn natürlich hättet ihr deren Land bei der <u>Drohung</u> mit der Invasion quasi als Pfand: Es ist umso wertvoller, desto besser es bearbeitet ist; man muss es also tunlichst schonen, und sie nicht in eine Verzweiflung treiben, die mit nichts mehr zu fassen ist.

Also: Wenn wir ohne vorbereitende Rüstung - und zwar hauptsächlich wegen der vielen Beschwerden der Verbündeten hier - überstürzt ihr Land verwüsten, so passt auf, ob wir nicht der Sache des Peloponnes Schande bereiten und letztendlich das Gegenteil des Gewollten erreichen. Denn Beschwerden von Staaten wie von Bürgern kann man schlichten. Einen Krieg jedoch, den wir alle zusammen wegen der Beschwerden einzelner unserer Bundesgenossen beginnen, diesen <u>auf anständige, ehrenvolle Weise wieder zu beenden, wird nicht leicht sein</u> - und das vor allem, weil es keine Grundlage gibt zu wissen, wohin dieser Krieg sich entwickeln wird.

Auch Feigheit soll das niemand nennen, dass wir Vielen die eine Stadt nicht rasch angreifen. Denn ihnen stehen nicht wenige Verbündete zur Verfügung, die ihnen Geld zahlen. <u>Und es ist doch in der Tat so, dass der Krieg nicht so sehr Sache der Waffen als der Finanzen ist, der Finanzen,</u> durch die die Waffen erst zur Wirkung kommen, besonders hier im Falle einer Landmacht gegen Seefahrer.

Für die finanziellen Grundlagen lasst uns also als erstes sorgen, und lasst euch nicht vorher durch die Reden der Verbündeten in die Irre führen!

Denn <u>wir</u> werden es ja sein, die ja <u>in jedem Falle für das Ende und den Ausgang dieses Krieges die größere Verantwortung tragen,</u> und zwar Im Falle von Sieg, aber auch bei einer Niederlage. So müssen auch wir hier diejenigen sein, die in Ruhe unsere Lage und unsere Planungen bedenken. Lasst euch auch nicht unter Druck setzen wegen der Langsamkeit und wegen des Zögerns, also dieser angeblichen Eigenschaften, die man uns hauptsächlich vorwirft. Beeilt ihr euch jetzt zu sehr, so wird sich nur das Ende verzögern, weil ihr nicht mit fertiger Rüstung das Unternehmen gestartet habt.

Wir bewohnen eine Stadt, die zu allen Zeiten ebenso frei wie hoch angesehen war und ist. Ernst und Besonnenheit – darin besteht gerade ihr

Wesen. Wir allein sind deswegen auch die einzigen, die bei Erfolgen nicht in Übermut verfallen und die bei Misserfolgen weniger als andere zur Entmutigung neigen.

Wenn man uns - entgegen unserer eigenen Lagebeurteilung - mit Lobeshymnen zu Risiken verlocken will, so lassen wir uns nicht durch die „Freude" über diese Schmeicheleien zu Risiken verleiten. Und genau so lassen wir uns nicht vom Gegenteil unserer Lagebeurteilung überzeugen, wenn uns jemand mit Kritik aufhetzt, wir, die wir uns weder durch Kritik noch durch Lob von anderen in Gefühlswallungen versetzen lassen.

Unsere Fähigkeiten im Krieg haben wir durch unser wohlgeordnetes Staatswesen mit seiner ihm eigenen Disziplin – aber doch nur auf Grund guter Lagebeurteilung. Kriegsfähig sind wir, weil umsichtiges Verhalten eine große Rolle spielt für ein umsichtiges Urteil und beides zusammen den größten Anteil an echtem kriegerischen Wagemut hat. Fähig zu guter Lagebeurteilung sind wir wegen unserer Erziehung, die zu sehr auf Autorität aufbaut, als dass wir Gesetze verachten könnten. Sie gibt uns durch ihre Strenge diejenige Selbstbeherrschung um diesen Gesetzen zu gehorchen.

Diese Erziehung, die lehrt uns eben <u>nicht</u>, die feindlichen Rüstungen in Reden lässig kleinzureden, um dann in der Wirklichkeit des Krieges sehr wenig Entsprechendes zu leisten. Solches Verhalten zeigen eher diejenigen Leute, die mit viel Engagement nutzlose Künste betreiben.

Nein, im Gegenteil: Unser Kosmos, unsere Denkungsart lehrt uns die geistigen Fähigkeiten der möglichen Gegner als uns ebenbürtig einzuschätzen, dann aber auch die Rückschläge in einem Krieg, die einen vielleicht treffen werden, nicht kleinreden zu wollen mit bloßen Worten. <u>Kurz: Sie lehrt uns nicht in Wunschdenken zu verfallen!</u>

Nein, mit der Kraft der Tat rüsten wir uns immer so, als ob es gegen Gegner ginge, die ebenfalls immer gut vorausplanen. Nicht auf sie und ihre Fehler darf man Hoffnungen setzen, sondern auf unsere eigene Voraussicht, die alles sicher berechnet.

Man darf daher auch nicht denken, dass wir und der Gegner menschlich fundamental unterschiedlich wären, etwa dass wir von Natur her besser oder tapferer wären. Sehr wohl aber darf man denken, dass derjenigen sich als der stärkste erweisen wird, der seine Erziehung empfangen hat in den größten Gewöhnung an Gefahren und Entbehrungen, wie sie der Krieg durch seine Natur selbst mit sich bringt.

An dieser sorgfältigen Vorbereitung, die die Väter uns überlieferten und die wir selbst als von großem Nutzen gefunden haben, wollen wir festhalten! Und lasst uns nicht unter Druck in der kurzen Zeit eines Tages entscheiden über viele Menschenleben und Besitztümer, Städte und insbesondere unseren guten Namen und Ruf, sondern lasst uns entscheiden im Zustand der Ruhe!

Wir dürfen das eher als andere wegen unserer Kraft.

Und jetzt schickt Gesandte zu den Athenern wegen Poteidaia, schickt sie auch wegen des Unrechts, über das unsere Verbündeten klagen. Denn die Athener selbst sind ja bereit, sich einem Schiedsgericht zu stellen; und denjenigen vorher als einen Rechtsbrecher anzugreifen, der zu einem Schiedsgericht bereit ist, das ist gegen die Ordnung, die die Götter den Menschen gegeben haben. - Und zur gleichen Zeit: Rüstet auch zum Krieg!

Dieser Beschluss wird der beste sein, geeignet, den Gegner am effektivsten abzuschrecken.

Sthenelaidas' Rede

Mein alter Widersacher, der Ephor Sthenelaidas, Sohn des Doryphoros, enger Freund von Laopeithas, stand langsam auf, wobei er mich im Blick hielt, und fixierte sodann scharf die Volksversammlung. Als er die Hände in die Hüften stemmte, verstummte jedes Geräusch. Im Gegensatz zu unseren Gepflogenheiten begann Sthenelaidas nicht mit einer Anrede der Zuhörer, etwas wie: „Spartaner" oder „Mitbürger", sondern ging ohne jede Einleitung sein Thema an, auch darin der Aggressivität der Athener ähnlich:

All' diese vielen Worte da von den Athenern verstehe ich nicht. Denn sie haben zwar ausgiebig ihr Eigenlob gesungen, nirgendwo aber auf den Vorwurf geantwortet, nämlich dass sie unseren Verbündeten und dem Peloponnes Unrecht getan haben und weiter Unrecht tun. Und dann: Wenn sie gegen den Perser gut gewesen sind - damals -, jetzt aber gegen uns schlecht, dann haben sie das Doppelte an Bestrafung verdient, eben weil sie anstelle von gut schlecht geworden sind! Wir dagegen hier sind heute die gleichen wie damals. Und was unsere Verbündeten angeht: Wir sind dann gut beraten, wenn wir nicht darüber hinwegsehen, dass ihnen Unrecht geschieht, und wenn wir nicht zögern sie zu rächen. Sie, unsere Verbündeten, die leiden ja jetzt schon unter dem ihnen zugefügten Unrecht, sind Opfer der Gewalt wie Poteidaia.

Fest steht: Andere besitzen zwar Geld in Menge, und sie haben Schiffe und Pferde, wir aber gute Verbündete! Und diese darf man nicht an die Athener verraten! Genauso darf die Sache nicht durch Schiedsgerichte und Worte entschieden werden - uns selbst wurde ja auch nicht durch Worte, sondern durch Gewalttaten Schaden zugefügt. Nein, es muss Rache geübt werden, schnell und mit aller Macht.

Und: Wir brauchen keine Belehrung, dass wir, die Opfer von Gewalt, uns alles gut überlegen müssten, sondern der, der Gewalt anwenden will, der hätte vorher sehr, sehr lange überlegen und beraten müssen.

Spartaner! Beschließt jetzt, was Spartas würdig ist, beschließt den Krieg! Und lasst die Athener nicht noch mächtiger werden, und – lasst uns unsere Verbündeten nicht preisgeben! Und nun mit Hilfe der Götter: Auf zum Kampf gegen die, die Unrecht tun!

Und mit der Macht eines Ephoren befahl Sthenelaidas die Abstimmung. Nun stimmen wir in Sparta nicht mit Handaufheben oder Steinchen oder Täfelchen ab, sondern durch die Lautstärke: Man erkennt den Beschluss, der gefasst wird, an der stärkeren Lautstärke. Ich war mir sicher, dass Sthenelaidas' Antrag im Vergleich zu dem meinen den lauteren Zuspruch erhielt. Dieser aber, hierin der größere Demagoge, gab vor, dass die Entscheidung nicht eindeutig genug gewesen sei. Er befahl eine Wiederholung, aber mit ungewöhnlichem Abstimmungsmodus, und er wiederholte seinen Antrag in noch kürzerer Form: *„Wer von euch, ihr Männer von Sparta, meint, dass der Vertrag gebrochen ist und die Athener Unrecht tun, trete an jenen Ort dort!"* und dabei zeigte er auf eine erhöhte Stelle, *„Wer das aber nicht meint, stelle sich dort gegenüber hin"*, wobei er auf eine Senke wies. Der erhöhte Ort füllte sich dann mit einer viel größeren Menge. - Ich mit meinen Bedenken hatte verloren.

Warum? Nun, Sthenelaidas hatte die Urtriebe angesprochen: Rache, Waffen, Kampf, Unrecht, Beleidigung, während ich davon gesprochen hatte, dass man nachdenken und wägen müsse. Meine Mitbürger hatten das Gefühl seit dem 30-jährigen Frieden zu oft nachgedacht und abgewogen zu haben. Das zur inhaltlichen Wirkung von Sthenelaidas' Worten.

Hinzu kam, wie Sthenelaidas seine Worte geordnet hatte: Bei den Athenern zu jener Zeit war es Mode, mit vielen Unterordnungen im Satz und vielen Nebensätzen zum Ausdruck zu bringen, dass man in Rhetorik und Logik und Sophistik wohl gebildet war. Man suchte die Aufmerksamkeit durch überraschende Begriffe und eine ebensolche Gedankenführung zu fesseln. Diese Mode hatte sich von Athen nach fast ganz Hellas verbreitet. Auch ich hatte in Ansätzen so gesprochen, nicht weil ich den Athenern nacheifern wollte, sondern weil meine Rede ungewöhnliche Gedanken enthielt und der Stil diesen Inhalt ausdrücken sollte.

Sthenelaidas dagegen hatte seine Worte in der Reihenfolge ausgesprochen, wie man sie im Alltag ausspricht, ohne besondere stilistische Absicht. Völlig ohne rhetorischen Schmuck. Oder war es gerade eine höchste Form der Rhetorik völlig schmucklos zu reden?

Muss ich noch erwähnen, dass er durch diesen Kunstgriff eine besondere Stimmung erzeugte: Die zweite Abstimmung hatte er durch die übliche würdige Anrede eingeleitet, während er seine empörte Rede zuvor ohne Anrede gleichsam herausgestoßen hatte wie die Diskuswerfer ihre Scheibe, als Zeichen seiner Empörung über meine Abwägungen.

Vor dem ersten Feldzug

Der Fluch des Gottes, oder: Wenn den Falken nichts mehr einfällt

Meine Rede und die von Sthenelaidas wurden ja in der Volksversammlung unserer Bürger gehalten; Diese hatte nun den Krieg für Sparta selbst beschlossen. Danach fand die große Bundesversammlung der Peloponnesier statt, auf der besonders die Korinther wieder eine Kriegsrede hielten, die den Eindruck bei den Hörern vertiefte, wir wären alternativlos.

Und trotz dieser zwei Beschlüsse: Es gab weiter Verhandlungen zwischen uns und den Athenern, teils weil unsere Leute instinktiv doch merkten, in welche Art von Krieg zu stürzen sie im Begriff waren, teils weil wir noch Zeit brauchten unsere Rüstungen auf Kriegsstand zu bringen. Diese Verhandlungen hatten in ihrem öffentlich wahrnehmbaren Teil aber eher die Form von Beschwerde-Gesandtschaften, und sie wirkten auch so: Die jeweils angesprochene Seite fühlte sich zusätzlich provoziert; die andere Seite, die die jeweilige Gesandtschaft abgeschickt hatte, versank immer mehr in einer einseitigen Aufzählung der Untaten der anderen Seite. Man rutschte durch beides zunehmend in einen Zustand ab, der alles für alternativlos hielt und eigentlich nur noch zuschlagen wollte, um nicht weiter abwägen zu müssen. Ich hatte diese Neigung des menschlichen Gefühls - besser: die menschlichen Unfähigkeit wiederholte Zustände von Spannung auszuhalten – schon öfter erwähnt und finde sie auch hier wieder bestätigt.

Das unbewusste Gefühl der Bevölkerung in beiden Städten schwankte aber noch zwischen dem Wunsch „die Sache zu Ende zu bringen", also nicht mehr abzuwägen, und der Ahnung, dass man sich da auf eine völlig unbekannte Sache einlassen würde. Letzteres bewirkte, dass man überhaupt noch Gesandtschaften austauschte, ersteres, dass diese Kontakte zur weiteren Provokation, zur Sicherstellung der Kriegsbeschlüsse benutzt wurden.

Ich hatte oben von den Falken gesprochen, die in beiden Städten und bei uns im Peloponnesischen Bund hinter dieser Sorte von Gesandtschaften steckten. Sie bestimmten die öffentlich wahrnehmbaren Themen, und natürlich wussten sie, dass sich besonders religiöse Vergehen der anderen Seite eignen die breite Masse in Bewegung zu bringen, sie in Kriegs-Begeisterung zu treiben.

Unsere Falken brachten die erste Beschwerde hervor. Sie sollte ein Ereignis aus der Zeit kurz vor dem Archontat des Solon wieder ins Gedächtnis rufen, welches ja bekanntermaßen in der 45. Olympiade lag, also gut 170 Jahre vor unserem Kriegsbeschluss jetzt. Es war die Zeit, in der in vielen hellenischen Poleis sich Tyrannen zum Alleinherrscher putschten. So auch damals in Athen:

Der Athener Kylon hatte die Tochter des Tyrannen von Megara geheiratet. Kylon war vorher schon auf dem Weg zu einer politischen Karriere, denn er war Olympiasieger geworden und als solcher ist man bei uns in Hellas schon per se für Führungsaufgaben vorgemerkt. Der enge Austausch nun mit Kylons neuem Schwiegervater führte dazu, dass Kylon den Auftrag der Götter in sich fühlte, die Herrschaft in Athen an sich zu reißen, als Tyrann. So ähnlich hatte er es in einem Orakel auch geweissagt bekommen.

Kylon besetzte also die Akropolis, mit seinen eigenen Leuten, aber auch mit „Freiwilligen" aus dem Gefolge seines Schwiegervaters, des Tyrannen von Megara. Die Athener allerdings reagierten sofort mit großer Beteiligung ihres Landvolkes und umstellten die Akropolis; Kylon war nun belagert. Es entstand Wasser- und Nahrungsmangel; Kylon selbst konnte entkommen; die ersten der Zurückgebliebenen starben; die übrigen setzten sich als Schutzflehende teils an den Altar der Athene auf der Akropolis, teils an die Altäre der Ehrwürdigen. Beiden Gruppen wurde von den Athenern das Leben versprochen, beide Gruppen wurden dann, nachdem sie den heiligen Bezirk verlassen hatten, von denselben Athenern getötet. Auf Athen lag durch diesen Frevel seitdem nach unserer Vorstellung vom Wirken der Götter ein Fluch. Übrigens sind manche der Meinung, dass dieser Fluch auch auf Perikles liegt, denn der Anführer der Athener damals war der Alkmaionide Megakles, also jemand aus dem Geschlecht des Perikles.

Natürlich schritten die damaligen Athener – die andere Partei in der Bürgerschaft, die um Megakles – sofort zu einer Entfrevelung: Die schuldigen Athener wurden ins Exil getrieben, die Opfer dieser Frevler ausgegraben und deren Knochen jenseits der Grenze zu Megara abgelegt.

Du, Leser, wirst jetzt sicher urteilen, dass Athen sich dadurch eigentlich entsühnt hatte, und dass die Forderung aus Sparta, die Athener sollten den Fluch austreiben, deshalb völlig ins Leere laufen würde. Weit gefehlt, denn – ja, Du wirst es kaum bemerkt haben – die Helfer des Kylon, die „Freiwilligen" seines Schwiegervaters, kamen ja aus Megara. Und als solche waren sie ja zum Opfer des Frevels der Athener geworden. Und Megara, das war für uns Peloponnesier seit dem Boykottbeschluss der Athener das Reizwort an sich. Reizwort bedeutet in einer solchen Situation: Ein Wort, das sofort zum Ende jeglichen vernünftigen Nachdenkens und Abwägens führt.

Unsere Falken hatten also die aufreizendste Verbindung zwischen einem uralten und einem aktuellen Vorfall konstruiert.

Wieso die Athener dies nicht einfach darlegten und – zur Deeskalation – irgendetwas Anderes darüber hinaus noch entsühnten??? Nun, weil die Falken in Athen darauf hinwiesen, dass schon die Entsühnung damals unter Mithilfe unseres Kleomenes von Sparta und der Adelspartei – Megakles, die Alkmaioniden - in Athen stattgefunden hatte. Also eine Entsühnung durch auswärtige Feinde und durch die innenpolitischen Widersacher der athenischen Demokraten. - Das war für die Athener nicht hinnehmbar, sich jetzt noch der spartanischen Forderung nach einer erneuten Entsühnung zu unterwerfen. Das hätte zu einer Aufwertung der Adelspartei in Athen geführt. Hier also wie auch schon viele Male vorher verzahnen sich Innen- und Außenpolitik in verhängnisvoller Weise.

Das scheint Dir in seinem politischen Kalkül zu kompliziert??? Perikles selbst ist darin verwickelt, erinnere Dich, er ist ein Alkmaionide, unser oberster Demokrat stammt also aus uradligem Geschlecht. Der berühmteste Alkmaionide, Megakles, war damals ein Anführer – ich hatte es schon mehrfach erwähnt. Unsere Falken hofften also, dass Perikles über diese Wiederaufwärmung der „Schandtaten" seines Geschlechts stürzen könne, denn er war ja schon angeschlagen durch die Prozesse um Aspasia und Pheidias. Falls ein Sturz nicht gelingen sollte, so wenigstens: Dass er unter dem Druck dieser Anschuldigungen, es habe keine Komplett-Entsühnung gegeben, nicht so energisch seine Propaganda für den Krieg mit uns vorantreiben könne. Diesen Kurs hatten unsere Falken dem Führer der athenischen Adelspartei, Thukydides, Sohn des Milesios, nahegelegt; Du erinnerst Dich, Thukydides war vor zehn Jahren durch das Scherbengericht ins Exil getrieben worden, war aber gerade zurückgekehrt. (Du darfst ihn nicht verwechseln mit demjenigen Thukydides, Sohn des Oloros, dem ich eine Kopie meiner Rede gab.)

Perikles ahnte die Implikationen des Frevel-Vorwurfs und konstruierte daraus in seinen politischen Kreisen und der Volksversammlung natürlich die Gefahr eines drohenden aristokratischen Staatsstreichs. Die Demokraten geiferten vor Hass gegen ihre Adligen und uns: Der Kriegskurs blieb unerschüttert.

Merke: Uralte Geschichten taugen am besten dazu die Aggressivität der Menge zu reizen; noch wirksamer ist dieses Mittel, wenn die Religion hier eine Rolle spielt. Bei kurz zurückliegenden Begebenheiten weiß der eine noch dies, der andere das, und in der Diskussion merkt man, wie komplex die kürzlich vergangene Wirklichkeit war. Bei den uralten Sachen hat jeder einfache Mann nur noch im Gedächtnis, dass es das Ereignis mal gab, die Erzählung der Einzelheiten jedoch und deren Gewichtung übernehmen diejenigen, die sich hierzu – mit entsprechender Absicht – kundig gemacht haben. Und da niemand diese Erinnerung wirklich kontrollieren kann, ist Raum für Zusätze und Abkürzungen, sprich: für das Verschweigen, und für besondere Gewichtungen innerhalb der Erzählung. Und falls all dies noch nicht reicht, konstruiert man etwas aus dem Bereich des Religiösen, gibt vor, man müsse den Göttern gehorchen im Hass auf den Feind.

Gestern begegnete ich Sthenelaidas, der mit einigen Getreuen zu unseren gemeinsamen Mahlzeiten unterwegs war. Er sprach mich auf seine eigene Art kurz an:

„Gruß, Archidamos! Nun, was sagst Du zur Wirkung unseres Verlangens nach Sühnung des Frevels? Diese Krämer haben keine Antwort mehr, sind sprachlos! Denk' Dir, Athener sprachlos, Maulhelden halten Maul. So muss man mit denen umgehen, nicht auf Deine Art. Konnte sie mehrfach beobachten: Sobald ihnen jemand als Mann entgegentritt, knicken die ein."

Und dabei sah ich bei seinen Gefährten ein spöttisches Grinsen - trotz des mir geschuldeten äußerlichen Respekts. Ich wollte um diese Zeit und in dieser Gesellschaft nicht reagieren und winkte einfach ab. Ich war mittlerweile mutlos.

Heute morgen kehrte der Mut, die Zuversicht zwar nicht zurück, aber ich freute mich dennoch auf das nächste Zusammentreffen mit Sthenelaidas. Warum? Es kam die Antwort der Athener. Sie waren nicht aus Furcht vor Sthenelaidas eingeknickt! Sie schickten - eine Gegen-Provokation. Wir sollten den Fluch vom Tainaron bannen. Dieser Fluch sollte irgendwie auf uns lasten, weil wir unseren König Pausanias dort in dessen Zuflucht im Tempelbezirk eingemauert und ausgehungert hatten. Du kennst ihn, es ist derjenige, der als Oberbefehlshaber der Hellenen in der Zeit nach Salamis und Plataiai völlig aus der Art geschlagen war. Erst als er in seinem Mauergefängnis praktisch schon tot war, öffnete man dieses, aber Pausanias starb kurz darauf an Entkräftung. Man begrub ihn in der Nähe dort, bekam aber in Delphi den Bescheid des Gottes, ihn wieder umzubetten und unserer Stadtgöttin Athana Chalkioikos zwei Menschen für den getöteten Einen zu opfern. Die Unseren aber weihten statt dessen nur zwei Statuen, die sie „opferten". Deshalb kann man es so darstellen, dass der Frevel nicht so gesühnt worden war, wie der Gott es befohlen hatte.

Der Kriegsbeschluss bedeutet noch nicht den Kriegsbeginn

Sparta und Athen hatten sich also gegenseitig des religiösen Frevels beschuldigt. Das war das Werk der Falken auf beiden Seiten, es war eine Maßnahme zur Steigerung der Kriegsbereitschaft.

Auf beiden Seiten waren aber auch die Einsichtigen aktiv. Ich darf mich da selbst einbeziehen. Wir erreichten, dass von unserer Seite noch mehrere offizielle Gesandtschaften geschickt wurden, die – jeweils einzeln – unsere zentralen Forderungen vorbrachten: Aufhebung der Belagerung Poteidaias, Selbstständigkeit Aiginas, Aufhebung der Megara-Sanktionen. Letzteres bezeichneten wir als das wichtigste Hindernis auf dem Weg zu einer Krisenbeilegung. Wenn Athen den Beschluss über Megara aufhebe, so könne Frieden bleiben. Megara war uns also in dieser äußersten Krisensituation wichtiger als Poteidaia, weil Megara wirkliches Mitglied unseres Bundes war, während Poteidaia nur die Tochterstadt des Bundesmitglieds Korinth war. Wir brüskierten hier also Korinth, welches uns so massiv getadelt hatte. Dies, so scheint mir, ist der beste Beweis für die Bedeutung der Einsichtigen bei uns, die aber nur von kurzer Dauer war. Bald überwogen wieder die Falken. Ein Grund hierfür war das Verhalten der Führung in Athen, also das von Perikles:

Unsere Gesandtschaften konnten jene Punkte nicht vor die Volksversammlung bringen, sondern nur vor die Prytanen und die Strategen. Dort war Perikles' Einfluss übermächtig. Die Einzelforderungen wurden also abgelehnt.

Schließlich schickten wir noch eine Gesandtschaft, die noch allgemeiner forderte: 'Athen solle die Städte seines Seereiches in die Selbstständigkeit entlassen.' Zum einen geschah das, weil ja die Einzelforderungen abgelehnt worden waren. Zum anderen war bei uns, nach der Erbitterung über die Ablehnung der Einzelforderungen, die Gesamtforderung von den Falken formuliert worden, auch in der Absicht, die ganze Sache zu Fall zu bringen. Und in der Tat: Diese Forderung war unannehmbar, da sie ja auf einen Schlag das Reich der Athener zum Einsturz gebracht hätte. Es wäre der Sieg Spartas gewesen, ohne einen einzigen Schwertstreich; gleichsam, als ob man gerade eine Polis nur mit den Truppen umzingelt hätte, worauf die Stadt bedingungslos kapituliert hätte, ohne dass schon irgendwelche Belagerungswerke errichtet und auch nur ein einziger Pfeilschuss abgegeben worden wäre.

Unsere vorigen Gesandtschaften waren, wie gesagt, nur vor die athenischen Regierungsstellen gelassen worden. Diese hatten die Ablehnungen formuliert. Dennoch war ja in Athen selbst die Tatsache der Gesandtschaften bekannt geworden; natürlich hatten die Gesandten inoffiziell mit vielen gesprochen. So kam es, dass über unsere letzte Forderung mit der Selbstständigkeit der Städte des Seereiches eine ordentliche Vollversammlung der athenischen Bürger stattfand.

Auf den ersten Blick mag es gut erscheinen, dass jetzt ganz Athen über unsere Forderungen entscheiden konnte. Anders, so meine ich, dürfte es in einer echten Demokratie auch gar nicht anders geregelt sein: Über alle Fragen von Krieg und Frieden muss die Gesamtheit der Bürger entscheiden. Demnach hätte es schon Vollversammlungen über unsere Einzelforderungen – Poteidaia, Aigina, Megara - geben müssen. Nun, so schien es, konnte das in einer Demokratie ja herrschende Volk endlich entscheiden.

Nur: Dieses Volk beriet ja jetzt über unsere letzte Forderung, die Selbstständigkeit aller Städte unter Athens Herrschaft. Das, was ich oben als eine Forderung nach bedingungsloser Kapitulation bezeichnet hatte. Deshalb erwartete ich selbst von dieser Vollversammlung eine wütende Ablehnung nach kurzer, schneller Abstimmung.

Wie sehr aber auch in Athen das Unbehagen über den drohenden Krieg vorhanden war, zeigt der Ablauf der Versammlung. Es sprachen nämlich mehrere Personen für und gegen eine Kriegserklärung. Eine Gruppe von Rednern hatte auch erfasst, dass ein Nachgeben Athens bei einer der Einzelforderungen schon zu einem Umschwung der Stimmung in Sparta gereicht hätte: Die Einsichtigen bei uns hätten darauf verweisen können, Athen habe der wichtigsten Einzelforderung zugestimmt.

So trat denn eine Situation ein, die die athenischen Falken so gar nicht beabsichtigt hatten: Perikles war gezwungen aufzutreten, musste gleichsam in den Ring steigen, um die unentschieden hin und her wogende Debatte zu einem Ende zu bringen. Perikles mit seiner unnachahmlichen Rhetorik sollte allgemein möglichst selten auftreten, um sich nicht den schwankenden Stimmungen einer solchen Vollversammlung auszusetzen. Jetzt, nach den Prozessen gegen Pheidias und Aspasia war sein Auftreten noch riskanter, aber auch umso notwendiger, da die Vollversammlung im Begriff war den Beschluss zu Megara aufzuheben, also das Feuer im Kessel zu löschen.

Ich habe durch unsere Leute in Athen eine ziemlich wortgetreue Fassung der Rede erhalten. Ich will sie hier wiedergeben, damit für alle Zeiten sichtbar ist, wie sehr Perikles in Einzelheiten gehen musste, während seine Rhetorik sonst eher dadurch wirkte, dass er salbungsvoll abstrakte „Wahrheiten" predigte. Jetzt reichte dies nicht mehr um die Bedenken so vieler seiner Mitbürger zu besänftigen, nein, ich müsste formulieren: zu betäuben.

Hier also das, was Perikles sagte!

<u>Perikles sorgt für die Ablehnung unseres Verständigungsangebotes</u>

An meiner Meinung, Ihr Männer von Athen, halte ich fest, es ist die gleiche, die ihr seit langem kennt: Keinerlei Nachgeben gegenüber den Peloponnesiern! Und ich halte an ihr fest, obwohl ich weiß, dass die Menschen nicht mit derselben Leidenschaft den Entschluss zum Krieg fassen und diesen dann auch so durchführen. Ihre Stimmung dreht sich gleichsam je nach Kriegslage und ihrer Ansicht über dieselbe. Ich persönlich bleibe standhaft und sage, dass ich weiter dieselben oder doch sehr ähnliche Ratschläge geben muss wie immer zuvor.

Wer sich meiner Meinung anschließt, der muss dann gerechterweise unseren Beschlüssen treu bleiben, auch wenn uns einmal etwas misslingen sollte. Und genauso darf er bei Erfolg nicht behaupten, der Rat sei von ihm. Nein, es ist mein Rat, der Rat eures Strategen, der euch durch viele Krisen bis zur jetzigen Machtposition geführt hat. Ihr solltet meinem Rat folgen, wie so oft bisher schon, oder gar keinen Rat mehr vor mir verlangen!

Aber nun zu unseren Feinden. Dort ist die Lage klar. Die Lakedaimonier haben uns offensichtlich bisher schon schaden wollen und tun dies jetzt ganz besonders intensiv. Im Friedensvertrag war doch vereinbart, dass bei Konflikten ein Schiedsgerichtsverfahren angeboten und angenommen werden solle, und zwar sollte während dessen jeder ungeschmälert seinen Besitz behalten. Die Lakedaimonier aber fordern kein Verfahren noch nehmen sie selbst unser Angebot an. Nein, durch Krieg wollen sie die Konflikte lösen, nicht durch Verhandlungen. Ihr seht ja selbst: Sie treten jetzt schon hier wie Sieger auf, erteilen Befehle statt wie bisher lediglich Forderungen zu erheben!

Sie befehlen! Den Abzug von Poteidaia und die Entlassung Aiginas in die Selbstständigkeit und die Aufhebung unseres Megara-Beschlusses! Die letzte Gesandtschaft hier fordert uns sogar offen auf „die Hellenen in die Selbstständigkeit" zu entlassen – ich habe das hier wörtlich zitiert!

Ihr Männer von Athen! Keiner von euch soll glauben, dass wir Krieg führen einer Kleinigkeit wegen, zum Beispiel wegen unserer Weigerung den Megara-Beschluss aufzuheben – unsere Feinde geben nur vor, es würde nicht zum Krieg kommen, wenn wir diesen aufheben. Ihr dürft in euch selbst auf keinen Fall Bedenken aufkommen lassen, als ob ihr wegen Kleinigkeiten Krieg beginnt. Diese scheinbare Kleinigkeit nämlich ist in ihrem Plan die Probe auf euer Selbstsicherheit und die Festigkeit eurer Haltung! Macht ihr solch ein Zugeständnis, werdet ihr sofort etwas Schwerwiegenderes befohlen bekommen, da ihr ja bei der weniger gewichtigen Forderung offensichtlich aus Furcht nachgegeben habt. Oder sollte ich sagen - gehorcht habt?

Hört auf mich: nur durch harte Ablehnung ihrer Befehle könnt ihr ihnen signalisieren, dass sie mit euch besser von gleich zu gleich zu verhandeln haben.

Trefft also jetzt hier die Entscheidung: Ihr könnt euch unterordnen, bevor überhaupt irgendein Kriegsschaden eingetreten ist. Oder ihr entscheidet euch nach meinem Rat dafür, euch als Männer zu zeigen, die weder bei schwerwiegenden wie bei kleinen Anlässen irgendwie nachgeben, als Männer, die ohne Furcht an ihrem jetzigen Besitzstand und ihrem jetzigen

Seereich festhalten! Es ist nun einmal so zwischen Großmächten - und zwar egal, ob es um große oder kleine Forderungen geht: Wenn einer von beiden ohne einen übergeordneten Richterspruch nachgibt, ist das der Schritt in die Unterwerfung, ja, in die Sklaverei.

Nachdem dies Grundsätzliche klar ist, will ich euch über den Krieg selbst sprechen, über das beidseitige Kräfteverhältnis. Dieses sieht für uns keineswegs negativ aus, und lasst mich euch dies im Einzelnen erläutern!

Zunächst: Die Peloponnesier leben quasi autark als Bauern, sie verfügen deshalb weder privat noch als Staat über Geldmittel, haben aus dem gleichen Grunde keine Erfahrung mit lang andauernden und überseeischen Kriegen. Ihre gegenseitigen Konflikte tragen sie ja immer nur in Kriegen von kurzer Dauer aus, einfach, weil sie die Geldmittel für einen langen Krieg nicht besitzen und ja schnell wieder nach Hause müssen, ihrer Felder und Pflanzen wegen. Deshalb sind sie auch nicht zum Ausrüsten von Schiffen fähig – das ist ja teuer -, noch zum wiederholten Aussenden von Heeren außerhalb des Peloponnes, und schon gar nicht nach Übersee. Fern von ihren Bauernhöfen fehlt ihnen ja alles!

'Sie könnten ja versuchen sich Geld durch Zwangsabgaben zu besorgen.' Nun, ihr wisst genau so gut wie ich, dass man Kriege besser durch aufgehäuften Überfluss finanziert als durch Zwangsabgaben. Es ist doch so bei Menschen, die durch körperliche Arbeit ihr Leben fristen: Meist setzt man eher sein Leben ein als das wenige Geld, was man besitzt. Ja, denn jeder glaubt, dass er den Krieg doch überleben kann, während er nie weiß, ob das Geld ausreichen wird, besonders wenn der Krieg länger dauert. Wir alle wissen, dass das fast so etwas wie eine Gesetzmäßigkeit ist.

Aus dieser Grundeinstellung heraus können die Peloponnesier sehr wohl in einer einzigen Schlacht es mit allen Hellenen aufnehmen, aber sie können keinen langen Krieg führen gegen einen Feind, der seine Macht auf ganz andere Grundlage stützt als sie. Nochmals: Sie können kurzfristig Überraschendes leisten, wenn sie unter einer zentralen Leitung stehen. Aber genau das ist ja bei ihnen ebenfalls nicht der Fall – sie haben ja alle gleiches Stimmrecht bei ihren Bündniskonferenzen, sie, die dabei sogar unterschiedlichen Stämmen angehören: Dorer, Achäer und so weiter. Da hat jeder nur seine eigenen Interessen im Sinn; aus solchen Verhältnissen erwächst im Normalfall kein zielführendes Handeln.

Ich will euch das noch genauer ausmalen: Ihre gegensätzliche Ausgangslage führt dazu, dass die einen unbedingt dem Gegner kräftig schaden wollen, während die anderen unbedingt für sich selbst keinen Schaden erleiden wollen. Die einen sind aktiv, die anderen passiv. Und dann: Sie halten ihre Bundeskonferenzen ja nur in langen zeitlichen Abständen ab. Da bleibt nicht viel Zeit für die Beratung der Themen, die alle betreffen, meist kümmert sich jeder intensiver um die eigenen Interessen. Das führt bei ihnen zu der Situation, dass jeder meint, der andere werde sich schon engagieren, man brauche selbst keine Zukunftsvision zu haben. So richten sie alle gemeinsam ihre Sache zugrunde, weil sie alle gemeinsam einem allen gemeinsamen Irrtum aufsitzen – nämlich dem, dass sich der jeweils Andere schon um das allen Gemeinsame kümmern werde.

Nun, ich will zum Hauptpunkt zurückkommen: zum Geld! Da sind sie knapp, müssen sich langwierig um seine Beschaffung kümmern, sind dadurch wie gelähmt. Aber: der günstige Zeitpunkt im Krieg wartet nicht!

Jetzt folgen noch einige Punkte, die alle beweisen, dass wir den Krieg optimistisch auf uns nehmen können.

Sollen wir etwa Furcht haben vor ihrem Bau von befestigten Mauern? Es ist doch selbst im Frieden einfach unmöglich eine uns ebenbürtige Stadt zu errichten – wie sollen sie das im feindlichen Land schaffen, gegenüber unseren Befestigungen, die im Vergleich zu ihren Bemühungen gewiss nicht schwächer sind. Bauen sie aber etwas Solideres, eine dauerhafte Festung bei uns im Land, so können sie von dort wohl Plünderungszüge starten oder Sklaven zum Überlaufen aufrufen. Aber was ist das gegen ihre mangelnden Fähigkeiten: Sie können uns nicht daran hindern bei ihnen in ihrem Land ebenfalls Stützpunkte zu errichten und mit unserer Hauptwaffe, der Flotte, Vergeltung zu üben? Ihr wisst doch: Wir aus unserer Seeherrschaft mit den vielen Landungsexpeditionen haben mehr Erfahrung in Kämpfen zu Lande als sie aus ihrer Erfahrung aus Kämpfen zu Lande eine Erfahrung im Seewesen.

Hierin eine Meisterschaft zu erwerben wird ihnen aber nicht leichtfallen. Denn selbst ihr habt trotz eurer beständigen Übung seit der Zeit der Perserkriege noch nicht die letzte Vollkommenheit erreicht! Wie sollen da Leute etwas Anständiges zuwege bringen, Leute, die Bauern sind, auf dem Lande leben und keinen Kontakt zum Meer haben. Und selbst wenn sie so etwas hätten – wir, meine Mitbürger, lassen ihnen gar keine Zeit für Übungen, weil wir sie mit unseren vielen Schiffen gar nicht herauslassen aus ihren Häfen. Und dann bleiben ihnen noch genau zwei Möglichkeiten: Vielleicht wagen sie den Kampf, wenn sie einmal zufällig an einer Stelle die Überzahl haben und ihre Ahnungslosigkeit um die Konsequenzen in Verwegenheit umschlägt; wenn sie aber, wie zumeist, von vielen Schiffen blockiert werden, bleiben sie ruhig in ihren Häfen. Dann aber haben sie keine Möglichkeit die Seemannschaft zu üben, bleiben unkundig und werden deshalb auch immer mutloser.

Und diese Seemannschaft ist eine Kunst. Und diese Kunst kann nicht mal eben so nebenbei - bei gerade eintreffender Gelegenheit - trainiert werden, sie ist eine Sache, der man sich mit Geist und Körper hingegeben haben muss.

Ich will noch eine mögliche Gefahr mit euch abwägen! Gesetzt den Fall, die Peloponnesier würden sich an den Geldern in Olympia oder Delphi vergreifen und versuchten die Söldner in unseren Schiffsmannschaften durch höheren Sold auf ihre Seite zu ziehen, so könnte man meinen, dass das eine echte Gefahr für uns wäre, da wir nicht imstande wären, diese Lücken mit Bürgern aus unseren Reihen und aus den Reihen unserer Metöken zu füllen. Nun, wir sind dazu aber in der Lage! Und weiter: Das Personal, worauf es letztendlich ankommt, die Steuerleute, das kommt nur aus unseren Reihen.

Und was die restliche Mannschaft betrifft, so ist diese bei uns zahlreicher und besser als im gesamten übrigen Hellas. Kein Söldner würde übrigens, vor echte Gefahren gestellt, die Ausbürgerung aus seiner Vaterstadt riskieren, nur für den Vorteil einer etwas höheren Soldes, den aber nur für wenige Tage bekommt, bis zur Niederlage, bis wir zuschlagen. Denn es ist doch klar, dass die Städte unseres Seereiches jeden ausbürgern werden, der bei den Feinden dient.

Mit all diesen Nachteilen behaftet ist die Ausgangslage für die Peloponnesier, während die unsrige frei ist von solchen Nachteilen, ja eher noch Stärken dazu besitzt, die die andere Seite nie erreichen kann. Überlegt doch! Wenn sie zu Lande in unser Gebiet eindringen, fahren wir zu Schiff in ihr Land; und dann wird man sehen, ob es dasselbe Gewicht hat: Die Verwüstung eines Teils des Peloponnes oder sogar die von ganz Attika, unseres gesamten Umlandes! Ihr wundert euch über diese Feststellung? Sie, die Peloponnesier, können sich ohne Kampf kein anderes Land gewinnen – wir aber haben reichlich davon, sowohl auf unseren Inseln wie auf dem Festland.

Die Wahrheit ist doch: Die Seeherrschaft, ihr Männer, ist eine großartige Sache! Ihr könnt das leicht einsehen, wenn ihr euch vorstellt, wir bewohnten eine Insel, hätten dabei unsere großartige Flotte: wir wären unangreifbar! Hieraus folgt aber nach der Logik, dass wir einem Kriegsplan folgen müssen, als wären wir eine Insel: wir müssen keine Rücksicht nehmen auf das Land und die Gebäude, statt dessen aber die Seeherrschaft und diese Stadt mit ihren Langen Mauern – gleichsam unsere Insel - mit Klauen und Zähnen hochhalten. Auf der anderen Seite dürfen wir auf keinen Fall gegen die Peloponnesier eine offene Feldschlacht wagen, denn sie sind ja erst einmal in der Überzahl. Und zwar auf keinen Fall die Feldschlacht, auch nicht, wenn uns der Zorn über die Zerstörungen zerreißt, die die Feinde anrichten werden. Der Grund: Im Falle eines Sieges würden wir nur in einer weiteren Schlacht kämpfen müssen gegen die Scharen, die sie aus dem Peloponnes heranführen. Im Falle einer Niederlage würden wir unser Seereich verlieren, die Basis unserer Kraft; denn unsere Bundesgenossen würden sofort aufstehen, wenn wir nicht klar signalisieren, dass wir gegen jede Revolte offensiv einschreiten können.

Also: Weint nicht um Gebäude und Land, sondern höchstens um die Gefallenen! Denn die Menschen besitzen diese Sachen, nicht die Sachen die Menschen. Wenn es noch weiterer Worte bedürfte um euch zu *überzeugen: Ich würde euch auffordern, selbst loszumarschieren um Land und Gebäude zu verwüsten, damit die Peloponnesier sofort klar sehen, dass ihr nicht nachgeben werdet, aus Rücksicht auf irgendwelche Sachwerte.*

Viele weitere Gründe könnte ich noch nennen für unsere Siegeszuversicht, wenn ihr nur diesem Plan folgt, und wenn ihr weiter daran denkt auch sonst defensiv zu bleiben: keine neuen Eroberungen während des Krieges, keine riskanten Expeditionen. Vor dieser unserer ziellosen Energie graust es mich mehr als vor den geistreichen Plänen der Feinde. Aber genug davon! All das können wir in einer späteren Rede darlegen, wenn die passenden Situationen eingetreten sind.

Nun werden wir diese Gesandten hier wegschicken, und zwar mit dieser Antwort: Wir lassen Megara auf unserem Markt und in den Häfen Handel treiben, vorausgesetzt die Lakedaimonier nehmen keine Fremdenausweisungen mehr vor, und zwar gegen uns wie auch gegen unsere Bundesgenossen. Von beidem war ja in unserem Friedensvertrag auch nicht die Rede. Weiter: Wir werden die Städte unseres Seereiches in die Selbstständigkeit entlassen, jedenfalls diejenigen, die selbstständig waren zum Zeitpunkt des Vertragsschlusses. Wir werden dies tun, wenn auch die Lakedaimonier ihren Städten eine Selbstständigkeit geben, die sich nicht nach Spartas Interessen, sondern nach dem Willen dieser Städte richtet. Weiter: Dass wir bereit sind uns vor einem Schiedsgericht gemäß den Bestimmungen unseres Vertrages zu verantworten; schließlich, dass wir den Krieg nicht beginnen werden, jeden Angriff aber abwehren werden.

Dies wird eine gleichzeitig angemessene wie unserer Stadt würdige Antwort sein.

Man muss allerdings wissen, dass es absolut notwendig ist Krieg zu führen. Dieser Standpunkt ist schon deswegen nötig, weil der Gegner uns weniger aggressiv angehen wird, je bereitwilliger wir den Krieg angenommen und je energischer wir ihn geführt haben. Und ihr wisst ja, dass dort für Staaten wie für Einzelpersonen die größte Ehre winkt, wo auch die größten Gefahren drohen.

Denkt nur an unsere Väter, wie sie dem Perser Widerstand leisteten, wobei sie nicht auf eine solche Machtbasis bauen konnten wie ihr jetzt. Im Gegenteil, sie mussten sogar ihren Besitz, ihre Stadt verlassen! Sie haben den Feind besiegt, und zwar mehr durch gute Planung als bloßes Glück, mehr durch die Bereitschaft zum Risiko als durch tatsächlich vorhandene Macht. So haben sie das alles, was ihr um uns herum seht, zu dem gemacht, was es heute ist. Diesem Vorbild gilt es unbedingt zu entsprechen, indem wir die Feinde auf jegliche Weise abwehren und indem wir unseren Nachkommen unseren Besitz hier nicht geringer übergeben als wir ihn von unseren Vorfahren übernommen und selbst vermehrt haben.

Ich, Archidamos, hatte schon vor der Wiedergabe dieser Rede auf einiges zu ihrer Einschätzung hingewiesen. Hier möge also noch eine Beobachtung reichen: In dem Abschnitt gegen Ende, dort, wo Perikles sich anscheinend bereit erklärt zum Ausgleich, zum Kompromiss, dort fehlt die Antwort auf eine Forderung unsererseits: Das Ende der Belagerung von Poteidaia.

Idee und Praxis eines Schiedsgerichtes

Bevor ich Dir den Beginn des Krieges schildere, muss ich hier noch die Sache mit dem Schiedsgericht erklären. Perikles hatte uns ja beschuldigt, Athen keine Möglichkeit gegeben zu haben unsere Konflikte mit Worten statt mit Waffen auszutragen. Auch ich hatte ja in meiner Rede gegen den Krieg vor unserer Volksversammlung auf diesen Punkt des Vertrages hingewiesen: *„Denn die Athener selbst sind ja bereit, sich einem Schiedsgericht zu stellen; und denjenigen vorher als einen Rechtsbrecher anzugreifen, der zu einem Schiedsgericht bereit ist, das ist gegen die Ordnung, die die Götter den Menschen gegeben haben."* Ich hatte auf diese Möglichkeit hingewiesen, weil ich hoffte, dass dadurch Zeit gewonnen werden könnte, Zeit, während der die Einsichtigen auf beiden Seiten eventuell die Überhand gewinnen würden. Es war nur eine Hoffnung angesichts der Alternative des sofortigen Kriegsbeschlusses, der wiederum die Krise anheizen würde.

Gleichzeitig war mein Verstand misstrauisch gegenüber der Friedensstiftung durch eine Schiedsgericht. Ich sah da juristische Schwierigkeiten, denn der Vertrag war genau in diesem Punkte sehr vage formuliert: Es war kein Richter genannt oder ein durch eine Gottheit geschützter Ort wie Delphi, auch gab es keine Ausführungsbestimmungen. Du siehst, es herrschte hier auf Seiten in der Handhabung eines Friedens viel weniger Klarheit als im Militärischen. Es existierte bloß die Idee, dass sich zwei Kontrahenten vor einer neutralen Stelle verantworten müssten, bevor sie sich in etwas Selbstmörderisches stürzten.

Und damit bin ich bei dem Anlass, der dazu führte, dass überhaupt die Idee eines Schiedsgerichts entstand. Es war der gut 15-jährige Krieg, den wir damals zum Zeitpunkt des Vertragsschlusses hinter uns hatten. Für jeden Klarsichtigen hatte der Verlauf des Krieges gezeigt, dass keiner von uns Führungsmächten den anderen in absehbarer Zeit oder Form besiegen konnte. Beide Seiten hatten schwere Verluste hinnehmen müssen, so die Athener in Ägypten und bei Tanagra; für uns brauche ich nur an diese Schlacht erinnern, die uns angesichts unseres Menschenmangels Verluste beschert hatte, die wir bis zum Beginn des jetzigen Krieges bei weitem nicht hatten ausgleichen können.

Der Grundgedanke also war gesund: Bevor sich zwei Ebenbürtige bis zum Verbluten an die Kehle gehen, sollten sie ihre Konflikte anders regeln – durch Worte eben statt Waffen.

Nun mag man die Zweikämpfe von Ebenbürtigen bei Homer dagegen halten. Der dort gewonnene Eindruck jedoch täuscht: Schon damals führte der Sieg in einem Zweikampf nicht unbedingt dazu, dass der ganze Stamm des geschlagenen Einzelkämpfers sich geschlagen gab. Nein, meist folgte nach einer Niederlage der Vorkämpfer im Zweikampf das Aufbegehren des ganzen Stammes gegen die Folgen dieser Niederlage, somit der Krieg der Stämme.

Bei dem Schiedsgericht sah ich ähnliche Schwierigkeiten voraus. Würde sich die verurteilte Polis einer Strafe aus Worten fügen? Oder würde sie doch versuchen, die negativen Folgen durch einen Krieg abzuwenden?

Es ist jetzt zu Beginn des Großen Krieges müßig darüber zu spekulieren. Neben den oben genannten Kriterien – Richter, Ort, Ausführungsbestimmungen – würde sicher auch eine Zeit der Eingewöhnung aller Poleis nötig sein, sprich, es müsste ein paar gelungene Schiedsgerichtsurteile geben. So, wie ja wohl in Urzeiten das Erleben erfolgreicher, ertragreicher Kriege die Menschen daran gewöhnt haben mag, Zuflucht zu nehmen zum Krieg, diesem doch so wandelbarem, so dem Glück unterworfenen Geschehen. Bezüglich der Schiedsgerichte müsste es eine Folge von glücklichen Kompromissen geben, durch die alle sähen, dass die Kontrahenten durch kluge Kompromisse mehr Ertrag erreichten als durch den Krieg.

Und dieser letzte Gedanke führt mich dazu, in den Schiedsgerichten zunächst ein Instrument zu sehen für die Kriege, die schon vor Beginn alle Merkmale der langen Dauer, des ungewissen Ausgangs, der allmählichen Erschöpfung tragen – die Kriege zwischen ungefähr gleich starken Poleis.

In unserem Falle hier, also zu Beginn einer Phase einer möglichen Eingewöhnung in Schiedsgerichte, sehe ich keine großen Chancen für dieses Instrument. Ich will nur einen Grund nennen: Bis zum Zusammentritt eines Schiedsgerichtes und bis zum Urteil hätte es lange gedauert. Während dessen aber ging die Belagerung von Poteidaia weiter, wurde Megara weiter abgeschnürt. Wäre Athen bereit gewesen für die Dauer des Gerichtes die Belagerung aufzuheben oder wenigstens eine Art Waffenstillstand zu schließen, der natürlich den Poteideaten erlaubt hätte sich zu verproviantieren und Schäden auszubessern? Aus dem ungeheuren Einsatz, den Athen im Folgenden noch bei der Belagerung zeigte, leite ich ab, dass es dazu nicht bereit gewesen wäre. Das Urteil seines momentan führenden Politikers kannst Du ja oben lesen: *„Man muss allerdings wissen, dass es absolut notwendig ist Krieg zu führen."*

Ich vermute, dass Dir, mein Leser, der Platz dieses Satzes innerhalb der Argumentation des Perikles aufgefallen ist: er steht gleichsam als Abschluss der Passage, in der Perikles unseren Forderungen seine Gegenforderungen gegenübergestellt hatte; der Satz verneint das, was man ja als Ausgangsbasis für ein Schiedsgericht ansehen könnte. Über das Verschweigen von Poteidaia hatte ich Dir oben berichtet.

Abschließend: Einige Gedanken zum Kriterium des Richters oder eines Vermittlers bei Verhandlungen oder Schiedsgerichten findest Du im Kapitel „Das Schneiden und die Notwendigkeit eines Vermittlers!!!"

Ungezügelte Leidenschaften – unpassend für unseren Kosmos

Je mehr ich sehe, wie einfallslos wir den jetzt beschlossenen Krieg planen und wie sehr sich manche darauf freuen, desto stärker fange ich an über den Zustand unseres Kosmos nachzudenken.

So fällt mir auf, dass diejenigen, die sich auf den Beginn des Kampfes freuen, eine für Sparta unübliche Freude zeigen. Unsere Vorfahren zogen in den Heiligen Krieg gegen die Perser zu den Thermopylen und nach Plataiai mit einem Ernst, den jeder noch an der Grabinschrift für unsere Dreihundert an den Thermopylen als Beweis genau dieses Ernstes studieren kann:

„Fremder! Meldung den Lakedämoniern, dass hier wir liegen deren Befehlen gehorchend!"

Da ist keine Großmäuligkeit, wie ich sie vor kurzem bei einigen unserer Rekruten hörte, die davon sprachen, das „Athenerlein müsse jetzt die Strafe zahlen". Ich dachte länger über ihre Worte und ihr Gebaren bei diesen Prahlereien nach. Ich entdeckte neben der Freude auf den baldigen Beginn des Krieges etwas anderes noch: eine Lust auf Abenteuer.

Du, Bürger einer hellenischen Stadt, die ohne so strenge Gesetze wie die unseres Lykourgos lebt, magst Dich vielleicht fragen, was ich gegen Abenteuer habe. Deine Jugendlichen ziehen bestimmt so, wie es alle anderen tun, heimlich bei Nacht zur Nachbarstadt, um dort eine Herde

Schafe oder Ziegen zu klauen – Abenteuer und Bewährung eben für die Jugend. Da alle es so halten, regeln die Erwachsenen, die in der raubenden wie der beraubten Stadt regieren, die Sache deeskalierend. Im Normalfall entsteht durch den Jugendstreich kein Krieg der Erwachsenen.

So eine Lizenz zur Ausgelassenheit und zum bloßen Ablassen von Dampf aus dem Vorrat der endlosen Energie der Jugend, so etwas gibt es bei uns in Sparta nicht, außer bei den genannten Wettkämpfen. Wenn wir diejenigen, die nicht mehr Kinder, aber auch noch keine Hopliten sind, in die Wildnis schicken, so geschieht dies im Auftrag des Kosmos, mit der Auflage, sich durch das Ertragen von Strapazen für den echten Krieg zu ertüchtigen. Bei Rückkehr gibt es keine Prahlerei, keine Feiern in Bordellen und Kneipen wie bei euch, sondern nur: die Bescheidenheit derer, die sich im Auftrag aller ertüchtigten im Erleiden, nicht im „Ausflippen". (Ja, so lautet ein Modewort für die Jugend-Ausgelassenheit in Athen, die haben sogar ein spezielles Wort für das jugendliche Ausleben von ungezügelten Leidenschaften.)

Das, was ich da bei einigen unserer jungen Hopliten beobachtete, da war etwas von dem enthalten, wie ich es bei den Athenern beobachten konnte: die freuten sich darauf, in der Fremde endlich mal ihrer Lust auf Zügellosigkeit und Gesetzlosigkeit nachgeben zu können - und zwar frei von der Aufsicht ihrer Mitbürger.

Etwas davon hat mein Vater schon bei unserem König Pausanias entdeckt, dem Oberbefehlshaber bei Plataiai. Der „flippte regelrecht aus", als er als Oberbefehlshaber von ganz Hellas in Ionien die Perser weiter verfolgte. Nichts mehr von der Bedachtsamkeit, die entstanden ist aus stetiger Beachtung der Gesetze, wie ich sie in meiner Rede gepriesen hatte, nichts von der Scheu vor den Grenzen, die die Götter den Menschen gesetzt haben.

Es war eine Verselbstständigung des Willens des Einzelnen sichtbar.

Und so etwas habe ich bei unseren jungen Leuten beobachtet! Wenn diese in den Krieg ziehen, und selbst, wenn sie ihn gewinnen, sie werden zurückkehren, unfähig für das Leben, wie wir es heute noch in Sparta führen.

Die Un-Gnade der späteren Geburt

Wie Du, geneigter Leser, den letzten Kapiteln entnehmen konntest, wärmen alle Beteiligten seit Beginn der Kerkyra-Krise immer wieder uralte Geschichten auf, die - in ihrer jeweiligen Darstellung - beweisen sollen, dass der jeweilige Gegner im Unrecht sei.

Besonders auffällig sind dabei die Athener mit ihren unaufhörlichen Erzählungen über ihren Anteil an der Abwehr der Perser. Du, Leser, weißt bestimmt, dass ich keiner dieser stumpfen Gegner der „Athenerlein" bin – so nennen ja unsere Fanatiker die Athener. Nein, ich sehe die ungeheuren Leistungen der Athener im Politischen, Militärischen und Künstlerischen mit allen seinen Bereichen. Ich neide ihnen nicht ihr Wahrzeichen, die Akropolis. Aber: allzu große Zurschaustellung seiner selbst und, begleitend dazu, noch der immerwährende Hinweis auf die eigene Einzigartigkeit – bei weniger nachdenkenden Menschen ist das kontraproduktiv.

Ich halte mich da für toleranter, aber auch ich verspüre eine Gereiztheit, wenn wieder eine Gesandtschaft kommt und uns vorhält, dass wir vor 50 Jahren etwas getan oder nicht getan haben, während doch sie, die Athener …

Nein, diese Erzählungen aus einer Vergangenheit zu benutzen, um Gegenwärtiges zu rechtfertigen, ist zwar eine uns allen gewohnte Argumentationstechnik, - sie fängt schon an bei der Erwähnung der „Väter und Vorväter, derer wir uns würdig zeigen" sollen – sie ist aber dennoch immer unpassender für unsere stürmisch sich fortentwickelnde Zeit. Was nützte zum Beispiel uns in Sparta der Hinweis auf die Pietät oder Tapferkeit unserer Vorfahren, wenn diese sich nur im Umkreis von 500 Stadien um die Stadt herum bewegten, wenn das Leben von einer zur anderen Generation praktisch keine Veränderung erfuhr?

Das Stichwort Generation! Im Grunde ist doch dieses Vorhalten von Vergangenem der jetzigen Generation gegenüber ein Akt der Feigheit. Ja, das sage ich, der ich gleichzeitig die Gesetze unseres Lykourgos lobe!

Ein Beispiel, damit die Richtung meiner Gedanken klar wird: Man hält der Jugend vor, sie müsse sich vor diesem oder jenem Gegner hüten, weil dieser ja „zur Zeit unserer Vorväter" irgend etwas gegen unsere Stadt getan habe. --- Was aber gibt man damit stillschweigend zu? Dass unsere sonst so hochgelobten Vorväter trotz ihrer einmaligen Tüchtigkeit den damaligen Gegner nicht völlig unterwerfen, das damalige „Unrecht" nicht hatten abwehren können. Und deshalb solle die soundsovielte Generation nach diesen Vorvätern endlich das Unrecht rächen.

Kein Gedanke daran, ob

- man jetzt eigentlich noch unter dem Zustand leidet, den das damalige „Unrecht" schuf;

- wenn ja, ob dieses Leiden noch genauso groß ist wie zur Zeit dieser Vorväter;

- ob nicht das Leben selbst schon Veränderungen geschaffen hat, etwa:

- ob beim Gegner noch dieselben Leute mit derselben negativen Einstellung an der Macht sind wie zur Zeit der Vorväter;

- die Verhältnisse, die sich ja IMMER ändern, jetzt für diese Jugend noch genau so vom Unrecht geprägt sind wie zur Zeit der Vorväter;

- und noch vieles mehr.

Nein, man erzieht die gesamt Jugend im Hass auf den Gegner und verbaut dieser Jugend damit den Blick auf Möglichkeiten zur Änderung derjenigen Zustände, durch die das Generationen zuvor erlittene „Unrecht" entstanden waren. Man erzieht die Jugend also zu einer Unbeweglichkeit des Geistes.

Diese Jugend trägt damit schon von der Geburt an die gesamte Last aller Fehler ihrer Vorfahren, und zwar ohne eine Entscheidung ihrer selbst darüber, ob sie genau diese Last weiter ertragen will. Klar, dass jemand, dem solche Last ohne die Möglichkeit der Weigerung aufgebürdet wird, nicht aufrechten Ganges und klaren Blickes die Gegenwart beurteilen kann.

Nun mag man einwenden, dass ich ja nur Beispiele für ein in der Vergangenheit erlittenes Unrecht und für die ausstehende Rache dafür genannt habe. Dem gegenüber wäre es doch sittlich geboten, der Jugend die Großtaten der Vorfahren nahe zu bringen, oder? Das wäre doch quasi ein positives Verfahren im Vergleich zu dem negativen mit dem früheren Unrecht, oder?

Nun, selbst die sogenannten Großtaten der Früheren können die Jugend in eine Art geistigen Kerker, ein Gefängnis für die Wahrnehmung der jetzigen Lage und der künftigen Möglichkeiten einsperren! Wieder ein Beispiel: Es gibt nichts Heroischeres als unsere Vorfahren, als sie zu der Zeit, von der Tyrtaios singt, sich die Messenier unterwarfen. Nur: Gibt es heute nichts Wichtigeres als das Beharren auf der Unterwerfung einer ganzen Landschaft und ihrer Bewohner? Sind wir heute nicht gleichsam als Wächter angekettet an die damals Unterworfenen, unsere Heloten? Können wir so, quasi mit einer gefesselten Hand, uns in einen Konflikt einlassen mit einer Stadt, die die Propaganda-Fahne der Freiheit schwingt, deren Reich sich von den Skythen dort am Schwarzen Meer bis zu den Italikern erstreckt?

Wenn man meint, dass die Jugend mit dem gesamten Ballast der Vergangenheit beladen leben soll, so soll man sich aus der Dynamik der Gegenwart heraushalten! Wenn man statt dessen – wollend oder nicht wollend – mitten in dieser Dynamik, diese mit gestaltend, leben will, so befreie man Denken und Vorstellung der Jugend von dieser unreflektierten Vergangenheit.

Man mache sie frei ihren eigenen Weg zu suchen unter den neuen, viel größer dimensionierten Verhältnissen. Und vielleicht, wenn dies auch beim Gegner geschähe, diese Befreiung der Vorstellung: möglich, dass unsere Jugend dann mit der Jugend Athens Möglichkeiten des Ausgleichs der Interessen fände, an die wir Alten heute gar nicht denken.

„Aber Archidamos, immer werden die Menschen neue Objekte für ihre gegensätzlichen Interessen finden, und damit Ursachen für Konflikte und Krieg. So ist die Natur des Menschen!"

Nun, ich bin nicht so philosophisch gebildet, dass ich die „Natur des Menschen" eindeutig zu bestimmen wüsste. Ich verlange diesen Verstehensprozess für die Jugend ja gar nicht, weil ich etwa meinte, dass alles plötzlich nur aus Gutmenschen bestünde oder dass man Interessengegensätze heute plötzlich wegzaubern könnte.

Nein, ich verlange diese Phantasie und Kreativität wegen der Gefahren um uns beide herum, also um Athen und meine Stadt, um die beiden Führungsmächte des gemeinsamen Hellas. Die Jugend würde – mit Blick starr in die Vergangenheit gerichtet – einer Zukunft und ihren Gefahren in den Schlund geworfen, derer sie sich nicht erwehren kann, ja, die sie nicht einmal erkennen oder würdigen kann, da sie ja im uralten Konflikt mit dem Schein-Gegner gefangen ist. Der wirklich neue Konflikt aber zeichnet sich doch überall ab: ich will nur an den wiedererstarkten Perser und den Makedonen, den windigen Perdikkas, erinnern ...

Also, befreit mir die Jugend der Städte von Hellas von dem Gefängnis des Geistes, in das diese Jugend eingeschlossen wird durch die beständige Beschwörung der Sünden der Gegner ihrer Vorväter oder die damals als groß geltenden Taten dieser Vorväter!

P.S. Falls Du den Eindruck hast, ich wolle die Vergangenheit vergessen machen, so lies erneut das Kapitel „Die Generation der Söhne und Enkel, oder: Vom realistischen Erinnern an den Krieg"

„Auf nach Athen" - Der panhellenische Hass auf Athen

Ich hatte Dir ja berichtet, dass auch nach unserem Kriegsbeschluss und dem des Peloponnesischen Bundes noch Gesandtschaften hin und her gingen, dass noch keine Kriegshandlungen stattfanden. Nur: es rüsteten alle Seiten, alle bereiteten sich vor. Die Stimmung bei uns und den

Verbündeten war <u>anfangs</u> ruhig, eher gedrückt als freudig erregt. Ich war nur mit Reisen zu unseren Verbündeten beschäftigt.

Als aber die Führungen allerorts mit den unmittelbaren Vorbereitungen zum Ausrücken begannen, als der Sternenhimmel wieder klar wurde und der Adler wieder zu kreisen begann, da änderte sich die Stimmung, immer wieder befeuert durch neue Schreckensnachrichten aus Poteidaia! Das war die Stimmung, in der ich von unseren Jungmannen den Spruch über das „Athenerlein" und anderes hörte.

Man fand bald niemanden mehr, der sich um Alltägliches sorgte, alle hatten das große gemeinsame Ziel vor Augen, wollten vor den Mitbürgern in tätigem Tun nicht zurückstehen. Besonders die Jugend, die ja noch keinen Krieg mitgemacht hatte, die vollgesogen war von den durch die Überlieferung geschönten Erzählungen der Heldentaten ihrer Verwandten und Mitbürger – sie sehnte jetzt den Krieg herbei. Noch hielt sich bei uns ein Rest der alten Disziplin, bei den Verbündeten aber hörte man bei jeder Zusammenkunft, bei jeder Musterung Sprechchöre mit „Auf nach Athen", „Saufen im Piräus", „Das Athenerchen soll zahlen" und ähnliches.

Dass sich gerade Jugend in Bedenkenlosigkeit auszeichnet, wissen wir alle. Hier kam noch eine Erscheinung hinzu, die wir bei den meisten Menschen beobachten können: Am Anfang von Wagnissen sind sie mit besonderer Begeisterung dabei, denn solch ein Abenteuer unterbricht den doch gleichförmigen Alltag. Diese Begeisterung schwindet dann ebenso bei allen ziemlich schnell und weicht einer Art von trotzigem Durchhalten, bis es bei dem Unterlegenen umschlägt in Verzweiflung und Hoffnungslosigkeit – also das gerade Gegenteil der Begeisterung des Anfangs. Bei den meisten Menschen reicht dann die Erinnerung nicht mehr zurück zu der Begeisterung, die sie zu Beginn des Abenteuers zur Schau stellten.

Meine nächste Beobachtung magst Du als parteiisch werten, da ich dies ja als Spartaner niederschreibe. Ich meine, dass meine Beobachtung zum einen etwas zu tun hat mit dem schon erwähnten Wunsch nach der Unterbrechung des Alltäglichen, der Sucht nach Neuem. Ich will meine

Beobachtung auch auf die Gefahr der Parteilichkeit niederschreiben, einfach, um das Bild zu vervollständigen.

Nicht nur in der Peloponnes, auch bei den Neutralen und den Untertanen der Athener – weit verbreitet war überall ein offener Hass auf Athen. Erinnere Dich der früheren Kapitel über Thasos, Euboia, Naxos und Samos, über Kerkyra, Megara, über Poteidaia schließlich, das ja immer noch unter Belagerung stand: Überall war Athen sichtbar, wie es vor Aktivität überquoll, wie es die Ruhe störte. Die Korinther hatten es ja in der Apella bei uns so anschaulich dargestellt.

Dem gegenüber traten wir jetzt mit der Losung „Freiheit für Hellas" an. Diese wirkte ja gerade deswegen, weil die Omnipräsenz der Athener, ihre Einmischung in alle Angelegenheiten, für alle Augen sichtbar war. So hofften die „Mitglieder" des Seereiches auf ein Ende der Herrschaft Athens und die noch Unabhängigen hofften nicht mehr Opfer der athenischen Expansionsgelüste zu werden, weil Athen jetzt ja mit uns Peloponnesiern genug zu tun haben würde.

Mir schlugen zwei Herzen in der Brust. Natürlich unterstützte ich alle Anstrengungen unsererseits, teils aus Zugehörigkeit, teils aus Pflichtgefühl als Oberkommandierender. Andererseits wusste ich um den Überdruss, den Hellas nach dem Sieg über die Perser über unseren Pausanias gezeigt hatte, hatte erlebt, wie schnell Befehlshaber von uns in der Fremde zu Tyrannen wurden, wusste, wie gering die Kräfte meiner Stadt für die Beherrschung und Neuordnung von möglichen Eroberungen waren. Die Athener selbst hatten ja diese Gefahren für eine alleinige Herrschaft durch uns in ihrer Rede sogar ausgemalt. Kurz, ich wusste um den Wankelmut der Götter, um die Unvorhersehbarkeit menschlicher Schicksale, um das Umschlagen von militärischen Erfolgen in politische Misserfolge.

Wie ich diesen Zwiespalt meisterte? In dem kommenden Kapitel, in dem ich mir Gedanken machte über meine Rede an unsere Kämpfer, und in dem Kapitel danach mit meiner Ansprache an die verbündeten Kommandeure zu Beginn der Operationen, kannst Du es ersehen.

Meine Gedanken für eine Kriegsrede – nach der Friedensrede

So waren wir letztlich da angelangt, wo ich niemals hatte sein wollen. Unsere Truppen und unsere Verbündeten sammelten sich am Isthmos von Korinth. Ich war ihr Feldherr. Ich musste die einfachen Hopliten jetzt durch eine dieser Brandreden anstacheln, diese Reden voll von einseitigem Optimismus für die eigene Seite, voller pessimistischer Voraussagen für den Gegner, voll von Überhöhung der eigenen Sache und der eigenen Menschen, voller Erniedrigung des Gegners.

So müsste ich es machen, denn gerade für die Art von Krieg, die ich prophezeit hatte, diesen langen Krieg mit wechselvollen Wendungen, kam es ja auf den wuchtigen ersten Schlag an: aus Gründen der Menschenführung, aber auch in der Hoffnung, dass der Krieg doch wider Erwarten abgekürzt werden könnte. Es kam darauf an – nun, es kam darauf an den ersten Schlag so zu führen, dass meine eigene Prophezeiung über die Länge des Krieges nicht wahr würde. Dieser so formulierte Widerspruch zeigt genau meine Zwangslage, ich war bei seiner Entdeckung gleichzeitig amüsiert und geschockt.

Mir war angesichts dieser Notwendigkeit eine regelgerechte Kriegsrede zu halten ernster zumute als vor den meisten der vielen Gefechte und Schlachten meines Lebens. In diesen half gegen die persönlichen Sorgen doch das Anlegen der Rüstung und der Blick der Kameraden und schließlich der Druck von Reihe und Glied in der Phalanx. Hier war ich allein!

Allein mit dem Widerspruch eine Kriegsrede zu halten für eine Krieg, den ich für kontraproduktiv hielt. Aber natürlich muss der Oberbefehlshaber, ein Nachkomme von Leonidas, diese Rede halten.

Trotz all' dem Druck aber - nein, ich will keine dieser Allerweltsreden!!! Ich würde weiter von der ungewöhnlich harten Zukunft reden, nicht mit den üblichen Phrasen von ruhmreichem Sieg auf blutgetränkter Wallstatt, von hingemetzelten Feinden in Massen.

Geschlagen werden musste – für alles andere war es jetzt zu spät. Aber der erste Schlag würde ja ein indirekter werden, mit dem Ziel die Athener zur direkten Schlacht herauszulocken. Diese Athener in ihrer Arroganz mussten ja sehen, wie ihre Landstädte und Höfe in Rauch aufgingen, wie die Wurzeln des Olivenbaumes, des langwachsenden, vom scharfen Eisen zerschnitten wurden. Vielleicht würden ja doch – entgegen meiner Voraussage - die Besonnenen in der Stadt dann zu Besonnenheit raten, so, im Anblick ihres zerstörten Lebenswerkes, eingepfercht, sie, die Bauern, in Mauern zu Massen.

Ja, Aggressivität in diesem Werk der Verwüstung, dazu muss ich aufrufen; aber auch verhindern, dass der Mensch ganz zum Tier wird, verhindern, dass bei dieser unmilitärischen Verwandlung einer Kulturlandschaft in eine Wüste ohne einen sich wehrenden Gegner plötzlich eine Wendung einträte. Wendungen waren ja nicht ausgeschlossen, denn beim Verwüsten der Landschaft zerstreuen sich ja die eigenen Truppen – eine Einladung für einen plötzlichen Ausfall der Athener aus ihren Langen Mauern. Ja, ich muss wieder zu Besonnenheit aufrufen, anmahnen, dass nicht der Kosmos leide.

So würde ich später gegenüber den Hopliten reden, jetzt aber war in der Rede an die Kommandeure Platz für die Ermahnungen. Ich straffte mich, zog den Helmriemen fest und trat hinaus.

<u>Meine Rede an die Kommandeure zu Beginn der Kriegsoperationen</u>

Das Folgende sprach ich in meiner Eigenschaft als Oberkommandierender zu den Kommandeuren der Aufgebote und den Männern, die in ihren Städten die höchsten Stellungen innehatten.

„Männer der Peloponnes, Bundesgenossen! So wie wir in diesem Augenblick führten auch unsere Väter viele Feldzüge hier im Peloponnes und außerhalb. Sie waren erfahren. Die Älteren unter uns hier sind gleichfalls sehr erfahren in Angelegenheiten des Krieges.

Bei diesem Vergleich zwischen gestern und heute gibt es nur ein Ergebnis: Wir sind noch nie mit besserer Rüstung ausmarschiert als jetzt, sind selbst so zahlreich wie nie, unsere Aufgebote sind von bester soldatischer

Qualität. Aber genau das ist auch nötig: Wir marschieren ja diesmal gegen eine Stadt von gewaltiger Macht, nicht gegen irgendeinen feindlichen Nachbarn aus der näheren Umgebung. Ja, Athen ist eine gewaltige Macht!

Diese Macht des Feindes ist unsere Herausforderung, unsere Stärke aber eine Verpflichtung: Wir dürfen uns auf keinen Fall schwächer zeigen als unsere Väter, aber auch nicht hinter unserem eigenen kriegerischen Ruhm zurückbleiben.

Denn: Ganz Hellas fiebert unseren Taten entgegen, es richtet seine gesamte Aufmerksamkeit auf uns; dieses Hellas glüht vor Hass auf die Athener, es begleitet daher unsere Vorhaben voller Sympathie; Hellas ist zuversichtlich, dass wir das schaffen, was es von uns erwartet, und was wir selbst von uns verlangen müssen.

Ich hörte in den letzten Tagen unter uns viele Beispiele von Begeisterung. Bei all dieser Begeisterung aber ist es notwendig, dass wir bei jeder Bewegung in keiner Hinsicht nachlässig sind, dass jeder Kommandant eines Stadtaufgebots, jeder Hoplit - und zwar auch ohne Befehl - immer wachsam bleibt, auch wenn keine Gefahr zu drohen scheint. Dies ist ein Befehl, der immer gilt, ohne dass er extra ausgesprochen wird! Und dieser Befehl ist gerade dann genau zu befolgen, wenn wir in solcher Überzahl einmarschieren und scheinbar große Sicherheit herrscht, dass die Feinde nicht zur Schlacht auf uns zukommen.

Kommandeure! Freunde! Der Krieg ist das Reich des Ungewissen, aus scheinbaren Kleinigkeiten entsteht Gefahr. Oft hat die schwächere Truppe in ihrer Furcht sich besser gegen eine Übermacht zur Wehr gesetzt, weil diese Übermacht unvorsichtig war aus Geringschätzung des Gegners. Deshalb gilt gerade beim Feldzug im Feindesland: In der Planung kühn, bei der Durchführung aber mit Umsicht auf alles vorbereitet! Dann darf man bei Angriffsoperationen wagemutig sein und ist gleichzeitig sehr sicher gegenüber Überfällen.

Freunde! Wir marschieren auf eine Stadt, die auch in der Verteidigung keinesfalls schwach ist, sondern mit allem aufs Beste gerüstet. Deshalb seien wir vorbereitet, wenn die Athener sich zur Schlacht stellen, auch wenn sie sich jetzt noch nicht bewegen, weil wir noch entfernt sind; bald sind wir in ihrem Land, dann sehen sie, wie wir es verwüsten und ihren Besitz vernichten.

Jeden überfällt der Zorn, der so etwas sieht. Und zornige Leute haben keine Kontrolle über ihre Handlungen, sie wollen nur noch Rache. Und wahrscheinlich werden die Athener mehr als andere Rache wollen, sie, die sich für berechtigt halten andere zu beherrschen. Sie sind es doch gewohnt, selbst Land und Besitz ihrer Gegner zu verwüsten, nicht aber die Verwüstung ihres eigenen Besitzes zu sehen

Deshalb: Ihr, die ihr in den Krieg zieht gegen eine solche Stadt und dabei seid, für euch selbst und eure Polis größten Ruhm zu erringen: Schärft euren Männern ein, dass sie folgen, egal wohin ihre Führung sie schickt, setzt Disziplin und Wachsamkeit überall und jederzeit durch, achtet auf genaueste Befolgung der Befehle! Ja, denkt auch daran, dass Ruhmsucht nur allzu leicht in Schande umschlagen kann! Habt im Blick, dass die Manneszucht nur zu leicht Schaden nimmt, wenn der Mann plündern, schneiden und zerstören darf!

Ich fasse zusammen: Für unsere Armee selbst – auch in ihrer Außenwirkung gegenüber dem Feind - ist es das beste und für unsere Operationen ist es das sicherste, wenn alles von einer einzigen Disziplin durchdrungen ist, auch wenn unsere Armee aus den Kontingenten vieler Städte besteht.

Und nun geht zu euren Männern und instruiert sie gemäß dieser Rede!"

Die Pest und der Kriegsplan des Perikles

Seit dieser Rede ist schon ein Jahr vergangen. Es ist jetzt das **zweite** Kriegsjahr. Ich hatte prophezeit, dass wir – Peloponnesier und Athener – den Krieg wohl noch unseren Enkeln überlassen würden.

Perikles wusste von meiner Vorhersage, wir hatten lange vor der Kerkyra-Krise mehrere Male in Ruhe gesprochen – und er war schlau, wenn auch nicht weise. Sein Plan sah auch einen langen Krieg voraus, in dem wir unsere Kräfte gegenseitig abnutzen würden. Wie schlau er war, kannst Du, Leser, schon daraus entnehmen, dass er den Athenern von der Sache abriet, die für jeden Sieger die natürlichste Sache der Welt zu sein scheint: Sie sollten während dieses Krieges auch bei gutem Zwischenstand nichts unternehmen, was nicht ganz unmittelbar mit den Kampfhandlungen gegen uns zu tun hätte. Du willst es genauer, klarer: Die Athener sollten während des Krieges auf jede Vergrößerung ihrer Herrschaft verzichten.

Dieser Ratschlag war nicht nur den Athenern so neu und so originell, dass Perikles allein schon deswegen für einen Staatsmann gehalten wurde. Auch ich muss meinem Gastfreund hier Lob zollen, denn er war der Erste, der diese Idee eines planvollen Verzichtens zu einem zentralen Element eines Kriegsplanes machte. Perikles hatte nämlich die Natur eines Abnutzungskrieges sehr genau durchdacht.

Allerdings – ich habe es oben schon angedeutet – er war klug, aber nicht weise. Denn das zweite zentrale Element seines Kriegsplanes beruhte darauf, dass die Athener sich vor ihren Stadtmauern auf keinen Landkampf mit unserem Haupheer einließen, sich statt dessen in der Stadt, hinter den „Langen Mauern", im Piräus und im Phaleron einigeln und von dort aus Flottenexpeditionen gegen unsere Küsten starten würden. Nein, keine gigantischen Expeditionen, wie man vermuten möchte, sondern eher etwas wie dauernde Nadelstiche. Sie sind eher geeignet den Gegner zu ermüden – wie der Elephant, der durch mehrere kleine Wunden immer schwächer wird.

Auch diesem zweiten Element würde man zunächst das Attribut „genial" verleihen. Der Plan und das Wesen der athenischen Macht – die Seemacht – passten so vollendet zueinander, dass das Attribut schon angemessen erscheint. Sie passten so zusammen, wie die Gesichtszüge von Perikles zu den eleganten Worten seiner Reden. Sie waren eine Einheit.

Dennoch war der Plan nicht weise, denn er beruhte auf einer einzigen Möglichkeit und berücksichtigte nicht die gerade im Kriege vielfältigen Zufälle. Ja, ich muss dem Staatsmann sogar noch einen größeren Vorwurf machen, denn es waren nicht nur Zufälle, die seinen Plan veränderten, sondern eine der großen Wahrscheinlichkeiten in fast jedem Kriege. Höre!

Der oben genannte Plan beruhte ja darauf, dass sich die gesamte attische Bevölkerung vom Land in die Stadt zurückzog. Perikles' Plan war also so etwas wie ein freiwilliger Rückzug in einen Zustand der Belagerung, des Belagertseins. Von diesen Belagerungszuständen aber ist bekannt, dass durch das Zusammendrängen so vieler Menschen auf engstem Raum die Gefahr von Seuchen in fast jedem Falle wächst. Und genau das trat im Sommer des 2. Kriegsjahres in Athen ein, als ich unser Heer nach Attika führte und die Massen sich zum zweiten Male innerhalb der Mauern zusammendrängten.

Ich habe für die eigentliche Ursache des Entstehens dieser Seuchen meine eigene Meinung. Voraussetzung für das Entstehen ist, dass viel zu viele Menschen auf engem Raum sich drängen. In jedem Menschen, so meine Meinung, gibt es eine Art Tiere, die wir mit unseren Augen nicht sehen. Mein Beweis für so etwas, was man dem lebenden Körper nicht ansieht, was aber trotzdem schon in ihm ist, ist: Wenn man Menschen einige Tage nach ihrem Tod untersucht, so findet man ekliges Gewürm, das aus ihnen hervorkriecht. Dasselbe Gewürm aber findet man nicht, wenn man den lebenden Menschen aufgrund irgendeiner Notlage aufschneidet. Das Gewürm ist also dann noch unsichtbar, muss aber schon im Menschen lauern, sonst könnte es nicht beim Toten in so kurzer Zeit wuchern.

So ähnlich wird es noch kleinere Tiere geben, die, unter bestimmten Umständen, die Menschen von innen krank machen, ohne dass man sie sehen kann. Angreifen können diese Tiere aber wohl nur dann, wenn viele Menschen mit ihren Exkrementen sich auf engem Raum zusammendrängen. Hierdurch werden die Ausscheidungen, die jeder Mensch einzeln schon hat, ungeheuer verstärkt.

Auch wenn ich all dies nicht durch sichtbare Zeichen beweisen kann, so hilft es doch zu erklären, dass in belagerten, menschenüberfüllten Städten sehr oft Seuchen ausbrechen. Ein „Staatsmann", der seine Stadt freiwillig einer Art von geplanter Belagerung aussetzt, kann nicht als weise gelten; er kann dies noch weniger, wenn er solch einen Belagerungszustand nicht nur für ein Jahr, sondern gleich für mehrere Jahre eines Krieges in Kauf nimmt. Und in einem Abnutzungskrieg ist die lange Dauer eine Grundtatsache, sie ist gleichsam die Grundlage.

Dass es mehrere Jahre werden würden, haben Perikles und ich bei unseren gegenseitigen Besuchen oft erörtert. Ja, vieles von dem, was später passierte, haben wir damals, wenn wir uns in politischen Gesprächen verloren, durchgespielt, wie ich es oben schon angedeutet hatte. Ob diese Reisen der Phantasie dem Perikles noch bewusst waren, als er Athen in die Aggression steuerte, kann ich nicht sagen, denn unser letztes Treffen fand zwei Jahre vor der Epidamnos-Kerkyra-Krise statt. Danach trafen wir uns nicht mehr, unter anderem weil Perikles ja diese innenpolitischen Angriffe abzuwehren hatte, während denen ein enger Kontakt zu mir nach Sparta ihm nur noch mehr Verdächtigungen eingebracht hätte.

Es ist bei Kriegsplänen überhaupt nichts unsinniger, als sich auf eine einzige Möglichkeit zu kaprizieren. Ein solcher Kriegsplan ist von vornherein zum Scheitern verurteilt, wenn nicht absolut günstige Anfangsbedingungen ihm - entgegen allen Erfahrungen - doch zum Erfolg verhelfen.

Das Schneiden und die Notwendigkeit eines Vermittlers

Ganze zwei Jahre nun schon führe ich jeden Sommer unser Heer nach Attika. Und ganz so, wie ich es vorausgesagt hatte, führt diese Aktion zu: Nichts. Wir stehen vor den Mauern, die die Athener seit Themistokles' Rat gebaut und seitdem verbessert haben, wir fluchen auf diese Feiglinge, die sich hinter Mauern verstecken, wir merken wieder, dass wir auch dieses Jahr „vergessen" haben, uns für den Mauer-Krieg zu rüsten.

Aus alter Gewohnheit spreche ich von „wir", wenn ich von unseren Aktionen spreche. Nein, „wir" weckt wieder falsche Assoziationen. Es ist mit dem „wir" wie mit so vielen Wörtern, die man zwar jetzt benutzt, die aber etwas ausdrücken, was zu den Verhältnissen der Vergangenheit passt.

So zum Beispiel das einfache Wort „Krieg". Unser Kopf ist voll von den heldisch gedichteten Sagen über unsere Vorfahren, von den Liedern des Tyrtaios – also ist er auch voll vom Kampf auf blutgetränkter Ebene, vom Zweikampf Einzelner und ganzer Heere in Schlacht-Ordnung, vom Klang der Flöten, den rhythmischen Schreien der Vorrückenden – gut, letzteres kommt bei uns nicht vor, ist aber Bestandteil dieser Entfachung von Kriegsbegeisterung.

DAS hier jetzt vor Athen entspricht diesem überlieferten und in die Gehirne gebrannten Bild des Krieges nicht, wir folgen einer Wahnvorstellung. Das erklärt eben auch, wieso wir wieder wie die Ochsen vor diesen Mauern stehen, ohne Belagerungsmaschinen, ohne Hilfsvölker, die sich auf so etwas verstehen, ohne wenigstens den Beginn einer Einübung unserer eigenen Leute für so etwas.

Aber ich war oben hier bei der Bedeutung des Wortes „wir" von meinen kreisenden Gedanken abgelenkt worden! Ich spreche noch von „Wir", aber tatsächlich ist der Riss zwischen den Wenigen, die mir zuhören, und den Vielen, die mit den Rezepten der Vergangenheit den neuen Krieg führen wollen, und die sich gegenseitig bestärken, immer größer geworden. Und diese Leute sind eben die Mehrzahl!

Zu diesen Rezepten gehört dann auch das Ritual zu Beginn jedes Einmarsches hier in Attika, dieser Einmärsche, die ich in meiner Rolle als König auch noch anführen muss: wir schneiden und brennen!

Ja, für Dich, Leser aus dem Norden, muss ich vielleicht klären, was in unserer Sprache mit „schneiden" gemeint ist: Nun, es ist der Versuch, dem Gegner auf Jahre hinaus die Lebensgrundlage zu vernichten, das Abhacken der uralten Bäume der Athene, aus denen wir alle hier in Hellas den lebensspendenden Saft des Öls gewinnen. Ohne Öl kein Leben! Und indem wir „schneiden", rauben wir dem Gegner diesen Lebenssaft, denn: Ein Olivenbaum trägt erst Oliven im siebten Jahr, und dann noch mit geringem Ertrag. Überall aber zeigt man in unzugänglichen Gebieten uralte Olivenbäume, die man nur mit Homers Worten angemessen würdigen kann:

„Innerhalb des Gehegs war ein weitumschattender Ölbaum, Stark und blühenden Wuchses; der Stamm glich Säulen an Dicke."

So Vater Homer im 23. Gesang der Odyssee, als Einleitung zu der Erzählung des Odysseus über den Bau seines Ehebettes. Aber zurück zum Thema!

Das „Schneiden" gehört – hier und jetzt schäme ich mich dafür – ungefragt auch zu unserer kriegerischen Tradition, und zu der der übrigen Hellenen. Aber, beim Ares, doch nur zu Beginn eines Feldzuges, doch nur, um die Gegner zum Kampf zu zwingen, zum Schutz ihrer Bäume. Und dann die ehrliche Feldschlacht!!! So ist das überlieferte Kriegsbild, so stellt sich ungewollt unser Kopf den Krieg vor, folgend den uns eingebrannten Ideen.

Hier aber, vor den Mauern Athens, versagt all dies. Die Athener nutzten ja ihre Ländereien vor den Mauern schon vor dem Krieg eher als eine Art Vorgarten; die Reicheren trieben schon gar keinen echten Landbau mehr dort. Das Öl, das wir ja mit den Bäumen vernichten wollten, das bezogen diese Seefahrer schon längst von Übersee. Und obwohl unseren Falken jetzt nach zweimaliger Wiederholung auch schon langsam dämmert, dass wir die Athener mit dem „Schneiden" gar nicht mehr so treffen wie unsere früheren Gegner – obwohl sie anfangen, das trotz der Heldensagen im Innersten langsam zu begreifen, bereiten sie das dritte Jahr genauso vor. Ich darf mich da eigentlich nicht ausnehmen: Obwohl ich gegen das Beginnen dieses Krieges war, erwartete ich auch vom „Schneiden und Brennen", dass die Athener, wider den Kriegsplan des Perikles, getrieben von der Wut über den Verlust ihres Besitzes, herauskommen würden. In meiner Friedens-Rede hatte ich diese Möglichkeit zwar geleugnet, hoffte aber zu Beginn der echten Kampfhandlungen doch noch, dass der ursprüngliche Trieb seinen Besitz zu schützen die Athener herauslocken würde. Letztendlich hing die Reaktion der Athener auf das Schneiden von ihrer Innenpolitik ab: Perikles und die meisten Stadtbewohner waren für das „Aussitzen" in der Stadt – die in die Stadt geflüchteten Landbewohner hielten den Anblick des geschnittenen Landes kaum aus. Letztlich gab die Pest den Ausschlag, führte zur Friedensgesandtschaft entgegen dem Plan von Perikles.

Wenn ich jetzt zum Beginn des Kapitels zurückschaue, merke ich, dass ich schon wieder vom Thema abgewichen bin – eigentlich bin ich „abgewichen worden", der Schmerz in Kopf und Brust über all die Fehler, die wir begehen, hat mich zum Abweichen vom Thema gebracht.

Die Athener und wir sind seit zwei Jahren in einem Krieg, in dem es im Schneckentempo vorangeht. Offene Entscheidungen gibt es nicht, nur indirekte Stiche, wie wenn ein Mensch zuerst von einer Wespe, dann von immer mehr Wespen attackiert wird. Es kann sein, dass dieser Mensch mit der Zeit müde wird, wenn, ich betone: wenn die Wespen lange genug durchhalten und wenn einige von ihnen empfindliche Stellen treffen, die die Wahrnehmung stören.

Es ist ein Krieg, in dem beide versuchen, den Gegner durch kleine Stiche zu ermüden, seine Widerstandskraft abzunützen. Nur: Auch derjenige, der die kleinen Stiche ausführt, erlahmt bei der Planung und Durchführung dieser vielen kleinen Unternehmungen, eine Entscheidung ist nicht in Sicht. Wir bräuchten angesichts dieses Unentschiedens, und um die gegenseitige Erschöpfung zu vermeiden, einen VERMITTLER. Ohne eine solche Person, die ja möglichst neutral sein müsste, keine eigenen Interessen verfolgend, haben die Gegner kaum eine Möglichkeit miteinander in Kontakt zu treten, da jeder für sich beim ersten Schritt der Kontaktaufnahme fürchtet für schwach gehalten zu werden. So unterbleibt in vielen Kriegen ein früher Kompromiss, obwohl beide fühlen, dass sie geringe Aussichten haben den Krieg zu gewinnen.

Ich sehe für uns in der Oikoumene keinen, der zwischen unseren beiden Heerlagern vermitteln könnte. Jede Stadt der Hellenen hat die Partei von einem von uns beiden ergriffen oder wurde dazu gezwungen; und: von den vielen Städten könnte ja nur eine große und bedeutende der Vermittler sein. Außerhalb von Hellas findet man fast nur Monarchen, und wem widerstrebt es nicht sich als Bürgerschaft an solch einen Alleinherrscher zu wenden. Gehen wir dennoch einmal diejenigen durch, die überhaupt in Frage kämen:

Da wäre uns am nächsten der Makedone, aber der ist uns beiden zu nah, seine Sympathien und Interessen für einen von uns wechseln täglich - je nach Kriegslage. Auch widerstrebt es mir und sogar auch Perikles, sich an einen Halbbarbaren zu wenden.

Unter den Barbaren der nächste ist der Großkönig. Für ihn aber trifft das Gleiche zu wie für den Makedonen: Er ist stark interessengebunden, allein schon wegen der Nähe zu uns. Sodann: Wegen der Niederlagen von Marathon, Salamis und Plataiai gibt es am persischen Hof immer eine Partei, die Rache will. Sie würde dafür sorgen, dass der Vermittler nur vergiftete Ratschläge gäbe. Hinzu kommt der Gedanke an unsere Mit-Hellenen in Ionien, die ja in ständiger Bedrohung durch den Perser leben. Nein, der Perser scheidet für jeden rechtlich Denkenden aus. Und selbst wenn all dies nicht wäre: Wer möchte jemanden zum Vermittler, dem sich seine Völker und Höflinge nur mit der Geste des flach auf dem Boden Geworfenen nähern. Gibt es eine Geste, die den Status eines Sklaven besser ausdrückt? Und so jemandem soll eine Stadt wie die unsrige sich nähern, die stolz ist, keine Stadtmauern nötig zu haben???

Du wunderst Dich vielleicht, denn ich hatte in meiner Rede gegen den Krieg eine bestimmte Möglichkeit angedeutet, die Möglichkeit sich auch bei Barbaren Hilfe zu holen. Ich bemerkte sogar, das sei legitim angesichts eines solchen Gegners wie Athen. Aber, beim Zeus, ich selbst will doch gar nicht den Barbaren einschalten! Ich hatte die Bemerkung gemacht um meinen Zuhörern vor Augen zu führen, zu welchen Extremen ein Krieg gegen einen solchen Gegner uns zwingen könnte. Eine Warnung also, indem ich ausmalte, zu welchen wesensfremden Extremen ein langer Abnutzungskrieg einen zwingen würde!

Weiter mit möglichen Vermittlern, aber das lässt sich kurz abhandeln, denn: Sie sind allesamt ungeeignet! Der Ägypter ist vom Großkönig abhängig. Der Karthager würde von Athen nicht akzeptiert, da er Konkurrent im Handel ist. Die Sizilier sind im Dauerkrieg untereinander, viele blicken auch mit Sorge auf das italische Festland, wo eine Stadt mit ungeheurer Zähigkeit und ohne Scheu vor Neuerungen dabei ist die Stämme Mittelitaliens zu unterwerfen.

Grundsätzlich zum Thema Vermittler ist auch zu bedenken: Die Akzeptanz eines Vermittlers, ja, überhaupt der Gedanke, sich um einen Vermittler zu bemühen, setzt auf beiden Seiten voraus, dass man entweder aus eigener Verstandeskraft zur Überzeugung gelangt ist, dass der Weg der Gewalt keinen Erfolg bringt, oder dass die Erfolglosigkeit und allmähliche gegenseitige Ermattung den widerspenstigen Köpfen diesen Gedanken an einen Vermittler quasi mit Stockschlägen einbläut.

Und für beide dieser Wege hat unser Krieg hier noch nicht lange genug gedauert. Auf beiden Seiten sind genug Leute, die im jeweils nächsten Jahr den großen Sieg erwarten. Und von denen, die sich von der großen Strömung mittragen lassen, ohne eigene Gedanken zu entwickeln, höre ich immer wieder: Das Orakel habe verkündet es sei bestimmt, dass der Krieg 3 Mal 9 Jahre dauern werde. Und wenn ich dann nachfrage, wie genau der Orakelspruch gelautet habe, so bekomme ich immer zur Antwort, dass der Inhalt selbst ausreiche und alle ihn so berichteten.

Diese Leute haben gar nicht im Blick, dass der Gott seine Orakel immer offen für Deutungen verkündet, manchmal auch als versteckte Warnung. Keiner dieser Leute kommt auf den Gedanken, dass der Gott durch den Hinweis auf diese unglaublich lange Dauer uns warnen wollte überhaupt den Weg des Krieges einzuschlagen. Hierauf deutet auch die seltsame Aufteilung seiner Dauer in 3 mal 9 Jahre. Als ob der Gott uns mit Blick auf unsere Blindheit wenigstens Pausen im Krieg nahelegen würde, in denen wir zur Besinnung kommen könnten.

Auf alle Fälle ist es falsch, Orakel platt ihrem Wortlaut nach zu verstehen, denn es entspricht ja gerade dem Wesen des Göttlichen den Menschen keine für alle sofort offenkundige, eindeutige Bescheide zu geben. Beweis? Was ist denn mit dem Spruch an König Midas, er werde ein großes Reich vernichten, wenn er den Halys mit Gewalt überschreite? Was mit dem Orakel an die Athener, sie sollten ihre Rettung in hölzernen Mauern suchen?

Wenn es um allen verständliche Anweisungen der Götter ging, könnten sie ja direkte Befehle aussprechen, was aber dem Wesen des Göttlichen widerspricht

Für Kriegführung haben wir alle Werkzeuge, für Friedensführung haben wir fast nichts

Ich bin ziemlich verzweifelt. Ich vergleiche gerade die Werkzeuge, die mir zur Verfügung stehen, wenn ich weitere Jahre unser Heer und das der Peloponnesier gegen Athen führen werde, mit den Werkzeugen, die uns zur Verfügung standen um es gar nicht zu dem Krieg kommen zu lassen.

Nochmals: Dieser Krieg wird anders als alle Kriege vorher, es wird unter uns Hellenen nur Verlierer geben. Auch der Sieger wird ein Verlierer sein. Und ich meine alle Hellenen: die hier bei uns im Peloponnes, die in Attika, in Thessalien, in Epirus, aber besonders die Jonier. Sie liegen nahe der Großmacht, die in ihrem Erdteil weiter unbesiegt ist, sie sind unmittelbare Nachbarn der Perser.

Ich habe zur Kriegführung das Heer unserer Stadt. Es ist in erprobte Einheiten gegliedert, wird von den am meisten Bewährten geführt. Jeder Mann ist im Gebrauch unserer Waffen vollständig ausgebildet. Die Waffen sind uns seit langem völlig vertraut. Die Kommandosprache ist ausgeprägt, das Signalwesen auch. Zum mindesten bei uns Spartanern ist für den Transport all dessen gesorgt, was im Krieg benötigt wird.

Mir ist bewusst, dass es bei unseren Bündnern nicht immer so aussieht. Dort haben wir Bürgeraufgebote mit allen Nachteilen. Die kleineren Seestädte unseres Bundes haben oft ihre Kriegsschiffe verrotten lassen zugunsten der Handelsschiffe. --- Bei uns selbst aber ist alles in der praktischen Handhabung perfekt, es ist in der Vorstellung unserer Aufgabe, in der Art der Verständigung untereinander und der Durchführung alles vorbereitet.

Was bitte aber habe ich für die Führung und Bewahrung des Friedens?

Warnt mich ein dafür Beauftragter in der Zeit des Friedens (oder sollte ich sage, in der Zeit des Nicht-Krieges) davor, wenn Entwicklungen gerade beginnen, die – ausgebildet - uns in Konflikte führen werden? Denke an das Beispiel von Epidamnos, wo zu Beginn in der Wahrnehmung der meisten Menschen keine Alarmlaternen aufflammten, die eine mögliche Eskalation ankündigten!

Und wenn es so etwas gäbe: Würde so ein Beauftragter in unserem normalen Leben oder in unseren Versammlungen ein verbrieftes Recht haben, all seine Warnungen vollständig vorzutragen? Damit Du mich recht verstehst: In unseren Unterhaltungen geht es doch meist um die Wettkämpfe, die militärische Tüchtigkeit, die Vorbereitung der taktischen Bewegungen, das Training der Körper hierfür. Bei diesem Training spielt in den Unterhaltungen untereinander doch nur das „Bereit-Sein" eine Rolle, dafür werden unsere Köpfe in all ihrer Vorstellungskraft vor-bereitet.

Welches Unverständnis würdest Du bei uns, aber auch in Athen und sonstwo in Hellas, ernten, wenn Du angesichts der neuen Situation fordertest, man solle sich nicht der Ahnen würdig erweisen – in der Kriegführung -, sondern: sich der Enkel würdig erweisen, indem man ihnen das Ganze, also Hellas, und nicht nur die Macht einer Stadt, wenigstens im jetzigen Zustand, möglichst aber besser übergibt? Für solche Gedanken existiert in unseren Köpfen und Herzen keine Stelle, die sie aufnimmt. Kommandorufe aber und Signale, die optischen wie akustischen, die nehmen wir sofort auf, ja, haben sie so eintrainiert, dass wir sie sofort – fast unwillkürlich - in Aktion umzusetzen.

Ich gebe Dir ein Beispiel für die Wachheit des Gefühls, die ich meine! In einem der letzten Feldzüge beobachtete ich zusammen mit anderen Kommandeuren die Gegner, die auszogen, um einen Ausfall gegen unsere Einschließung zu machen. Wir hatten kaum angefangen diese zu beobachten, als einer unserer jungen Anführer bemerkte: *„Wenn wir sie angreifen, werden diese Typen nicht standhalten, ich sehe es an ihrer Haltung."* Es war Brasidas, Sohn des Tellis. Und was hatte er – instinktiv – bemerkt: Lücken in ihrer Marschordnung, uneinheitlicher Winkel beim Tragen der Lanzen, stark verschiedene Lanzen, Offiziere, die hektisch an ihrer Kolonne hoch und herunter rannten.

Für solche Sachen sind unsere Sinne geschärft, nicht aber für all die Geschehnisse, die einer Situation wie der geschilderten – der mit den Lanzen und der Marschordnung und den Offizieren - vor-gelagert ist.

Wo ist solch ein Beauftragter für ganz Hellas? Welche Rechte hätte er die Streithähne zu ermahnen, ihnen Strafen aufzuerlegen? Hat sich schon einmal jemand Gedanken gemacht darüber, dass so etwas vom Orakel ausgehen könnte? Ich meine damit, dass all diejenigen, die dort in Delphi dem Orakel dienen, diese Aufgabe hätten? Für Sprüche über die Kriegsführung ist Delphi bekannt, nicht aber für Anweisungen zur Erhaltung und Förderung des Friedens.

Gibt es - analog zur militärischen Kommunikation - Anweisungen zur Kommunikation zwischen den Kontrahenten? Oder zur Einbindung von Vermittlern, oder für die Urteile einer Institution wie der gerade beschriebenen in Delphi?

Gibt es – analog zu unseren unterschiedlichen Waffen – unterschiedliche Spezial-Verträge mit Ausführungsbestimmungen? Gibt es in der Ausbildung der Jugend einen Abschnitt, wo diese nicht nur einüben sich zu wehren, sondern den „Feind" überhaupt erst einmal zu verstehen, eine regelgerechte Perzeption des anderen anzustellen?

Die Katastrophe für meine Stadt

Ein sich selbst blockierender Krieg???

Welch eine Situation, in der der Krieg sich zu so gewaltigen Ausmaßen entwickelt, dass er gerade diejenigen, die ihn begannen, ihn anbeteten und ihn nährten, in einem alles übersteigenden Maße verschlingt – oder sie so pervertiert, dass sie den Sieg, den sie in einem solchen Krieg erringen, durch ihr Verhalten gegenüber den Besiegten, aber auch gegenüber ihren eigenen Mitbürgern, wieder verlieren.

Der Krieg verschlingt die Siegenden und der Sieg ist nicht mehr der Sieg.

Sphakteria I: Die blockierten Blockierer

Ich, der ich in diesem Kriege schon vier Einfälle nach Attika anführen musste, habe jetzt das Alter erreicht, in dem es nicht mehr schicklich ist im Krieg Oberbefehlshaber zu sein. Ich habe also beantragt und erreicht, dass

das aktive Kommando unserer Streitkräfte in diesem Jahr auf meinen Sohn
Agis übergeht.

Hingestreckt liege ich jetzt also den Großteil des Tages, dauernd erschöpft, für kleinste Verrichtungen muss mich mein Helote stützen. So hatte ich mir mein Alter nicht vorgestellt! Nur der Kopf ist wach wie ehedem: Ich will wissen, wie es an den Fronten aussieht, an den Fronten dieses Krieges, vor dem ich gewarnt hatte und dessen erste Phase ich noch an der Hauptfront befehligte – dieser Hauptfront neben all den kleinen Fronten des Krieges gegen eine Seemacht.

Heute Nacht war ich – geplagt von Schlaflosigkeit, Schmerzen und Sorgen – wieder einmal lange wach gewesen. Irgendwann muss ich dennoch in Schlaf gefallen sein, in dem mich ein Alptraum überfiel: Ein Zischen überall in der Luft; heisere Schreie von kaum gepanzerten Männern in Kampfeslust, Wutschreie, Schmerzschreie: die anderen; eine steinige Lichtung umgeben von dornigen schwarzen Büschen, nicht weit entfernt überall das Meer; dann wieder rhythmischer Gesang eines Liedes von Tyrtaios: unsere; Hohngelächter ringsherum: die anderen --- ich wache auf mit Muskeln, die sich schon länger verkrampft haben müssen, wie, als wenn sie sich im Kampf angespannt hätten und in diesem Zustand verharrt hätten.

Diesen Traum müssen mir die Götter geschickt haben, denn er spiegelte wieder, was tatsächlich in einigen Hundert Stadien Entfernung geschehen war.

Unter den Geronten habe ich noch einen guten Freund. Dieser berichtete mir über die Lage, soweit die Gerusia sie von den Ephoren überhaupt erfuhr. Im Moment war nicht die Hauptarmee in Attika betroffen, also die Armee unter Befehl meines Sohnes, sondern ein kleines Detachement weit im Westen unseres Peloponnes. Eine Gegend, an die wir schon in meiner aktiven Zeit gedacht hatten:

'Wo an unseren Küsten würde eine Seemacht Landungsunternehmen planen; an welchen markanten Orten würden wir athenischen Expeditionen mit Erfolgsaussicht entgegentreten, ja sogar: den Athenern

Fallen stellen können.' Dabei war besonders eine Stelle an unserer Westküste immer wieder in den Beratungen wegen ihrer idealen Lage quasi von selbst in den Überlegungen präsent gewesen. Und nun scheint genau an diesem Ort sich eine zweite größere Front abzuzeichnen. Erfahre, wie es dazu kam:

Die Unsrigen verfolgten eine dieser athenischen Landungsabteilungen, die von deren Flotte an Stellen auf unserer Halbinsel gebracht worden war. So war ja der Kriegsplan der Athener, um uns und unsere Kräfte abzunutzen und uns bei unseren Verbündeten lächerlich zu machen: größere oder kleinere Expeditionen mit der Flotte, die dann Streitkräfte an Land setzte. Diese landeten zumeist an Orten, von denen peloponnesische Truppen gerade weit entfernt waren; Orte, die sich von der Landschaft her für eine Landung, eine schnelle Befestigung und Überfälle in die Umgehung eigneten; oder solche, die sie direkt überfielen und so weit wie möglich zerstörten, wie kleine Häfen mit den dort befindlichen Schiffen und Handelsgütern, schließlich: Brücken und andere wichtige Bauten. In beiden Fällen war nicht die Eroberung das Ziel, sondern das Zerstören und das Verbreiten von Panik. Oft im Jahr kamen Gesandtschaften aus den überfallenen Gegenden zu uns, die sich bitterlich über mangelnden Schutz beschwerten und den Eindruck verbreiteten die Athener seien überall, sie hätten nur auszuwählen, wo sie attackierten: Die Unsrigen seien nie zur Stelle.

Jetzt also waren sie an genau dem Ort an der Westküste unseres Peloponnes gelandet, der bei unseren Planungen eine Hauptrolle gespielt hatte: auf einer Insel, die sich wie ein Riegel vor eine Bucht legt. Diese Insel namens Sphakteria ist nicht breit, aber dafür so lang, dass an ihren beiden Enden nur ein schmaler Meeresarm sich bis zum Festland erstreckt. Dort befindet sich auch ein kleiner Ort namens Pylos. Die Athener blockierten mit ihren Schiffen genau diese Durchfahrten und errichteten an der Innenseite der Bucht auf dem Festland eine improvisierte Befestigung, wobei sie die von Natur aus schon befestigten Stellen geschickt mit einbezogen. So war ein relativ solides Bauwerk entstanden – eine kleine athenische Festung am Rande unseres

Messeniens, inmitten vieler unzufriedener Heloten, die darauf aus waren uns, die sie ihre Unterdrücker nennen, zu schaden.

Wegen dieser Landung der Athener gab es wieder die bekannten Gesandtschaften mit ihren Klagen. Diesmal aber stand eine unserer Abteilungen etwa zwei Tagesmärsche entfernt bei Ithome. Dieser Berg ist Dir, Leser, ja schon lange bekannt; und so kannst Du auch folgern, warum diese Abteilung genau dort stationiert war.

Nun hatte unsere Führung in den Jahren zuvor schon so viele Klagen abbekommen, sie hatte im Bündnis so viel Ansehen verloren durch ihre Machtlosigkeit gegenüber den athenischen Überraschungen: Alle hatten das Gefühl, das Maß sei voll, den Athenern müsse wenigstens ein Mal eine Lehre erteilt werden. Du weißt ja vielleicht, wie das unter Soldaten so ausgedrückt wird. Ein solcher Stachel im Fleisch hätte jeden aufgeschreckt. Unsere Führung reagiert dementsprechend: Ssie stoppt den jährlichen Hauptstoß nach Athen; die gesamte Macht nicht nur unserer Stadt, sondern auch die der peloponnesischen Verbündeten wird in Richtung Pylos und Sphakteria umlenkt.

Es handelte sich um nichts geringeres als den Wechsel der Hauptstoßrichtung des ganzen diesjährigen Feldzuges!

Mit dieser Übermacht schien es unseren Kommandeuren unter meinem Sohn Agis ein leichtes, die Athener in ihrer kleinen Festung einzuschließen und schnell aufzureiben.

Damit wir nicht nur quasi einhändig zuschlagen könnten, mobilisierten wir auch – eigentlich zum ersten Male in diesem Krieg – so etwas wie eine Flotte. Sie sollte unsere Überraschung, unsere Umfassung, unsere Vernichtung der Athener komplett machen. Zum genauen Verständnis für Dich, Leser, will ich unseren Plan kurz zusammenfassen: Unsere Landstreitkräfte sollten die Festung einschließen; eine Abteilung sollte auf Sphakteria landen, dieser Insel, die wie ein Korken die Bucht verschloss; unsere Flotte sollte die links und rechts von der Insel gelegenen Meeresarme blockieren und jeden Entsatzversuch der auf dem offenen Meer ja überlegenen Athener abweisen. Dies schien sogar mit unserer

Flotte machbar, da ja ihre Flanken allseits geschützt waren und die Meeresarme eng sind. Unsere Flottenkommandeure wähnten sich schon in einer Situation wie die Athener damals bei Salamis, als die an Zahl überlegenen Perser sich wegen der Enge nicht entfalten konnten.

So wären die Athener vollständig eingeschlossen gewesen. Ich sehe Stenelaidas vor mir, wie er genüsslich sagte: *„Nun wollen wie den kleinen Athener ordentlich dreschen. Wenn das hier zu Ende ist, wird keiner von denen nicht einmal mehr das kleinste Bollwerk aus Holz auf unserem Land errichten wollen – wenn sie diese Lehre hier mitsamt den Steinen hier gefressen haben."*

Mir Zurückgebliebenem sind aus einem Grund schon vorher Zweifel gekommen, die ich aber nicht äußerte. Gegenüber der Mehrheit, weil die mich sowieso schon „Kassandros" nennt; gegenüber Agis, um nicht seine ersten eigenen Feldzüge mit meinen Bedenken zu belasten. Mein Zweifel stammten aus unserer Tradition: Wir sind – ja, Du weißt es mittlerweile – Landkrieger, und hier handelte es sich um eine kombinierte Aktion unserer Landstreitmacht mit einer zusammengesuchten Flotte unserer peloponnesischen Verbündeten aus den Küstenstädten. So eine Kombination will eingeübt sein, auf der taktischen Ebene des Zusammenwirkens der beiden Teilstreitkräfte wie auch bezüglich der Koordination durch ein Oberkommando. Letzteres aber fehlte, teils aus Siegessicherheit, teils aus mangelnder Einsicht in die Schwierigkeit solcher kombinierter Aktionen.

Zu Siegessicherheit unserer Leute aber trug noch bei, dass unsere Flotte die Athener ausmanövriert hatte. Die Athener hatten nämlich in der Erwartung unserer Flotte die Blockade der Meerengen beidseits von Sphakteria aufgehoben und erwarteten uns mit ihrer eigenen Flotte bei Zakynthos, also der Insel, die Sphakteria am nächsten liegt. Den Unsrigen aber war es geglückt an dieser Sperre vorbei nach Sphakteria zu gelangen. Jetzt blockierten wir die Meerengen; jetzt fühlten sich schon viele in unserer Führung wie Themistokles bei Salamis.

Allen hätte es einen Dämpfer bedeuten müssen, als es zwei Tage lang unentschiedene Kämpfe in der Bucht und am athenischen Bollwerk gab, und zwar Kämpfe mit gleichsam verteilten Rollen: Unser Hauptstoß kam von den Schiffen, weil das Bollwerk von See her schwächer schien, denn natürlich hatten die Athener unseren Angriff von Land aus erwartet. Sie selbst, die Seemacht, kämpfte aus ihrem Bollwerk, also von Land.

Trotz dieser unentschiedenen Kämpfe wurde die Lage für sie natürlich zunehmend ungünstig: Sie waren von allen Seiten belagert, und es mangelte an diesem ansonsten von Menschen verlassenen Ort an Wasser und Nahrung. – Wir hätten also nur noch ein paar Tage durchhalten müssen, belagern müssen, und die kleine Festung wäre gefallen wie ein fauler Apfel vom Baum. - Bis heute ist unklar, wer in der Führung einen Teil unserer Schiffe auf Suche schickte. Nicht, wie man vermuten müsste, auf die Suche nach der athenischen Flotte, die ja mittlerweile erfahren haben musste, dass „die Landratten", wie sie uns nannten, sie in ihrem Element ausmanövriert hatten, nein --- auf die Suche nach Holz für Belagerungsmaterial.

Muss ich noch erwähnen, dass die dann tatsächlich zurückkehrende athenische Flotte mit Leichtigkeit unsere verbliebenen Schiffssperren beidseits Sphakteria durchbrach, sodass jetzt das eintrat, wovor ich acht Jahre zuvor gewarnt hatte; gewarnt hatte in abstrakten Worten, nicht unterlegt mit Beispielen aus unserer Geschichte oder meinen eigenen Erlebnissen:

„Ich selbst habe schon Erfahrung aus vielen Kriegen. Ich sehe hier auch diejenigen von euch, die im gleichen Alter wie ich sind: Keiner von diesen Älteren hier wird sich Krieg wünschen, weil wir alle viel zu genau wissen, was Krieg bedeutet. Die Vielen der Jungen hier wünschen ihn sich vielleicht noch mit Begeisterung herbei. Von uns Alten aber wird ihn keiner für etwas Gutes und Sicheres halten."

Das Entscheidende hatte ich zum Schluss gesagt: der Krieg ist nichts „Sicheres". Er ist der Raum des Ungewissen, der Raum der Überraschungen und des Zufalls, der Bereich der Tyche. Und Tyche verstärkt ihre Wirkung noch, da ihr Tun vermischt ist mit allen menschlichen Leidenschaften, auch solchen, mit denen die Götter die

Menschen blenden, also besonders der Leidenschaft des Übermutes, des übertriebenen Stolzes, des Wunschdenkens, der Siegesgewissheit.

Lass mich Dir, Leser in Deinem behaglichen Heim, als jemand, der den Gutteil seines Lebens im Felde zugebracht hat, in aller Umständlichkeit klarlegen, wie die Lage sich durch diesen Durchbruch der athenischen Schiffe radikal geändert hatte:

Aus Belagernden wurden wir Belagerte! Und zwar nicht unsere Armee auf dem Festland, sondern die Besatzung von Sphakteria. Diese saß jetzt auf dieser Insel fest, die nur aus Steinen und stacheligen Sträuchern bestand: 420 Hopliten mit ihren Dienern, den Heloten. Du meinst: *,Was machst Du für ein Gerede um 420 Hopliten, von denen ja nur 170 Spartiaten waren? Solche eine Anzahl Kämpfer hat jede hellenische Stadt schon einmal verloren, ohne deshalb in Panik zu verfallen.'*

Nun, bei uns Spartiaten ist das anders. Wir sind eine kleine Elite, deren Anzahl sich in letzter Zeit ziemlich verändert hat. Ich hatte Dir dies in einem eigenen Kapitel erklärt. Daher weißt Du: Die gut 170 Spartiaten da auf Sphakteria waren für uns kein kleines Kontingent – ich werde Dir weiter unten berechnen, welche Bedeutung der Verlust hatte. In diesem Wissen reagierte auch unsere Festlandsarmee auf die Blockade ihrer Kameraden auf Sphakteria: Aus einem siegesgewissen Heer mit einem Elitekern, die meinte nur noch „aufräumen" zu müssen, wurde eine panisch und hektisch anrennende Herde von Verzweifelten. Unsere Hopliten stürmten - wie sie gerade waren - ins Wasser und versuchten die peloponnesischen Schiffe, die die Athener gekapert hatten und nun abschleppten --- sie versuchten diese zurückzuziehen. Man kann sich nichts Lächerlicheres vorstellen, als diese Nachkommen der Kämpfer des Leonidas damals an den Thermopylen, Männer, die in jedem Gefecht schon die Feinde einschüchterten durch ihre makellose Rüstung, den stolzen Federbusch, ihre glänzenden Körper und gepflegten Haare, ihre Haltung und ihren perfekten Gleichschritt ---- sie standen nun, einige halbnackt, im Wasser, andere auch mit verrutschter Rüstung, mit wirren Haaren und ohne Ordnung, und zerrten mit Seilen an den Schiffen, und zwar von unten nach oben, aus dem Wasser hoch zum Schiff.

Ich muss bei der Schilderung eher an einen Streit von Hafenstadtgesindel denken, Streit um eine reiche Ladung auf einem Schiff, um das sich zwei Haufen, die gerade noch in einer Spelunke gesoffen hatten, nun streiten und das Schiff hin und her zerren. - Der Kampf wogte hin und her, war blutig und erbittert. Den Unsrigen gelang es sogar fünf der eigenen Schiffe zurückzuerobern, die Athener aber errichteten am Strand im Gebiet ihrer Festung ein Siegesdenkmal und richteten eine regelmäßige Blockade rund um Sphakteria ein.

So weit war es mit Sparta gekommen! Jede Würde verloren durch das Einlassen auf ein fremdes Element! Die Folgen des Ganzen waren entsprechend: unsere komplette Führung zog um zum Schauplatz der Katastrophe, und kam auf keine andere Idee als jetzt eine Gesandtschaft zu den Athenern zu schicken mit der Bitte um Waffenstillstand. Sie meinten also jetzt in ungünstigster Lage um Frieden betteln zu müssen!!!

Ich muss immer noch an die Vielen denken, die damals vor acht Jahren ganz laut nach Krieg mit Athen geschrien hatten, und die jetzt aus blinder Kriegsbegeisterung ins Gegenteil der Mutlosigkeit verfielen. Ich hatte es ihnen ja – leider auch wieder zu undeutlich - vorhergesagt:

*„Wenn wir nicht zur See siegen oder ihnen die Einkünfte nehmen, aus denen sie ihre Flotte erhalten, so kommen nur wir zu Schaden, und **dann ist es nicht einmal mehr in Ehren möglich**, den Krieg beizulegen, zumal wenn wir die sein sollten, die den Streit angefangen haben."*

Immerhin gewährten die Athener einen Waffenstillstand für die Zeit der Gesandtschaft.

Spakteria II: Betteln in Athen

Nach Athen mussten sie schicken, sie, die vor 8 Jahren nicht ein einziges Bedenken hatten den Krieg zu beginnen, diese primitiven Draufgänger, diese Typen wie Sthenelaidas. Ja, Leser, diese Leute hatten jetzt die Leitung übernommen, als neue Generation, forsch, zielstrebig, und – immer eindimensional in Denken und Handeln.

Nun, die Dimension, die ihnen jetzt übrig blieb, war die Gesandtschaft, aber in einer Bittsteller-Situation. Das bedeutet, dass man die Situationen der vorteilhaften Angebote verpasst hat. Die zwei anderen Möglichkeiten, die gleichsam die Pole der vorstellbaren Möglichkeiten darstellen, sind in meiner Analyse diese: Zum einen diejenige, wo es in den Kriegen unentschieden steht und niemand weiß, wohin das Pendel ausschlagen mag und also auch der Gegner eine ungünstige Zukunft nicht ausschließen kann, was ihn dann geneigt stimmen kann für Kompromisse; oder sogar die eigene Sieg-Situation, in der man gerade einen Erfolg erzielt hat, der den Gegner um seine Zukunft fürchten lässt. Auch wenn man selbst langfristig für die eigene Seite gar nicht optimistisch ist - aber das muss man dem Gegner ja nicht verraten. Diese letzte Möglichkeit ist besonders geeignet einen Friedensschluss mit Gewinnen zu erlangen

Aber zurück zu uns, hier in dieser Situation: Man wählte extra Ältere aus, gab ihnen mit, sie sollten auf keinen Fall durch Haltung oder Worte eine Nachgiebigkeit verraten, etwas von unserer verzweifelten Situation mit den Eingeschlossenen dort auf der Insel. Als ob die Athener nicht schon aus der Tatsache der Gesandtschaft in dieser Situation dort bei Sphakteria gefolgert hätten, wie schlecht es um uns stand.

In Athen jedenfalls durften die Gesandten sogar vor der Vollversammlung der Bürger reden. Unsere großen Schweiger sollten plötzlich wortreich reden!!!

Nun, einer von ihnen besaß da ein gewisses Talent, Laopeithas, ihn bestimmten sie zum Redner, einen unserer Scharfmacher. Ich sehe ihn noch, wie er sich eingangs entschuldigte, als Spartiate so viele Worte zu machen. Er erklärte das mit der ungewöhnlich komplizierten Situation, die eben auch komplizierte Gedanken und Worte erfordere.

Und ich sehe sie alle vor mir, wie ich sie gewarnt hatte: der Krieg sei etwas, was nach einem greife; man sei nicht mehr frei in seinen Beschlüssen; am schwierigsten sei es ehrenhaft aus ihm herauszukommen.

Und genau darum ging es jetzt! Für dieses Ziel beschwor Laopeithas das Schicksal, launenhaft sei die Tyche, man solle nicht im Vertrauen auf momentane Erfolge vergessen, dass es schon in Kürze durch eine ihrer Launen zu einem totalen Wechsel kommen könne. Jetzt sei Athen in solch einer Glücksphase, wogegen seine Stadt durch ein einziges böses Geschick hart getroffen sei, und dieses sei nicht das Ergebnis eines Mangels an Kraft oder Mut, sondern die Frucht einer Kombination von ungünstigen Faktoren.

Und er bot den Athenern vom einfachen Friedensschluss über ein Bündnis bis zu gegenseitiger Freundschaft alles, wenn diese nur 'Die auf der Insel' herausgäben.

Er lockte sie mit der Betrachtung, dass ein solcher Friede viel haltbarer wäre als einer, den man dem anderen diktiere: gerade wenn man Glück habe, solle man sich mäßigen in seinen Bedingungen. Denn wer wisse schon, was das Schicksal als nächstes herbeiführe. Schon oft seien diejenigen, die von Unglück getroffen worden seien - durch demütigende Bedingungen, durch die Arroganz des gerade Siegenden - zu solch einem verzweifelten Widerstand getrieben worden, dass sie die anscheinend gerade Siegenden von ihrer stolzen Höhe wieder hinabstürzen konnten.

Was wären denn die Aussichten bei einer Fortsetzung des Krieges? Immer stärkere Verhärtung und Fanatisierung auf beiden Seiten, Leidenschaften, die die Macht gewönnen über die Herzen aller und zu ewigem Hass führten – mit den entsprechenden Konsequenzen für den Frieden, den der erschöpfte Sieger dem dann noch erschöpfteren Verlierer diktieren würde, wodurch der dann geschlossene Zustand, den man fälschlicherweise „Frieden" nenne, schon wieder ein Vor-Krieg werde.

Ganz Griechenland läge doch jetzt schon danieder, leide Not: sie beide, Athener und Spartaner als die Anführer, könnten das Elend leicht beenden. Die Athener sollten bedenken, welche Dankbarkeit aus allen Gebieten Griechenlands ihnen dann zuteil würde. Noch ein Vorteil eines Übereinkommens jetzt: Gemeinsam könne man die Geschicke ganz Griechenlands zum Vorteil aller lenken, niemand dort könne gegen eine vereinte Führungsmacht aus Athen und Sparta etwas ausrichten.

Ja, und genau hier erwähnte Laopeithas dann noch das Konzept von Kimon, das die bipolare Herrschaft Athens und Spartas vorsah, da keine Polis allein alles beherrschen könne. Mir sagte er noch, er habe das angesprochen in der Erwartung, dass die Erwähnung Kimons, eines Atheners, als Urheber des interessanten Gedankens, für die Athener schmeichelhaft wäre und sie unseren Wünschen geneigter machen würde. - Ahnungsloser, Du, der du nicht berücksichtigtest, dass in Athen gerade die extreme Demokratie herrschte, und dass daher jede Erwähnung eines Aristokraten, eines Spartafreundes, die Herzen wieder verschloss, die vorher einen Spalt breit geöffnet waren!

Inhaltlich hatte Laopeithas also jene Einsicht angesprochen, die die Nachdenklichen bei uns vor der Katastrophe schon formuliert hatten, aber die man nicht beachtete – um dann nach dem Unglück auf eben diese Einsicht zurückzukommen und diese Einsicht nun aber beim Gegner zu erhoffen.

Nur, sieben Jahre von Tod und Verwüstung waren vergangen. Die Verhärtung und der Fanatismus, die Laopeithas als mögliche Folgen einer jetzigen Weiterführung des Krieges genannt hatte – sie wühlten schon jetzt in den Herzen und Köpfen aller.

So verlangten denn die Athener auf Vorschlag ihres Volksführers Kleon die Kapitulation unsere Männer auf Sphakteria und ihre Verbringung als Gefangene in ihr Athen. Eine schlecht verklausulierte Forderung nach einer als Teil-Kapitulation getarnten Gesamt-Kapitulation! Ich sah unsere Gesandtschaft bleich werden wie unbemalten Marmor, obwohl sie versuchten sich nichts anmerken zu lassen. Welch eine Forderung! Gerade das zu verlangen, was zu verhindern unsere Gesandtschaft gekommen war: Den Verlust unserer so kostbaren, weil raren Vollbürger!

Dem gegenüber war die zweite Forderung fast ein Friedenszeichen. Wir sollten vier Städte herausgeben, die die Athener uns vor 22 Jahren im damaligen Frieden hatten überlassen müssen, weil zu jenem Zeitpunkt eben sie dringend eine Friedens-Übereinkunft brauchten: Nisaia, Pegai, Troizen und Achaia.

Unsere darauf: Sie würden dies alles gern mit einer Delegation der Athener besprechen. Sie selbst vermuteten nämlich, die unbedeutende Bedingung mit den 4 Städten wäre der Fingerzeig der Friedenspartei in Athen, dass man die Bestimmungen um „Die auf der Insel" erträglicher gestalten könne, wenn nur lange genug verhandelt würde, sodass sie – die athenische Friedenspartei – einer erneuten Volksversammlung Zugeständnisse bezüglich der auf der Insel Festsitzenden entringen könnten.

Die Antwort kam aber von den Falken, der radikalen Partei der Demokraten. Ein Nachgeben in der Frage der auf Sphakteria Festsitzenden schien diesen ein taktischer Fehler, da sie ja mit den Festsitzenden ein Druckmittel hätten, vergleichbar der Keule des Herkules. Es trat Kleon auf, der schrie, die Forderung nach der Verhandlung mit einer athenischen Delegation sei nur ein Trick, um den Willen des Volkes auszumanövrieren, wir wollten mit „Defätisten" aus der Adelspartei in Athen – ich hatte Dir davon berichtet - einen faulen Kompromiss aushandeln. Ein Kompromiss, der in Gestalt eines Friedensschlusses den Aristokraten Ansehen brächte, bis sich erwiese, dass es ein für das athenische Volk nachteiliger Friede geworden wäre. Aber dann wäre es für die Sache der Volksherrschaft zu spät.

Das Folgende kann ich kurz machen:

Die Gesandtschaft erreichte nichts. Der Waffenstillstand wurde als gebrochen betrachtet, die Athener versuchten einen Handstreich auf unseren Stützpunkt, wir verlangten die Herausgabe der Schiffe. Beide betrachteten sich als Betrogene.

Der Abnutzungskrieg, wie er vor dem Waffenstillstand geherrscht hatte, ging mit gesteigerter Erbitterung und taktischen Finessen weiter: Die Athener bewachten Tag und Nacht immer einfallsreicher den Zugang zur Insel, die unsrigen berannten deren Bollwerk auf dem Festland und lauerten auf eine Unachtsamkeit der Athener, um dann unsere Männer auf der Insel evakuieren zu können.

Und es entstand das, was Laopeithas in seiner Rede angekündigt hatte: Der Fanatismus auf beiden Seiten wurde noch einmal stärker als vor diesen Friedenfühlern. Denn: Nichts ist erbitternder als ein verschmähtes Angebot.

Sphakteria III – Das Unerhörte passiert

Ja, solches, wie ich es jetzt hier berichten muss, hatte bisher niemand in Hellas je für möglich gehalten: Die Kapitulation einer nennenswerten Anzahl unserer spartanischen Vollbürger.

Ich hatte immer wieder von Menschen aus ganz Hellas gehört, dass Spartaner weder aus Hunger noch aus sonst einem Grunde die Waffen strecken, sondern weiterkämpfen würden bis zum Tod. Strahlend steht allen in Hellas ja noch vor Augen, was vor gerade 50 Jahren Leonidas und seine Männer an den Thermopylen bewiesen hatten. Und viele, die sich um Geschichtliches bemühen, sind dorthin gereist und haben mit eigenen Augen gelesen, ich muss es hier nochmals wiederholen:

„Fremder, Meldung den Spartanern, dass hier wir liegen, ihren Befehlen gehorchend."

Wie konnte es also zu dieser Kapitulation zu meiner Zeit kommen?

Verlassen haben wir die Insel Sphakteria und das Bollwerk der Athener zu der Zeit, als unsere Führung ihre Gesandtschaft zu den Athenern schickte, um über die Freilassung unserer Leute von der Insel zu verhandeln. Ich habe hier berichtet, aus welchem Kalkül beide Seiten dann versäumten zu dieser Gelegenheit den Frieden für Hellas herbeizuführen. Also gingen die Kämpfe in diesem Krieg, der allen übrigen so gar nicht glich, wieder los. Und zwar als reine Abnutzungskämpfe, dem Charakter dieses ganzen Krieges entsprechend – ich hatte vor genau diesem Charakteristikum gewarnt.

Es ging nach dem Ende des Waffenstillstandes anscheinend ungünstig für die Athener los: Sie saßen in ihrem Bollwerk fest, von der Landseite belagert von den Unsrigen. Sie litten schweren Durst, so schwer, dass man sah, wie sie nach Grundwasser gruben. Ihre Flotte, die ja noch die Meerengen blockierte, wäre im nahenden Winter nicht in der Lage sich dort zu halten. Zu Hause bei ihnen sorgte man sich, wie man die jetzt schon solchermaßen Bedrängten dann auch noch im Winter versorgen sollte. - Die Unsrigen hatten mittlerweile sogar Wege gefunden die auf der Insel eingeschlossenen zu versorgen: Heloten schwammen des Nachts zu ihnen herüber mit Lebensmitteln, weil man ihnen die Freiheit versprach; Freie benutzten ihre Kähne für Lebensmitteltransporte um bei Seewind die athenische Blockade zu umgehen. So schien die Kriegslage sich im Vergleich zur Situation vor der Gesandtschaft wieder gedreht zu haben.

Ich will jetzt nicht weiter umständlich schildern, welche Kräfte in Athen es wie schafften, Verstärkungen dorthin zu schicken mit dem Ziel eines Befreiungsschlages aus der Kraft der Verzweiflung. Sicher hatte es einen Einfluss, dass ihr Befehlshaber vor Ort, Demosthenes, hierfür schon Vorbereitungen getroffen hatte. Auch war er selbst ein Getriebener, da seine Hunger und Durst leidenden Kämpfer selbst den Angriff forderten, um ihrem Leiden ein Ende zu setzen.

Erfolg versprachen zwei neue Faktoren: Die Insel selbst, auf der unsere Leute ja gefangen waren, war öde, nur von Buschwerk bewachsen. Das Buschwerk war so hoch, dass ein Mann sich in seinem Schutz gut vor den Blicken vom Festland aus verbergen konnte. Dieses Buschwerk war in der Zwischenzeit zu einem guten Teil abgebrannt. Jetzt war die geringe Zahl unserer Leute sichtbar und man konnte ihre Verteilung abschätzen. Eine Konzentration unsererseits, etwa an einer Landungsstelle, war nun schwieriger zu verbergen, ein Angriff auf landende Athener konnte nicht als Überraschung gestartet werden.

Der zweite Faktor: Es kam die erwähnte Verstärkung aus Athen, aber seltsamer Weise nur Leichtbewaffnete und Bogenschützen, keine Hopliten, keine Vollbürger. Also eigentlich kein Gegner für die Unseren! Auch mussten diese Verstärkungen ja erst einmal auf der Insel landen. Landungsoperationen sind immer schwierig, waren aber vielleicht durch die Art der Verstärkung, nämlich Leichtbewaffnete, und durch das abgebrannte Buschwerk leichter geworden.

In einer Nacht bald nach Ankunft der Verstärkung – ein Kapitulationsangebot der Athener war von uns abgelehnt worden - landen also auf Sphakteria ihre neu angekommenen Leichtbewaffneten und, in ihrem Schutz, einige von ihren Hopliten, die schon vorher in dem Bollwerk vor Ort stationiert gewesen waren. Sie überwältigen eine kleine Wache direkt an der Landungsstelle. Nun nähern sie sich unserer Hauptmacht. Deren Befehlshaber, Epitadas, Sohn des Molobros, gibt natürlich sofort den Befehl zum Vormarsch, trifft aber auf eine Situation, die wir so nicht kannten oder um die wir uns nie Gedanken gemacht hatten, trotz der Erfahrungen vor Ithome.

Die Unseren bestanden nur aus Schwerbewaffneten, etwa 420 Mann, davon gut 170 unserer Elitekämpfer, also Spartiaten, und etwa 250 von den Perioöken, aber auch diese waren als Hopliten ausgerüstet. Eine kleine Festung, wie sie da angetreten waren! Fest wegen ihrer Haltung, ihrer Waffen und Panzerung, aber doch klein, wie Du selbst nachrechnen kannst:

Wenn man die 420 in einer ganz flachen Phalanx aufstellt, also 3 Glieder tief, so stehen in jedem Glied 140 Mann nebeneinander. Wenn Du nun für jeden einen Raum in der Breite von fast drei Fuß rechnest (wir stehen ja nicht ganz so gedrängt wie die Bürgeraufgebote), dann kommst Du auf nur etwas mehr als ein halbes Stadion Frontbreite. Die Phalanx insgesamt konnten wir nicht weiter verbreitern, denn das wäre auf Kosten der sowieso schon verringerten Tiefe gegangen. Es drohte also an den Flanken unserer wenig breiten Aufstellung eine Überflügelung. Wir meinten aber dieses Risiko eingehen zu können, denn es wirkte - trotz der schmalen Front - das Prestige der Spartiaten: bisher waren Feinde zaghaft gewesen gegenüber jedweder Formation mit einem Anteil von Spartiaten. Diese standen bei Sphakteria entgegen dem üblichen Modus nur im ersten Glied, nicht als gesonderte Einheit am rechten Flügel. Hinzu kam, dass die gegnerischen Hopliten – diejenigen, die man vom Bollwerk hinübergesetzt hatte, 800 an der Zahl – auch keine breitere Phalanx bildeten, denn sie stellten sich 8 Glieder tief auf. An beiden Flanken ihrer Phalanx aber standen die Leichtbewaffneten, die Peltasten, ebenfalls mindestens 800 Mann. Dazu kamen noch etwa 800 Bogenschützen und die Ruderer von 70 Schiffen, allerdings nur diejenigen aus dem oberen Ruderdeck; insgesamt also nochmals ungefähr 4 000.

Die Unsrigen drängt es natürlich sich auf die athenischen Schwerbewaffneten zu stürzen, zum regelrechten Kampf der Phalangen, zur stehenden Schlacht, wie wir es zu unserer Zeit ausdrückten. Beim Vorrücken werden sie aber von den Flanken her angegriffen, von eben den Leichtbewaffneten und Bogenschützen, die der athenische Befehlshaber mitgebracht hatte, und natürlich von den Leichtbewaffneten der Messenier, die ja seit Beginn der Kämpfe schon vor Ort waren. Sie, aus deren Reihen ja auch die Heloten stammten, waren natürlich besonders motiviert ihre Unterdrücker zu besiegen.

Unsere rücken trotz der Flankierung weiter vor – und die athenischen Hopliten ziehen sich langsam zurück. Die Unseren rücken nach, gemessenen Schrittes, der Ordnung wegen, der Ordnung der Wenigen. Die Leichtbewaffneten und Bogenschützen aber in unseren Flanken intensivieren ihre Speerwürfe und Pfeilschüsse, gerade an den Flanken gibt es Verluste, die die Front der Unsrigen noch schmaler macht. - Ein weiteres Vorgehen gegen die athenischen Hopliten würde es den Flankierenden erlauben uns im Rücken zu attackieren.

Epitadas meint daher, dass man zuerst mit diesem wie Wespen uns flankierenden „Gesindel" aufräumen muss, „Auskehren" hatte Brasidas das mal genannt. Er wird durch die Qualität seiner Truppe noch zu diesem Entschluss verführt, da er nur mit Truppen wie den unsrigen ein solches Manöver im Moment der Gefahr ausführen kann: das erste Glied bleibt stehen, während das zweite und dritte sich etwa in der Mitte teilt und nach links und rechts wendet zum Angriff auf die „Wespen". Keine andere Truppe hätte diese Bewegung in Ordnung und vor allem schnell bewerkstelligt!

Nur: die Wespen laufen weg! Und die Hoplitenreihe der Athener ist jetzt wieder im Anmarsch, wenn auch sehr langsam.

Also das Manöver mit der 'Flankenstellung beiderseits' wieder zurück! Alle wieder als Phalanx, drei Glieder tief, wieder in mustergültiger Ordnung und schnell durchgeführt. Aber: Die Hopliten der Athener ziehen sich wieder zurück, und die Wespen sind wieder da. Und sie sehen bei uns erste Zeichen von Ratlosigkeit. Da wird ein Vorrücken vorzeitig abgebrochen, da mündet eine Verteidigung in ein Zurückweichen. Zwar erfolgt dies noch in geordneter Form, aber schon die Richtung unserer Bewegung spornt die Leichtbewaffneten an: Diejenigen, die ich jetzt so lange als 'Wespen' bezeichnet habe, merken diese Veränderung bei uns mit dem Instinkt von Insekten, sie umschwärmen unsere Phalanx immer tollkühner, sie werfen mit allem, was sie finden, wenn ihre Speere oder Pfeile verbraucht sind.

Ab jetzt gerät alles auf eine abschüssige Bahn: Die Bewegungen so vieler hatten viel Staub auf der abgebrannten Insel aufgewirbelt, ein Nährboden für immer wütendere Stiche der dadurch kaum noch sichtbaren „Wespen". Erste Schilde waren durch darin steckende Speere unbrauchbar, unser Kopfschutz gegen die Pfeile war ungenügend; gerade aus den Haufen des 'Gesindels' brüllt und schreit es mittlerweile so laut, dass Befehle nicht mehr verstanden werden.

Ein letztes Manöver konnte Epitadas durch kurzen Zuruf und Gesten an die ihm Nahestehenden einleiten: Den Wechsel aus der Linie – ja, auch die schmale Phalanx zählt als Linie - in eine Kolonne. Alle folgen auch ohne hörbaren Befehl dem Beispiel der jeweils Nächsten, es geht im Geschwindschritt zu dem alten Bollwerk am nördlichen Ende der Insel. Dort hatten wir Flankenschutz, auch durch die Natur des Ortes, dort wogt nun der Kampf hin und her, beide Parteien unter der Hitze, dem Staub, dem Durst leidend. Kein Resultat in irgendeine Richtung ist erkennbar.

Und jetzt, Leser, denke wieder an die Thermopylen, an Ephialtes, der die Perser in den Rücken der Dreihundert des Leonidas und der sie begleitenden Thespier geführt hatte. Hier aber war es kein freier Hellene, der Mithellenen an die Perser verriet, sondern der Kommandant der Messenier, also von Heloten-Hellenen, die sich ja durch ihre Teilnahme hier gegen die Beherrschung ihres Gebietes durch uns wehrten.

Dieser versicherte den Befehlshabern der Athener: Er werde irgendwie, kriechend oder schwimmend, einen Pfad in den Rücken der Unseren an diesem Bollwerk finden. Dies gelang ihm auch. So wurden unsere Leute jetzt von vorn und von hinten beschossen. Hauptträger des Kampfes auf der Gegenseite waren in dieser Situation wieder die Speerwerfer und Bogenschützen.

Und in diesem Geschosshagel, gegen den sich die Unsrigen mit ihren Waffen nicht wehren konnten, erlahmte die Kraft. Die Kraft, die ja schon durch die Kürzung der Rationen in der Zeit seit Wiederbeginn der Kämpfe gemindert worden war; die Kraft, die nun durch die Anstrengung des den ganzen Tag währenden Kampfes, durch Hunger, Durst und Staub und vor allen Dingen durch das Gefühl der Vergeblichkeit in diesem ungleichen Kampf weiter aus den Gliedern geflossen war.

Den ungleichen Kampf der Hopliten gegen Leichtbewaffnete, die Geschosse schleudern, von Nahkampf und Fernkampf, halte ich übrigens für den Hauptgrund der Kapitulation: Wie will man gegen fliegende Waffen tapfer sein? Diese treffen unterschiedslos den Tapferen wie den Feigling. Und selbst wenn all die Schützen selbst Feiglinge wären, würden sie doch siegen, da sie ja aus sicherer Entfernung kämpfen. Nachgetragen sei noch, dass die Unsrigen erst kapitulierten, als sie das Zugeständnis der Athener erhalten hatten mit unseren Befehlshabern auf dem Festland Kontakt aufzunehmen. Von diesen wiederum hatten sie dann die Erlaubnis erhalten, selbst zu entscheiden, sofern sie nichts „Ehrloses" beschließen würden.

So trat also im 7. Kriegsjahr das ein, was ich selbst wegen der Erfahrung vor Ithome und wegen des Charakters dieses Krieges vorausgesehen hatte. Nur hatte ich es in meiner Rede gar nicht ausgesprochen, damals aus Scheu vor den Wörtern für eine Niederlage, wie ich sie jetzt schildern muss.

Unter den Gefangenen aus unseren Reihen waren auch einige von denen, die mit gehöriger Verachtung für das „Krämergesindel" aus Athen den Krieg beschlossen hatten, sie mussten nun bedingungslos kapitulieren, und das vor noch niedrigerem „Gesindel". Die Führung in Sparta, die zu dieser Zeit nur aus Falken bestand, musste jetzt die Demütigung auf sich nehmen, Gesandtschaft auf Gesandtschaft nach Athen zu schicken zwecks Befreiung der Gefangenen, und jedes Mal gedemütigt ohne Erfolg nach Hause geschickt zu werden.

Getötet worden waren etwa 50 Spartiaten und fast 80 Perioken, also jeder Dritte der 420.

So blieben als Gefangene der Athener die knapp 300 Überlebenden, von denen 120 Spartiaten waren, also jeder Vierte. Sie vegetierten – zusammengepfercht, aber gut genährt, da die Athener sie als Pfand aufsparen wollten – auf zwei ausgedienten Trieren der Athener unter strenger Bewachung vor Anker im Piräus.

Für uns war dies der größte zusammenhängende Verlust im Kampf seit Tanagra. Bedenke, Leser, dass die für Dich kleine Zahl von 50 getöteten und 120 gefangenen Spartiaten bedeutete, dass dort annähernd jeder Zehnte von uns Spartiaten blieb oder gefangen wurde – wenn ich diese Zahl in Relation setze zu unseren sonstigen Verlusten. Denn wir waren ja mitten in einem Abnutzungs-Krieg mit vielen Operationen in ganz Griechenland – dort wurde dieser getötet, anderswo starb einer an der Verwundung oder wieder ein anderer an Krankheiten, wie sie besonders der Krieg mit sich bringt. Monatlich beklagten wir bis zu 20 Mann Verluste, im Durchschnitt 15!!! Und es geht nicht nur um die ausgelöschten Leben an sich – jeder Verlust bedeutet auch eine Einbuße an Fortpflanzung, was unsere Zahl noch tiefgreifender vermindert! Hier nun waren zusätzlich 170 gegangen. Ich sehe schon die Verlustrechnung für dieses 7. Jahr voraus: 170 auf Sphakteria, sonstige Verluste 180 Mann. Das macht 350 Mann – lange kann eine so kleine Gemeinschaft wie die unsrige solch einen Aderlass nicht aushalten. Du wirst jetzt verstehen, wieso unsere Führung nach der Gefangennahme derer auf Sphakteria bei ihrer Bittgesandtschaft nach Athen dort so gewinselt hatte!

Daher die Schande in Gestalt unserer Versuche die Gefangenen wiederzubekommen? Womit kehrten die vergebens ausgezogenen Gesandtschaften nach Hause zurück? Dieses „Zuhause" sah nicht mehr aus wie früher, weil es sich in einem veränderten Peloponnes befand!

Denn: Die Athener hatten nun in Pylos einen Stützpunkt errichtet! Mit diesem als Stützpunkt unternahmen jetzt die Messenier aus Naupaktos Überfälle weit nach Lakonien hinein. Es waren diejenigen, denen wir damals freien Abzug aus Ithome hatten gestatten müssen, also die Aufständischen und ihre Nachfahren. So lange hatte der Hass geglüht, dass diese jetzt nach fast 30 Jahren wieder gegen uns ins Feld zogen. Leicht fiel ihnen das Ausführen der Überfälle eben deswegen, weil sie ja unseren dorischen Dialekt sprechen. Und unter dem Eindruck dieser Erfolge erhob sich ein Großteil der Heloten. Der nun quasi verdoppelte Feind stand mitten in unserem Kerngebiet.

Falls ich noch Kraft hätte über Weisheit nachzudenken, könnte ich schließen, dass Arroganz und Unterdrückung auch nach langer Zeit noch eine Gegenreaktion auslösen.

Und noch eine Beobachtung, jetzt über die Begrenztheit der menschlichen Urteilsbildung: Ich erfuhr auf dem Krankenlager vor dem Jahr der Katastrophe von Sphakteria durch meine vor Athen stehenden Mitbürger, dass man dort begonnen hatte die ersten 4 Jahre des Großen Krieges nach mir zu benennen: der Archidamische Krieg. Man hatte also aus diesen 4 Jahren eine Phase desselben gemacht und diese nach mir benannt. Welch eine Ironie, den Krieg nach mir zu benennen, der ich vor ihm gewarnt hatte!

Ich hatte gewarnt:

Und dieser Krieg im Besonderen, über den ihr jetzt beratet, wird ein sehr schwieriger sein, wenn man ihn mit klarem Verstand sachlich bedenkt: denn gegen Einzelne hier auf dem Peloponnes und gegen unsere Nachbarstädte waren unsere Streitkräfte von gleicher Art, Hopliten eben und kaum Reiterei; jedes Ziel ließ sich rasch angreifen. --- Aber gegen Männer, die ein fernes Land bewohnen, die auch zur See die größte Erfahrung haben, die darüber hinaus mit allem andern bestens ausgerüstet sind: staatlichem und privatem Eigentum, Schiffen, Pferden, Waffen und einer Menschenmenge, wie sie sich in keiner anderen einzelnen Stadt in Hellas findet, gegen eine Stadt, die dazu noch viele tributpflichtige Verbündete hat: Wie darf man gegen solche Leute leichtsinnig den Krieg beginnen und im Vertrauen auf was ohne sorgfältige Rüstung losschlagen?

Diese drei Kapitel über die schändlichste Niederlage, die meine Stadt je erlebt hat, haben mich endgültig ans Krankenbett gefesselt. Ich bin kraftlos und des Lebens überdrüssig. Sei es, dass die Götter meinen Lebensfaden durchschneiden, sei es, dass ich dies selbst noch schaffe – das Ende dieses endlosen Krieges und weitere Schande meiner Stadt werde ich nicht mehr erleben.

Meine unglücklichen Söhne, deren arme Nachkommen! O Du mein Kosmos!

Alkmaioniden	Das bekannteste Adelsgeschlecht Athens. Handelte im Sinne der Aristokratie. Nur der eingeheiratete Kleisthenes machte da eine Ausnahme
Apella	Die Vollversammlung aller spartanischen stimmberechtigten Bürger, der Spartiaten
Archon/Archontat	Das höchste Amt in Athen in der Zeit der Aristokratie, z.B. zur Zeit von Solon, der selbst Archon war. Später in der demokratischen Phase Athens verlor dieses Amt seine aristokratische Bedeutung, da es seit Themistokles nur noch ausgelost wurde und daher fast allen Bürgern offenstand. Seine Bedeutung übertrug sich auf die 10 Strategen, die nicht gelost, sondern jährlich gewählt wurden.
Athana/Athene	
(Chalkioikos)	Athana oder Asana ist die dorische Form der bekannte Göttin Athene. Sie gehört zu den zwölf Göttern des Olymp. So war ihre Verehrung keine rein athenische Angelegenheit, obwohl sie die Namensgeberin und Schützerin Athens ist. In Sparta wurde sie als Athana Chalkioikos (Erzenes Haus) verehrt. Sie ist zuständig für Künste, kluges politisches und

militärisches Handeln, sowie Handarbeit und Handwerk.

Dorer/ionier	Um das Jahr 1000 v.Chr. siedelten sich Stämme aus dem Norden im Kerngebiet von Hellas an, wobei sie die Urbevölkerung unterwarfen. Die bedeutendsten dieser Stämme waren die Ionier und die Dorer. Athen war ionischen Ursprungs, Sparta gehörte zu den Dorern, die hauptsächlich auf dem Peloponnes siedelten.
Epheben	Bezeichnung für männliche Jugendliche nach der Pubertät und vor der Erlangung der Stimmberechtigung in der Volksversammlung (s. Cartledge, Sparta, S. 64)
Epidauros:	Stadt am Südwestufer des saronischen Golfes, an welchem auch Athen lag. Nicht zu verwechseln mit Epidamnos an der Adria, welches dann in der ersten Krise vor dem Großen Peloponnesischen Krieg eine Hauptrolle spielte.
Gerousia	Der Ältestenrat bei den Spartanern. Eines der drei bzw. vier Verfassungsorgane: Gerousia, Ephoren, Apella, Könige. Normalerweise mussten alle Beschlussvorlagen für die Apella von der Gerousia zuvor gutgeheißen werden. Auch für schwere Strafprozesse war die Gerousia zuständig. Die Könige waren ständige Mitglieder, weshalb Archidamos hier noch am meisten Rückhalt hatte;

seine Hauptgegner kamen aus den Reihen der
Ephoren.

Halys	ein Fluss etwa in der Mitte der anatolischen Ebene. Heutiger türkischer Name: Kizilirmak. In der Antike bedeutsam als Grenze zwischen einer westanalolischen und ostanatolischen Ebene. Bekannter ist seine Rolle beim Schicksal des Kroisos/Krösus. Dieser befragte vor seinem Feldzug gegen Kyros (den Großen) von Persien das Orakel über seine Gewinnchancen. Das Orakel antwortete, Kroisos würde ein großes Reich zerstören, wenn er den Halys überschritte.
Hegemon	griech. für: Anführer, Leiter, Lenker. In der politischen Sprache bezeichnet der Begriff auch heute den Anführer eines Bündnisses oder denjenigen, der bestrebt ist die Führung in einer Anzahl Staaten zu übernehmen.
Hellene	Der Bewohner von Hellas. Hellas" ist das bis heute eigentliche griechische Wort für Griechenland. Unser Begriff Griechenland leitet sich ab von dem lateinischen Wort Graecia, womit die Römer eben Hellas bezeichnen. Hellene hat nichts mit dem weiblichen Namen Helena zu tun.
Hoplit	Der schwer gepanzerte Krieger zu Fuß. Zur Panzerung würde gehören: Helm, Beinschienen aus Metall, der Schild und ein Schutz des

Oberkörpers, der zumeist aus dickem Leder oder auch aus Metall war. Zu Archidamos' Zeiten bezeichnete das Wort zumeist den Vollbürger einer Polis, der so viel Besitz hatte, dass er sich die für einen Hopliten erforderliche Rüstung leisten konnte.

Ilion	Bei Homer ist dies der eigentliche Name für Troja
Ionier/Dorer	siehe oben: Dorer/Ionier
Ithome	Ein Berg mitten in Messenien, also im Gebiet der Heloten. In zwei Kriegen gegen Sparta befestigten die Heloten diesen Berg und konnten sich dort lange halten. Archidamos berichtet von den Geschehnissen um Ithome in dem Kapitel „Ithome – Die Festung der Heloten"
Karchedon/Karthago	Karchedon ist der griechische Name für das allgemein bekannte Karthago. In der Antike war Karchedon eine der bedeutendsten Handelsstädte, es dominierte das westliche Mittelmeer, besaß eine große Kriegsflotte. Später war es Hauptgegner der Römer. Bekanntester Karthager ist Hannibal.
Kassandros	
siehe: Kassandra	Kassandra war eine Seherin aus Troia. Sie sagte den späteren Untergang Troias voraus, fand aber

bei ihren Mitbürgern keinen Glauben, sondern erntete wegen ihrer Warnungen eher Missgunst.

Kosmos	Im Griechischen Bezeichnung für alles Wohlgestaltete. Es kann also Ordnung, Regelmäßigkeit, Schmuck, Weltall, ja sogar Menschheit bedeuten. Die Spartaner bezeichneten ihre verfassungsmäßige Ordnung (siehe: Lykourgos und Große Rhethra) als Kosmos.
Lakedaimonier/	
Lakedaimon	Zu Archidamos' Zeiten sprach man weniger wie wir von „Spartiaten" als von Lakedaimoniern. Die engere Umgebung von Sparta und die Stadt selbst wurde eher Lakedaimon genannt.
Lakonisch	Adjektiv zu Lakonien, dem Siedlungsgebiet der Spartaner. In seiner Spezialbedeutung bedeutet „lakonisch" die äußerst knappe, militärische Ausdrucksweise, für die Sparta bekannt war.
Lykourgos	In der Antike herrschte allgemein die Auffassung, dass bestimmte Erscheinungen des Lebens und der Politik sich nicht langsam entwickelten, sondern einen ersten Urheber hatten, den „protos heuretes", den ersten Erfinder. So glaubten auch die Spartaner und die antiken Autoren, die über sie schrieben, an einen „protos heuretes" für Spartas Verfassung. Nach ihnen war dies Lykourgos, dessen Namen man im Deutschen auch

mit Lykurg abkürzt.Spartas Verfassung soll dem Lykourgos vom Gott des delphischen Orakels verkündet worden sein.

Marathon/Salamis/

Plataiai

Die drei Hauptschlachten der Perserkriege. Bei Marathon gewann Athen allein im Jahre 490 gegen ein persisches Heer, das mit einer Flotte gekommen war. Befehlshaber der Athener war Miltiades, der Vater von Kimon, der in unserer Geschichte eine große Rolle spielt. Salamis ist die entscheidende Seeschlacht unter Führung Athens gegen die persische Flotte im Jahre 480 v.Chr. Plataiai ist die entscheidende Landschlacht im folgenden Jahr unter dem Spartaner Pausanias.

Messene/Messenier

Eine Landschaft im Peloponnes westlich von Lakonien. Die dortigen Ureinwohner, die Messenier, waren von den Spartanern gut 200 Jahre vor der Zeit des Archidamos unterworfen worden und wurden seitdem als eine Art Staatssklaven Spartas gehalten. Zu dieser besonderen Form der Sklaverei siehe das Kapitel „Meine Heimat Sparta – Seine Normen, Sitten und Bräuche"

Metöken

Die Einwohner Athens ohne Stimmrecht, also ohne das volle Bürgerrecht. Meist Handeltreibende aus anderen Poleis., wörtlich Mit-Bewohner. Vergleiche die Periöken in Sparta.

Oikoumene	griech. für: „die Bewohnte/ die mit Häusern Ausgestattete" (Gegend der Erde). Im antiken griechischen Sprachgebrauch bezeichnete es die Gegenden rund ums Mittelmeer im Gegensatz zu den fast unbekannten Gegenden außerhalb dieses Kulturkreises, die nach damaliger Anschauung von Barbaren bewohnt wurden.
Olynth	Eine Stadt am westlichen „Finger" der Chalkidike-Halbinsel, nördlich von Poteidaia.
panhellenisch	griech: pan = all. Pan-hellenisch bedeutet also 'ganz Griechenland erfassend' oder 'all-griechisch', z.B. die panhellenischen olympischen Spiele
Periöken	wörtlich: die Umherum-Wohnenden. Bezeichnet in Sparta die Lakedämonier, die keine spartanischen Vollbürger waren, aber auch keine Heloten. Oft waren diese in kaufmännischen Berufen tätig, da die eigentlichen Spartiaten keinem Gelderwerb nachgehen durften. Eine ähnliche Bevölkerungsgruppe in Athen nannte man Metöken (=Mitbewohner)
Phalanx	wörtlich: der Baumstamm, der Block. Begriff für die Kampfformation der Hopliten. Siehe das Kapitel „Die Art des Kampfel zu Lande"
Plataiai	(s.o. bei „Marathon")

Polis, Plural: Poleis	Zu Archidamos' Zeiten in politischer Hinsicht Bezeichnung für eine autonome/politisch selbstständige Stadt, die auch einen Staat darstellt, da sie sich selbst regiert.
Priamos	Der König von Troja in den Erzählungen Homers
Rhetra	Eigentlich „Große Rhetra". Bezeichnung für die Sammlung von Vorschriften und Gesetzen, die Sparta durch den sagenhaften Lykourgos erhielt
Salamis	(s.o. bei „Marathon")
Saronischer Golf:	Die große Bucht, an der Athen und der Piräus und Megara gelegen sind. Östlich des Isthmos von Korinth. Die westliche Entsprechung ist der Golf von Korinth mit Patras/Patrai und Naupaktos
Sophisten	Griech: sophos = weise. Zu unserer Zeit, also Mitte bis Ende des 5. Jahrhunderts v.Chr. bezeichneten sich so Leute, die versprachen allen Willigen die Weisheit und die Rhetorik beibringen zu können. Oft stehen die Sophisten den Demokraten nahe. Kritisiert wurden sie insbesondere von Sokrates, der wiederum den Aristokraten nahestand. Durch die Schriften seines Schülers Platon bekam der Begriff Sophist dann einen negativen Beigeschmack. Wenn man sich diese immer optimistischen Weisheitsvermittler heute

vorstellen will, hilft vielleicht der Typus des Wellness-Gurus, der ja die Weisheit des schönen Lebens quasi jedem verspricht , der ihm folgt (und bezahlt).

Stadion/Pl: Stadien	Antikes griechisches Längenmaß, das je nach Gegend leicht variierte, wie eigentlich alle Maße in allen Ländern bis zur Festlegung etwa des metrischen Systems zur Zeit der Französischen Revolution. Ein Stadion sollte 600 Fuß entsprechen, jedoch variierte das Maß für einen Fuß je nach Polis und Region. Hier im Roman rechne ich das Stadion der leichteren Umrechnung wegen mit 200 m, und das jeweilige Ergebnis runde ich dann ab.
Stratege	Unter Perikles verlor das bisher das höchste Amt des Archon(s.o.) seine politische Bedeutung. Statt dessen wählte die Volksversammlung alljährlich 10 Strategen, die neben ihrer militärischen Funktion auch politisches Gewicht hatten, da sie als einziges Amt gewählt wurden. Denn: Die übrigen Ämter wurden in Athen verlost. Perikles ist ab 443 v.Chr. fünfzehn Mal ohne Unterbrechung zum Strategen gewählt worden. Dies machte ihn zum einflussreichsten Politiker. Vergleiche unter anderem auch die Kapitel: „Perikles sorgt für die Ablehnung unseres Verständigungsangebotes" und „Perikles – der Mann, seine Stadt und seine Konkurrenten".

Taygetos	Die massive Bergkette westlich von Sparta. Grenze zu Messenien, der Heimat der (messenischen) Heloten.
Triere	Wörtlich: Dreiruderer. Ein Kriegsschiff mit drei Reihen an Ruderern auf jeder Seite. Gerechnet werden ca. 200 Ruderer pro Triere. Die Ruderer waren in Athen aus der untersten Bevölkerungsklasse, die sich keine eigene Rüstung leisten konnte. Während der Entwicklung des Seereiches und spätestens dann im Großen Peloponnesischen Krieg stammen die Ruderer immer mehr aus Söldnern. Siehe auch das Kapitel „Perikles sorgt für die Ablehnung unseres Verständigungsangebotes", in dem Perikles die Problematik von Söldnern kurz anspricht. - Sparta baute im Krieg dann seine Flotte nur auf Basis von Söldnern, für die es von Persien das Geld bekam.
Tyche	Die Göttin des Schicksals, des Glücks.
Tyrtaios	Ein Dichter des 7. Jahrhunderts v.Chr. Er schrieb eine Art Durchhalte-Lieder für die Spartaner, die im 2. messenischen Krieg arg bedrängt worden waren.

Danksagungen

An erster Stelle gilt mein Dank meiner Frau, die nie die Geduld verlor, wenn ihr Mann wegen dieses Buches und politischer Tätigkeiten „keine Zeit" hatte oder geistig abwesend war.

Viele digitale Probleme konnte ich nur lösen durch die Mithilfe und den Rat meines Schwagers Klaus Korn. Für die Titelseite erhielt ich wertvolle Hinweise von Karin Wulfekamp.

Korrektur gelesen haben zu verschiedenen Abschnitten der Fertigstellung: Manfred Busemann,, Joachim Lilei, Karin Wulfekamp. Eventuell noch vorhandene Verstöße gegen die momentane Rechtschreibung oder das Vorkommen stilistischer Besonderheiten sind nicht ihnen anzurechnen.

Quellenangaben

Die Umrisse auf beiden Karten basieren auf Skizzen, die ich mir in meiner Studienzeit aus einem Schulbuch meines Vaters angefertigt hatte. Diese Skizzen habe ich für dieses Buch vergrößert und mit den für den Inhalt wichtigen Orten und Landschaften versehen.

Die Friedenstaube entstammt einem Flugblatt der Herner Friedensinitiative.

Die Rekonstruktionszeichnung eines idealtypischen Hopliten aus dem Griechenland des 5. Jahrhunderts stammt von der Wikipedia-Seite zu „Hoplit" (Stand 15.4.'25) und ist dort als gemeinfrei gekennzeichnet.

Die Zeichnung des Frieses stammt von Roland Bergmann, Dipl. Ing. (FH) und Architekt, und ist zu finden in dem Wikipedia Artikel zum Stichwort „Fries" (Stand 9.4.'25) und ist dort als gemeinfrei gekennzeichnet.

Hauptorte zum Verständnis des „Archidamos"

Epidamnos

Poteidaia

Thasos

Kerkyra

Korinth

Epidauros

Megara

Ithome (Bergfestung)

Athen

Sphakteria

Aigina

Sparta

Hauptorte zum Verständnis des „Archidamos"

Epidamnos

Poteidaia

Thasos

Kerkyra

Megara

Korinth

Epidauros

Athen

Ithome (Bergfestung)

Sphakteria

Aigina

Sparta

Umriss-Landkarte Isthmos und Attika

Maßstab 1:12 500